CW00922705

Faoladh
2 - La Prophetie du
croissant de lune

Stéphanie Piccillo

Copyright © 2022 Stéphanie Piccillo
D/2022/Stéphanie Piccillo, éditeur.
ISBN : 9798410636339
Couverture : DragonFly Design
Crédits images : Adobe stock

Œuvre de fiction. Toute ressemblance avec des personnages existants et ou ayant existé serait purement fortuite. Des lieux réels peuvent avoir été utilisés et modifiés pour les besoins de l'histoire.

Tous droits de reproduction, d'adaptation et de traduction, intégrale ou partielle réservés pour tous pays. L'auteure est seule propriétaire des droits et responsable du contenu de ce livre.

Le Code de la propriété intellectuelle interdit les copies ou reproductions destinées à une utilisation collective. Toute représentation ou reproduction intégrale ou partielle faite par quelque procédé que ce soit, sans le consentement de l'auteure ou de ses ayant droit ou ayant cause, est illicite et constitue une contrefaçon.

« C'est son caractère qui fait à chacun sa destinée.»

Cornelius Nepos

Table des matières

Remerciements

Merci à ceux qui me soutiennent au quotidien. Amis, famille, collègues, lecteurs… Merci à tous d'être au rendez-vous, une fois encore !

Un merci tout particulier à mon équipe du tonnerre : Aurore, Lexy & Nancy. Vous êtes géniales, les filles !

Bonne lecture à tous !

RAPPEL

Résumé du tome 1

Ella, vingt-quatre ans, est une Faoladh. A la fin de ses études secondaires, elle quitte définitivement son clan pour partir étudier à Boston, où elle rencontre **Johan**. Le jeune homme l'aide à s'intégrer au mieux à la meute locale et devient rapidement son meilleur ami.

Ella entretient d'ailleurs une relation avec **Logan**, le cousin de ce dernier. L'homme qu'elle aime a malheureusement tendance à la délaisser et n'accepte pas le fait qu'elle souffre de troubles obsessionnels compulsifs. Leur couple bat de l'aile et **Ella** est loin d'être une femme épanouie.

Quand elle apprend que sa grand-mère, **Darina**, la femme qui l'a élevée depuis la mort tragique de ses parents, est en train de perdre la vue, elle met fin à sa relation bancale avec **Logan** et rentre au pays. **Johan**, récemment célibataire, décide de l'y accompagner. Ainsi, il peut veiller sur elle et, au passage, tenter de se trouver une fiancée.

Au village, **Ella** retrouve certains de ses anciens camarades de classe, ceux qui se moquaient d'elle et de ses particularités. Elle fait également la rencontre des neveux de **Kaylan**, l'Alpha : **Jim** et **Jess**. Elle ne tarde pas à se rapprocher de ce **Jess**, au grand dam de **Cillian**, son amour de jeunesse, bien décidé à la récupérer.

Lorsque **Ray**, le frère d'**Ella**, se fait agresser, **Ella** apprend que l'homme qu'elle appelait père n'était pas son géniteur et qu'elle est le fruit d'une relation extraconjugale entre sa mère et un banni de la meute dont personne ne connaît l'identité.

Alors que sa relation avec **Jess** se renforce au jour le jour, **Ella** est prise d'un affreux doute… Et si **Jess** et elle étaient liés par le sang ?

Dans l'attente des résultats d'un test ADN, **Ella** décide de s'éloigner de **Jess**. Lors d'un soir de pleine lune, croyant que celui qu'elle aime se console dans les bras d'une autre, **Ella** couche avec **Logan**. Elle l'avoue à **Jess**, ce qui les éloigne encore un peu plus.

A ses problèmes personnels s'ajoutent d'autres tracas qu'**Ella** doit gérer au mieux. La situation à Madadh est loin d'être stable. **Kaylan** est souffrant et le Grand Conseil des Alphas doit bientôt avoir lieu. De plus, **Darina** n'étant plus capable d'assumer son rôle de scribe, elle doit passer le flambeau à un membre féminin de sa lignée.

Alors que tout espoir semble perdu, **Ella** comprend, grâce à ses connaissances en herboristerie, que **Kaylan** a été empoisonné. Tandis que tous s'acharnent auprès de l'Alpha pour l'aider à guérir, **Tobias** et **Cillian** disparaissent mystérieusement. Le Protecteur et le fils du chef de meute sont alors supposés coupables de tentative d'empoisonnement et traqués par le clan. **Tobias** serait-il le géniteur d'**Ella** ?

Remis sur pied, **Kaylan** peut finalement participer au Grand Conseil. **Ella** l'y accompagne en tant que nouvelle scribe de la meute. Après avoir assisté à un combat troublant entre son chef de clan et un jeune loup blanc arborant la même marque qu'elle, **Ella** craque sous la pression et quitte le Conseil sans attendre les autres membres de la délégation de Madadh constituée de **Jess**, **Ray**, **Kyran**, **Fred** et **Cahal**. Tandis qu'une sonnerie sur son smartphone lui annonce le mail tant attendu qui lui révélera les résultats du test ADN, **Ella** reçoit un coup puissant à la tête et s'effondre… inconsciente.

PARTIE 1

La disparition

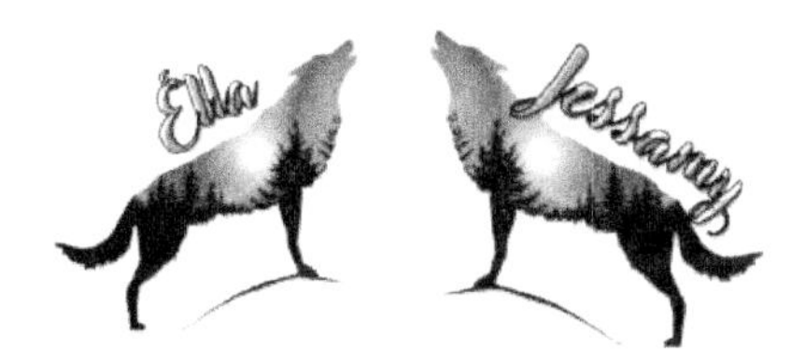

« Je flotte dans une brume, entre la conscience et l'inconscience. Je sens mon corps être soulevé de terre et se balancer au rythme des pas de mon agresseur.

Je voudrais pouvoir ouvrir les yeux et détailler cet homme qui, sauf erreur de ma part, doit être mon géniteur, mais je n'y parviens pas. »

Chapitre 1

— Ella !

— Où est-elle partie ? me hurle son frère en m'attrapant par le bras. Je ne la vois plus ! Où est-elle ?

Je comprends tout à fait qu'après ce qu'elle vient de vivre, elle ait envie de s'éloigner au plus vite. Mais dans les circonstances actuelles, elle doit faire preuve de prudence ! Ce jeune loup qui a défié Kaylan n'était pas son père, ce qui signifie que celui-ci court toujours. Il pourrait très bien se trouver ici-même. Debout sur la pointe des pieds, je tente d'apercevoir Ella.

C'est la première fois que j'assiste à ce genre de réunion de clans et je ne m'attendais pas à la scène qui se déroule devant moi. L'exaltation des combats a échauffé les esprits. Dans chaque coin de la salle, des couples improvisés se livrent à des préliminaires plus ou moins avancés. Je reconnais d'ailleurs l'ex-compagnon d'Ella, très occupé avec l'asiatique qui était sa voisine lors du repas. Au centre de l'arène installée pour l'occasion, plusieurs personnes se battent et en profitent pour régler leurs comptes à coups de poings et de griffes. Tout autour de nous, des loups hurlent sous l'effet de l'excitation provoquée par les confrontations des Alphas. Le *Seann*, assis sur son trône, assiste à ces démonstrations de violence et de débauche en souriant comme un gosse face à une sucette. Le vieil homme a les crocs sortis, il apprécie ce qu'il voit.

Ceux qui, comme moi, ne se laissent pas aller à leurs instincts primaires, quittent peu à peu la pièce. Je m'accroche au bras de Ray et, ensemble, nous fendons la foule jusqu'à l'estrade où nous attend un Kaylan nerveux. Fred et Kyran ne tardent pas à nous rejoindre.

— Ne t'inquiète pas, me rassure mon oncle. J'ai senti la tension d'Ella à travers le lien. J'ai demandé à Cahal de se tenir prêt, à l'extérieur de la salle, avant la fin des festivités, et de conduire notre jeune scribe à ses appartements. Ils doivent sans aucun doute nous y attendre.

— Allez-y, propose Fred. Je m'occupe de réclamer le corps du loup qui vous a défié, Alpha.

Nous le laissons accomplir sa tâche et sortons, tant bien que mal, de la pièce. Je dois jouer des coudes pour me frayer un chemin jusqu'à la sortie. Je fais de mon mieux pour éviter les tentatives d'approches de deux demoiselles et d'un jeune homme sans user de violence. Je sens mon téléphone vibrer dans ma poche et parviens à l'en extraire avec difficultés, espérant un appel d'Ella. A la place, je trouve un mail provenant du laboratoire de New-York. Les résultats tant attendus sont arrivés.

— Un instant ! s'exclame Kaylan alors que nous franchissons la double porte. Regardez !

Je lève les yeux et me tourne vers la direction indiquée par mon oncle. Celui-ci pointe du doigt une traînée de sang, au milieu de laquelle se trouve un smartphone à l'écran brisé. La peur s'insinue en moi et je m'approche afin de déterminer si ce sang appartient à une personne que nous connaissons… s'il appartient à Ella.

— Cahal !

Un bref instant, la peur reflue, mais cela ne dure que quelques secondes. Si Cahal a été blessé, qu'est-il advenu d'Ella ? Je sens la chaleur monter en moi, je perds le contrôle. Mes mains se parent de griffes et mes crocs me brûlent, ne demandant qu'à être libérés. La mutation s'amorce.

— Calme-toi, Jess. Tu nous es plus utile en pleine possession de tes moyens.

Mon oncle pose une main sur mon épaule et, via le lien de meute, ordonne à Ray de ramasser les restes du téléphone. Dans un éclair de lucidité, je referme le mail que je n'ai pas pris le temps de lire, et tente de joindre Ella. Je tombe sur sa boîte vocale.

La boule au ventre, nous suivons la piste de Cahal. Celui-ci a laissé derrière lui de petites gouttes de sang qu'un œil humain ne saurait voir. Elles nous mènent sur le toit de l'immeuble. L'odeur d'Ella me percute de plein fouet; elle est venue ici ! Mon monde s'écroule alors quand mes yeux se posent sur une barre de fer couverte du sang de celle que j'aime.

— Où est-elle ? Où est ma sœur ? hurle Ray avant de muter et de disparaître dans les étages.

Je ne sais comment j'y parviens, mais contrairement à lui, je demeure humain. Près de la porte par laquelle il vient de disparaître, le soleil se reflète sur l'écran d'un second téléphone. C'est celui d'Ella. Je le déverrouille facilement puisqu'elle a naïvement choisi sa date de naissance comme code de sécurité. S'affiche alors le même e-mail que j'ai reçu, quelques minutes plus tôt.

"*Bonjour, ma fille chérie.*"

Je flotte dans une brume, entre la conscience et l'inconscience. Je sens mon corps être soulevé de terre et se balancer au rythme des pas de mon agresseur. Je voudrais pouvoir ouvrir les yeux et détailler cet homme qui, sauf erreur de ma part, doit être mon géniteur, mais je n'y parviens pas.

Lorsque j'étais enfant, j'ai connu des épisodes de paralysie du sommeil. L'état dans lequel je me trouve en ce moment même me ramène à cette époque. J'entends, je ressens, mais je suis incapable de bouger le moindre petit muscle.

— Votre voiture vous attend, Monsieur.

— Merci, le paiement a été effectué sur votre compte, comme convenu. N'oubliez pas… Nous ne nous sommes jamais croisés.

— Bien entendu. Vous saignez, êtes-vous blessé ?

— Une simple diversion. Je compte sur votre silence.

Cette voix… Je connais cette voix. Mais j'ai si mal au crâne… et tellement sommeil ! On dépose mon corps sur une surface lisse qui sent le plastique et le cuir neuf. Suis-je dans le coffre du véhicule ? De la lumière filtre à travers mes paupières closes et je parviens à remuer la main. Mon agresseur doit s'en rendre compte car je sens un objet froid et pointu pénétrer dans mon bras. Je sombre alors dans un monde peuplé de rêves étranges.

Depuis la rencontre avec Daegan et cette supposition folle d'un lien de sang entre Ella et moi, je me suis obligé à ne pas me projeter dans l'avenir. Lorsqu'elle m'a avoué ce qu'il s'était passé entre elle et Logan, je me suis même pris à espérer qu'elle était ma sœur. Ainsi, je n'aurais pas eu à me poser de questions sur ma capacité à lui pardonner son geste. Mais ça y est, les résultats sont là. Le laboratoire est formel, nous ne sommes pas issus d'une lignée commune. Ella n'est pas ma sœur. Nous n'avons aucun lien de parenté.

Le sol se met à tanguer autour de moi. Cette nouvelle devrait me réjouir, mais elle me déstabilise. Ce n'est pourtant pas le moment de perdre pied, pas le moment de me poser ces questions. Ella a disparu et je dois la retrouver, coûte que coûte ! Je ne sais pas encore si un avenir est possible entre nous, mais une chose est sûre : je ne peux pas vivre sans elle !

Tandis que je me débats avec mes réflexions intérieures, Kaylan nous ordonne de le suivre et nous mène au *Seann*. Nous trouvons celui-ci en grande discussion avec Aurora. Il est rouge de colère. Quant à l'enchanteresse, elle tient en respect le loup de Ray grâce à son pouvoir. Notre pauvre ami est cloué au mur par une mini tornade. Il faut avouer que le phénomène est assez impressionnant.

— Ah ! Vous voilà ! Quelqu'un peut-il m'expliquer pourquoi un membre de votre clan m'a pratiquement arraché la jambe pour me traîner hors de la salle alors que je m'amusais follement ? Je pensais les Irlandais bien plus respectueux du protocole !

L'Ancien est en colère mais, lorsque mon oncle lui explique la situation après s'être répandu en excuses, il ordonne d'un geste la libération de Ray qui s'effondre au sol.

— Ma chère, dit-il à l'enchanteresse d'une voix douce, pourrais-je vous demander de boucler les lieux ?

La petite blonde qu'Ella semblait avoir pris en affection lève les bras au ciel. Quand ses yeux se parent d'un voile étrange, le bâtiment se met à vibrer. Le pauvre Ray qui venait de se relever, en tenue d'Adam, se retrouve de nouveau les fesses collées au parquet.

— Plus personne ne peut entrer ou sortir de cet endroit, assure l'enchanteresse.

— Excusez-moi, m'avancé-je. Puis-je vous demander si votre magie est capable de nous dire si quelqu'un a déjà quitté les lieux ? Je veux dire, avant que votre sort ne soit mis en action.

— C'est faisable, mais pour y parvenir, j'ai besoin de ma compagne. Je commence à perdre mes forces, et ses propres dons me sont nécessaires pour m'aider à maintenir mes barrières en place.

Quinze minutes plus tard, nous nous retrouvons dans les appartements privés du *Seann*. Celui-ci dispose de la plus grande suite de l'hôtel, celle qui se trouve au dernier étage. Je prends un instant pour admirer le mobilier et la vue. L'Ancien doit jouir d'un compte en banque bien fourni.

Fred et Kyran ne nous ont pas suivis. Ils se chargent du corps du loup blanc. Nous comptons, avec la permission de l'Ancien, vérifier au plus vite le lien entre le gamin et Ella. Nos amis montent la garde afin d'éviter que le père du jeune garçon - ou l'un de ses complices - ne tente de récupérer sa dépouille. Si nous n'avons pas senti les odeurs de Cillian et Tobias sur les lieux, nous restons tout de même sur nos gardes.

Kaylan, Ray et moi attendons, en compagnie du *Seann*, l'arrivée d'Aurora et de sa compagne angélique. Lorsque celles-ci débarquent dans la pièce, une image me vient en tête : celle du soleil et de la lune. Ces deux femmes se complètent tout en étant diamétralement opposées, aussi bien au niveau du physique que du caractère. Comme à son habitude, Anaëlle nous scrute d'un air supérieur. Il est clair que la Gardienne est uniquement présente pour sa compagne, elle ne semble pas le moins du monde préoccupée par notre situation. Je me demande si tous les êtres angéliques possèdent une telle beauté, un tel magnétisme. Il est en effet compliqué de détourner le regard de cette magnifique femme à la peau d'ébène.

— Comment allez-vous procéder ?

Ray est bouleversé. C'est à lui que nous avons confié la tâche ingrate qui consistait à prévenir Darina et Johan de la disparition d'Ella. Ces derniers sont, avec Ray, les personnes qui comptent le plus pour Ella. Lorsque Darina a appris l'enlèvement de sa petite-fille, elle a lâché son téléphone et a muté. Ray a entendu les craquements caractéristiques, suivis de la voix de Johan qui tentait d'apaiser la vieille dame. Il espère que celui-ci saura prendre soin de sa grand-mère en son absence. De mon côté, cela me renvoie au jour où ma mère s'est transformée et est partie pour ne jamais revenir. J'espère que Darina aura la force de rester elle-même.

— Je tiens à vous exprimer ma peine suite à la disparition de votre amie, souffle Aurora d'une petite voix. J'espère que rien de grave ne lui est arrivé. Ana, approche-toi, dit-elle en tendant la main vers sa compagne. Je vais sonder mes protections et tenter de savoir qui a quitté l'hôtel cette dernière heure.

L'enchanteresse tend la main vers sa compagne. Avant de s'en saisir, la Gardienne se tourne vers nous.

— Messieurs, avant d'aider Aurora, je tiens à vous préciser que si j'apprends qu'un seul d'entre vous a confié la nature de nos pouvoirs à qui que ce soit, aucune tanière ne sera assez sombre ou profonde pour m'empêcher de vous y trouver et de vous faire passer l'envie de parler… à jamais ! J'ai toujours rêvé d'un beau manteau d'hiver en peau de loup.

Nous hochons tous la tête pour signifier notre compréhension. Les anges ont donc des dons particuliers... Il faudra que je m'instruise à propos de ces créatures. Je me rends compte que mon monde est encore bien trop étriqué.

Lorsque les mains des deux jeunes femmes s'unissent, les cheveux de l'enchanteresse se remettent à virevolter, comme tout à l'heure, lorsqu'elle se trouvait sur l'estrade auprès du *Seann*. Une fois encore, je ressens dans mon être toute la puissance de sa magie. Jamais je n'aurais cru cela possible. Et dire que nous, les Faoladh, nous croyons invincibles… A côté d'Aurora, je me sens comme une fourmi que l'enchanteresse pourrait écraser de sa magie.

Après quelques secondes, Aurora tombe à genoux.

— Trois personnes ont quitté l'hôtel depuis le début de la réunion, halète-t-elle. Ella, le Protecteur et Jorge, un membre de la meute madrilène. Jorge est toujours en ces lieux, termine-t-elle en m'attrapant la main.

Chapitre 2

— *Plus haut ! Plus haut !*

— *Doucement, ma puce, tu es encore petite !*

Mon inconscient me propulse loin dans mes souvenirs. Je me trouve dans un parc avec ma mère; je dois avoir trois ou quatre ans. Ray et Judy ne sont pas présents, ils doivent être à l'école.

J'assiste d'abord à la scène d'en haut, telle une narratrice omnisciente. Mais rapidement, je me glisse dans la peau et l'esprit de la petite fille.

Maman me pousse sur cette balançoire qui me paraît immense. Je suis sûre que je peux toucher ce joli nuage en forme de bonbon.

— Encore ! Encore !

— Continue un peu sans moi, mon ange. Maman va se reposer sur le banc. Ne t'inquiète pas, je ne te quitte pas des yeux.

Je me débrouille pour qu'une fille blonde, un peu plus grande que moi, remplace ma mère. Granny dit que quand je prends mon air tout mignon, on ne peut rien me refuser.

Je ris aux éclats, j'ai l'impression que je vais m'envoler. Je suis heureuse que maman m'ait amenée ici, nous sortons rarement du village. Maman a peur que je fasse mon tour de magie avec les yeux devant un autre enfant. Elle dit que je ne dois pas changer leur couleur devant les autres, sinon je n'aurai pas de dessert. J'ai promis que je me tiendrai bien. J'aime trop les desserts !

Maman parle avec un monsieur que je ne connais pas. C'est peut-être le papa de la grande fille. Pendant qu'elle me pousse toujours plus haut, j'écoute ce que disent les adultes. C'est Granny qui m'a appris à ouvrir les oreilles.

Maman prend sa grosse voix, celle qu'elle utilise pour me gronder. Elle est toujours gentille avec tout le monde d'habitude, mais le monsieur l'énerve. C'est bizarre.

— A-t-elle déjà changé *?*

— Elle est trop jeune. D'ailleurs, en quoi cela peut-il t'intéresser ? Ce n'est donc que pour cela que tu as souhaité me voir ? Tu n'as jamais daigné t'intéresser à elle auparavant. Pourquoi maintenant ?

— Je n'ai pas le droit de savoir si elle tient un petit peu de son père ? Attends… C'est ta valise ? Ne me dis pas que tu croyais que je venais te chercher pour t'emmener avec moi ?! Ne sois pas si naïve, Abby !

— Va-t'en, Nicola !

Maman me rejoint et arrête la balançoire. Le monsieur me fait coucou avec la main, il n'a pas l'air si méchant. Je râle parce que je veux rester jouer encore un peu, mais maman me prend dans ses bras et me ramène à la maison.

Cet étrange rêve prend fin. Serait-ce un souvenir ? Le décor change et je me retrouve au beau milieu des bois. Il fait nuit noire. Je cours, sans savoir où je vais. Je me cogne aux arbres. Mes yeux voient bizarrement et il y a toutes ces voix dans ma tête.

Je me rappelle de ce moment… Je revis ma première mutation.

Dans la forêt, des bruits étranges m'effraient. J'essaie de me calmer, je dois retrouver ma famille ! Si toutes ces voix pouvaient se taire, je pourrais entendre celle de maman ou de Ray. Pourquoi n'ai-je rien écouté ? Pourquoi ai-je suivi ce maudit lapin ? J'ai peur, je veux rentrer chez moi ! Que m'a dit papa ? "Si un jour tu t'égares, fie-toi à ton odorat." J'essaie, mais je n'y arrive pas ! Il a plu, tout sent le mouillé, et je n'ai pas appris à me servir de ce nouveau corps.

— Arrête-toi, petite ! tonne une voix via le lien.

Je m'arrête et me recroqueville sur moi-même, écrasée par la force de l'ordre qui vient de m'être donné. Cette grosse voix est parvenue à éclipser toutes les autres. Sans cette cacophonie dans mon esprit, je me sens un peu mieux.

J'entends des feuilles craquer. Un gigantesque loup noir et blanc s'approche de moi. C'est la première fois que je change *et je ne suis pas encore capable de reconnaître les membres du clan sous leur seconde forme. Je peux juste dire qu'il ne s'agit pas de mes parents ou de mon frère. Son odeur ne m'est pas familière.*

— Tu es perdue ?

— Oui, parviens-je à répondre en utilisant ce canal de communication pour la première fois.

C'est très facile, en fait. Il suffit de penser à ce que l'on veut dire, et à qui on veut le dire. Et hop ! Ça fonctionne ! Granny me l'avait expliqué, mais c'est encore plus chouette de le vivre en vrai !

— Viens avec moi, je vais te ramener à ta maman. Mais tu vas tout d'abord te nettoyer un peu. Tu es couverte de boue.

Docilement, je suis le loup. Très vite, j'entends le bruit de l'eau qui clapote contre les rochers. Une grenouille bondit juste à côté de moi et je sursaute. Le rire du grand loup résonne dans ma tête et j'ai envie de rire avec lui.

Tout en demeurant proche du bord, je plonge mon corps dans la rivière. Lorsque j'en ressors, je m'arrête un moment pour observer mon reflet. Je ne sais pas encore à quoi je ressemble sous cette forme. J'avais déjà pu constater que mon pelage était blanc, du moins au niveau des pattes. Je souris intérieurement quand je remarque cette drôle de tâche entre mes yeux. Judy va être jalouse, elle n'a pas une jolie lune dessinée sur sa tête, elle !

— Tu as sept ans, c'est bien ça ?

— Oui, Monsieur.

— Je vais devoir te laisser. Ta maman sera là dans une minute. Je sens son odeur. Sois plus prudente, à l'avenir. Une jolie petite louve comme toi, aussi exceptionnelle et précieuse, ne doit pas se promener seule en forêt sans protection. A bientôt, Ella.

Je le remercie tandis qu'il disparaît entre les arbres. Je sens que je peux lui faire confiance; il m'a appelée par mon prénom après tout. Le temps que je me secoue un peu pour me sécher, les voix reviennent dans ma tête et, rapidement, cinq loups apparaissent devant moi.

— Ma puce, te voilà enfin ! me gronde ma mère en posant son museau contre mon cou. Tu nous as fait une peur bleue !

Sur ordre du *Seann*, le dénommé Jorge est amené, sous bonne garde, dans la suite royale où nous nous trouvons. Bien que ses battements de cœur s'accélèrent, l'homme ne semble pas spécialement inquiet par cette convocation soudaine. Il me paraît même plutôt sûr de lui.

— *Seann*, salue-t-il respectueusement l'Ancien. Vous avez demandé à me voir ?

— Assieds-toi, Jorge. Ces personnes souhaitent te parler.

Le madrilène prend place, tranquillement, dans l'un des fauteuils de la suite. Il croise les jambes et nous sourit. Une envie sourde de lui sauter à la gorge monte en moi, mais je n'ai encore aucune preuve de l'implication de cet homme dans l'enlèvement d'Ella. Je prends une profonde inspiration; je dois garder mon calme.

Kaylan s'avance pour se placer face à ce témoin potentiel et l'interroger.

— D'après une source fiable, il apparaît que vous avez quitté l'hôtel il y a moins d'une heure. Pouvez-vous le confirmer ?

— Oui, en effet, je suis sorti fumer une cigarette, répond Jorge en blêmissant. Pourquoi cette question ? Il ne nous a jamais été précisé que nous devions demeurer à l'intérieur du bâtiment ! se défend-il.

— Avez-vous vu ou entendu quelque chose dont nous devrions être informés ?

— Non, je n'ai croisé personne.

— Il ment ! grondé-je.

Ces années passées à assister Doc, dès que l'occasion se présentait, m'ont appris à aiguiser mes sens. En tant que Faoladh, nous sommes tous capables de capter le rythme cardiaque ou encore la fréquence respiratoire des humains et des nôtres. Au contact du médecin, j'ai appris à interpréter ces données. L'homme qui se trouve face à mon oncle ne nous dit pas la vérité. J'en suis certain !

— Ce jeune loup dit-il vrai, Jorge ? Oserais-tu mentir en présence de ton *Seann* ?

La menace dans la voix de l'Ancien parvient à me donner des frissons.

— Parle ! ordonne-t-il.

Il y a dans le ton de l'Ancien, quelque chose de… magique. Je sens le poids de son ordre peser sur mes épaules. Quant à Jorge, il s'écroule carrément au sol, à genoux, écrasé par la puissance de l'ordre émanant du Chef de toutes les meutes.

Lorsqu'un loup devient *Seann*, il développe de nouvelles capacités. Je savais déjà que les Anciens pouvaient communiquer par la pensée avec n'importe quelle meute existante, même sous forme humaine, mais je ne savais pas qu'ils avaient le don de soumettre un loup de la sorte.

— Un homme m'a payé pour que je lui fournisse un véhicule, gémit notre témoin en se tenant la tête. Une belle somme, je n'ai pas posé de question.

— Ce doit être Tobias ! grondé-je. Ce salaud a certainement fait enlever Ella pour le compte de son géniteur ! Mon oncle, nous devons nous lancer sur sa piste ! Il n'y a pas de temps à perdre !

— Peux-tu nous décrire cet homme ? poursuit mon oncle sans m'accorder son attention. Était-il accompagné ?

— Je n'avais parlé à cet homme que par téléphone, et il portait une casquette. Je ne saurais vous le décrire. Il était seul.

— Il ment ! hurlé-je de nouveau. Pourquoi ne nous dis-tu pas la vérité ? Tu veux de l'argent, c'est cela ? Je t'en donnerai, mais parle !

Alors que je m'apprête à me jeter sur ce témoin peu coopératif, une main se pose sur ma poitrine et stoppe mon élan. Tous crocs dehors, je me tourne vers l'inconscient qui ose se placer entre ma proie et moi. Je me calme instantanément lorsque je constate que c'est la Gardienne qui se tient à mes côtés.

— Non pas que je m'ennuie, entourée de boules de poils dopées à la testostérone, s'exclame Anaëlle d'un ton hautain, mais j'ai envie de rentrer chez moi. Ma compagne a besoin de repos, et moi, d'une bonne douche qui ôtera l'odeur de chiens qui me poursuit depuis mon arrivée et imprègne la moindre fibre de tissu que je porte.

A la fois vexés et surpris, nous la fixons tous. Hypnotisés par le mouvement de ses hanches qui se balancent alors qu'elle repousse doucement Kaylan pour s'agenouiller face à Jorge, nous sommes incapables de la quitter des yeux.

— Je suis désolée, mon mignon, souffle-t-elle en laissant glisser son ongle manucuré le long de la joue du madrilène. Ne crois pas que cela me réjouisse, mais je vais devoir fouiller dans ta jolie petite tête.

Ai-je bien entendu ? Possède-t-elle la capacité de lire dans l'esprit de notre témoin ? Avant que Jorge ne puisse lui poser la moindre question, la Gardienne plaque ses mains sur les tempes du jeune homme. Les yeux de ce dernier se révulsent tandis que l'Ange déploie ses ailes majestueuses.

Je n'avais jamais assisté à un tel spectacle. Les plumes d'Anaëlle sont d'un blanc immaculé, plus pur encore que celui de la neige au beau milieu de l'hiver. Le contraste avec la couleur de sa peau est saisissant. Elle m'apparaît encore plus belle, plus forte, mais surtout, plus dangereuse. Tous les Anges possèdent-ils une telle beauté ?

Après m'être perdu un moment dans la contemplation de la Gardienne, je reviens sur terre. Jorge tremble sous les mains d'Anaëlle. Lorsqu'elle s'éloigne de lui, il s'écroule, inconscient. Une odeur d'ammoniaque m'indique qu'il a mouillé son pantalon.

— Tu avais raison, jeune chiot, dit-elle en se tournant vers moi. Il ne disait pas la vérité.

— Qu'avez-vous *vu* ? l'interrogé-je en me demandant si j'utilise le terme adéquat.

— Il y a quelques jours, cet homme a reçu un appel d'un dénommé Nicola. En échange d'une belle somme d'argent, Jorge devait lui fournir un véhicule. Il n'avait pas reçu de timing précis, mais il lui avait été demandé de se tenir prêt. Après l'affrontement entre votre Alpha et le loup blanc, il a reçu un message lui indiquant que le moment était venu.

A ma gauche, je vois mon oncle poser sa main sur l'épaule de Ray. Le frère d'Ella éprouve des difficultés à contenir son loup; je ne l'avais encore jamais vu dans cet état, lui qui est d'ordinaire si calme. Comme quoi, nous avons tous nos points faibles.

— Êtes-vous parvenue à *voir* ce Nicola dans son esprit ? Pourriez-vous nous le décrire ?

— Bien entendu. Du moins, j'ai vu l'homme qui a payé celui-ci. Vous me l'aviez présenté sous un tout autre nom, d'ailleurs.

Nous écoutons la Gardienne, mais nous avons déjà compris. A l'unisson, nous nous mettons à gronder sous l'effet de la colère.

— Votre compagnon, l'homme au visage tatoué, est sorti de l'immeuble avec votre jeune amie dans ses bras. Il l'a déposée dans le coffre du véhicule et s'est mis au volant. C'est tout ce que je peux vous dire. Jorge n'était au courant de rien d'autre.

Cahal !

Comment avons-nous pu nous laisser berner de la sorte ? Est-ce lui le géniteur d'Ella ? Est-il simplement le complice de Tobias ? S'agit-il d'un complot contre Kaylan ? Mais alors, en quoi Ella peut-elle bien les intéresser ? Et quel est le rôle de Cillian dans cette affaire ?

— Je vous remercie, Gardienne. Ma meute et moi-même vous sommes redevables.

Mon oncle baisse la tête en signe de déférence. L'Ange balaie l'air d'un geste de la main.

— Certes. Il est l'heure pour moi de regagner mes appartements. Je vous laisse à vos petites querelles intestines. Aurora a besoin de repos.

Chapitre 3

Je sors peu à peu de cette torpeur dans laquelle je suis plongée depuis quoi ? des heures ? des jours ? Je tente de maîtriser ma respiration, ainsi que les battements de mon cœur. Si mon ravisseur se rend compte que je m'éveille, il me faudra agir vite, et je ne suis pas sûre d'être capable d'une quelconque réaction vu mon état.

J'inspire… J'expire… Je compte jusqu'à dix. Je parviens à ralentir mon rythme cardiaque. Je tente de bouger un doigt, un orteil, mais n'y parviens pas. Mon corps est comme paralysé. Je décide donc de me fier à mes sens. Tout d'abord, l'odorat. Surplombant les divers parfums, celui de la mer me frappe de plein fouet. On dit souvent que la mer sent l'iode, mais l'iode n'a pas d'odeur. Ce que l'on sent, ce sont les effluves de tout ce qui se trouve sous les flots, brassés encore et encore par le ressac des vagues.

Etant donné que je suis confortablement installée, je dois me trouver sur un bateau. Je tends l'oreille. Je suis seule dans la pièce où je me trouve. Au loin me parvient le brouhaha des conversations des passagers sur le pont, ainsi que le bruit sourd du moteur. Si je me fie aux rires des enfants, je dois me trouver sur un navire de croisière. Je me concentre encore un peu plus, j'entends alors des pas se rapprocher. Lorsque la porte de la cabine s'ouvre, mon cœur s'emballe.

— Je suppose que tu m'entends. Le mélange que je t'administre devrait t'endormir bien plus longtemps que cela ! Tu es une coriace, j'aime ça ! Malheureusement, nous ne pouvons pas nous permettre que tu gâches nos plans maintenant. Que diraient les passagers si *ma pauvre patiente dans le coma* se mettait à courir partout en hurlant au kidnapping ?

Je parviens difficilement à soulever les paupières. Cahal se tient au-dessus de moi, une seringue à la main. Est-il réellement mon père ? Il a dit “nous”, il n'agit donc pas seul. Tobias ? Cillian ? Un autre, peut-être ? Combien de traitres se cachent encore dans nos rangs ? Dois-je me méfier de tout le monde ?

— Est-ce que ta mère te chantait des berceuses lorsque tu étais enfant ? Connais-tu celle-ci ? *J'endormirai mon doux petit à moi dans un bateau d'argent sur la belle rivière, où les blanches cascades murmurent.*[1]

Tout en fredonnant, Cahal s'approche de moi et m'embrasse sur le front, avant de m'enfoncer la seringue dans le cou.

Nous avons eu beau fouiller la ville de fond en comble avec l'aide des meutes locales, nous n'avons trouvé aucune trace d'Ella, de Cahal, ou encore de Tobias. Leur plan devait être foutrement bien organisé, car ils semblent tous s'être volatilisés. Nous n'avons reçu aucune demande de rançon, ce qui, hélas, prouve bien que c'est Ella qu'ils voulaient, depuis le début. Mais pourquoi ? En quoi est-elle liée au sort qu'ils réservaient à Kaylan ?

L'hôtel dans lequel nous résidons se vide petit à petit. Le Conseil ayant pris fin, chaque clan a regagné son territoire. L'enchanteresse et la Gardienne ont, elles aussi, quitté le pays. Aurora, qui semble s'être sincèrement attachée à Ella, m'a donné son numéro de téléphone et

---

1 Berceuse irlandaise (Sho-heen)

m'a fait promettre de la tenir au courant des avancées de l'enquête.

Après trois jours de recherches infructueuses, nous sommes finalement tombés sur un agent portuaire en possession de quelques informations. Ce dernier a reconnu Cahal sur l'avis de disparition que nous avons fait paraître dans le journal local grâce aux relations du *Seann,* et il nous a contactés.

— Est-ce bien l'homme que vous avez-vu ? lui demande Kaylan en agitant la photo de Cahal sous son nez.

— Oui, Monsieur. C'est le docteur.

— Le docteur ?

— Oui, Monsieur. Il a pris le large hier matin avec sa patiente. Il m'a expliqué que cette pauvre fille était plongée dans le coma depuis des mois et qu'il devait ramener le corps en Irlande, auprès de sa famille. La pauvrette m'a brisé le cœur. Une fille si jolie…

— En Irlande ? Vous êtes sûr ?

— Oui, Monsieur. Je l'ai aidé personnellement à installer la jeune femme dans leur cabine. Pourquoi cherchez-vous cet homme, si ce n'est pas indiscret ?

— Ça l'est, grogné-je un peu trop violemment.

— Dé…désolé. Euh… Monsieur ? Dans le journal, il était fait mention d'une récompense pour toute information pertinente.

Tout comme Ray, je me maîtrise de plus en plus difficilement. Alors qu'une pulsion me pousse à attraper cet homme par la gorge et à lui faire payer son manque de jugeote et sa crédulité, Kaylan sort une liasse de billets de sa poche et la lui remet.

— Retournons à l'hôtel, Jess. Il est temps de rentrer au pays.

Je rêve de loups blancs et de pleine lune. Par moments, je parviens à capter un son, une odeur, avant de replonger dans les méandres de mon inconscient. Dans ces rares instants où une pensée cohérente se fraye un chemin dans mon cerveau engourdi, je m'interroge. Quelle peut bien être cette substance que m'injecte Cahal ? Dois-je d'ailleurs toujours le nommer ainsi ou bien Nicola ? Il est désormais quasi certain que cet homme qui m'a enlevée est mon père.

Nous sommes toujours sur le bateau. J'entends parfois mon ravisseur réfléchir à voix haute, mais le plus souvent, il chante. Je dois reconnaître qu'il a une belle voix. Lorsqu'il se rend compte que je commence à m'éveiller, il m'injecte une nouvelle dose, pestant contre ma capacité grandissante à résister à la drogue.

Alors que je m'enfonce encore une fois dans les ténèbres, des images, plus intenses que mes rêves habituels, défilent devant mes yeux. Comme pour la scène du parc, je me retrouve dans le corps de la petite fille que j'étais. Cahal se tient face à moi. Je ne le reconnais pas de suite car son visage est plus jeune et vierge de tout tatouage.

— Te souviens-tu de moi, Ella ?

Je réponds par la négative. Je dois lever la tête pour le fixer dans les yeux.

— Et ainsi ? Reconnais-tu ma voix ? *poursuit-il en communiquant avec moi, via le lien cette fois.*

— Tu es le monsieur qui m'a aidée quand j'étais perdue ? Comment tu fais pour parler dans ma tête ? Tu es un Alpha, comme Daegan ?

L'homme qui me fait face s'agenouille pour se mettre à ma hauteur, et me sourit. Il a de beaux cheveux blonds, comme moi. Ils ont l'air doux, j'ai envie de les toucher.

— Tu as une bonne mémoire. Tu es une petite fille sacrément intelligente !

Je me rends compte que je me trouve dans le jardin de Granny. J'entends maman m'appeler. Nous partons pour Newcastle rendre visite à tante Molly aujourd'hui. Je suis en retard, elle va me gronder.

— Je dois y aller, m'excusé-je. Maman m'attend.

Par réflexe, je m'avance vers mon sauveur et l'embrasse sur la joue en guise d'au revoir. J'en profite pour toucher une mèche de ses cheveux. Il m'attrape la main, et plonge son regard dans le mien.

— Je t'ai apporté un petit cadeau. J'ai appris que vous deviez effectuer un long voyage et j'ai décidé de te préparer des bonbons spéciaux. Ils empêchent d'être malade en voiture.

— Merci, j'ai toujours mal au cœur quand on longe la falaise. Judy se moque de moi à chaque fois !

— Avec plaisir, ma toute belle. Je te conseille d'en manger deux quand vous démarrerez. Ainsi, ils auront assez de temps pour faire effet, et ton voyage se déroulera sans encombre. Mais, n'en parle pas à tes parents. Je suis le seul à connaître la recette de ces bonbons magiques. Si les adultes apprennent que je sais en préparer, on ne me laissera jamais en paix. Je peux compter sur toi ?

— Je promets de garder le secret ! Tu es gentil, je ne veux pas qu'on t'embête à cause de moi. Je peux partager avec Ray et Judy ? Sinon, ils vont être jaloux.

— Si tu veux.

Le décor change lentement. Il s'efface tel un dessin dans le sable emporté par les vagues.

Je me retrouve assise à l'arrière de la voiture de papa. Judy dort, recroquevillée contre la vitre. Entre elle et moi, Ray parvient difficilement à garder les yeux ouverts.

— Pose ta tête sur mon épaule, Ell'. Tu vas avoir mal au cou si tu t'endors dans une mauvaise position.

Je me blottis contre mon frère et ferme les yeux.

— Ell' ! Ell' ! Tu vas bien ?

Je mets du temps à comprendre pourquoi Ray est si paniqué. Mon frère, ma sœur et moi, avons dû être éjectés de la voiture. La Volkswagen est sur le flanc, à quelques mètres de nous. Je me redresse et tourne la tête dans tous les sens. Judy a une main posée sur sa jambe qui saigne abondamment. Le bras gauche de Ray a pris une position bizarre, une énorme boule lui déforme l'avant-bras. Quant à moi, j'ai très mal à la tête.

— Où est maman ? sangloté-je.

— Elle est dans la voiture, avec papa, tente de me rassurer mon frère. Ils ne me répondent pas, mais ça va aller, ne t'inquiète pas. J'ai appelé les secours avec mon portable, ils ne devraient plus tarder.

Judy n'arrête pas de hurler, ça me donne encore plus mal à la tête. Ray lui ordonne de muter pour aider son corps à soigner sa jambe. Je veux mon papa. Pourquoi est-ce qu'il ne sort pas de la voiture ? J'essaie de l'appeler mais il ne répond pas. Il y a beaucoup de sang sur les vitres, je n'arrive même pas à voir au travers.

Au loin, des sirènes retentissent et les ténèbres m'engloutissent à nouveau.

Vu que Ray ne se contrôle plus, Kaylan décide d'affréter un jet privé pour nous ramener à Madadh. Le statut d'Alpha offre certains avantages, dont un compte en banque bien fourni. Autant en profiter lorsque cela s'avère nécessaire ! Il serait fâcheux que notre ami se transforme au milieu d'un avion rempli de passagers. Nous avons déjà frôlé l'incident à l'aller à cause de moi; mon oncle a jugé inutile de réitérer l'expérience.

Fred est resté à Manchester. Le *Seann* a donné son autorisation pour une autopsie du corps du loup blanc, ainsi que pour une analyse ADN qui prouvera ou non son lien de parenté avec Ella.

Contrairement à ce que nous pensions, personne n'a tenté de récupérer la dépouille du jeune homme. Quelle triste fin pour un adolescent. Pourquoi l'avoir ainsi jeté dans la fosse aux lions ? Pourquoi avoir mis sa vie en danger de la sorte ? Mais surtout, pourquoi Cahal est-il resté sans rien faire alors que son complice, peut-être même son fils, allait être mis à mort ? A-t-il si peu de considération pour la vie humaine ? Même lorsqu'il s'agit de ses propres enfants ? Je n'ose imaginer ce qu'il pourrait faire subir à Ella !

La colère et la rage font désormais partie de mon quotidien. Elles sont présentes le matin, à mon réveil, et me suivent jusque dans mes insomnies. Heureusement, car ce sont ces émotions qui m'aident à ne pas sombrer dans la folie. Si je n'avais pas en moi cette envie de vengeance, ainsi que ce fol espoir de revoir Ella en vie, je crois que je finirais comme ma mère. Chez les humains, il paraît que les pathologies psychiatriques ont quelque chose d'héréditaire. En est-il de même pour nous ? Si je n'y prends pas garde, pourrais-je me laisser emporter, comme ma mère, par mon loup, et ne jamais revenir ?

— Ils ne lui feront pas de mal, me rassure mon oncle qui semble lire dans mes pensées.

— Comment peux-tu en être certain ?

Sans me répondre, il se lève de son siège pour s'installer auprès de Ray. Ce dernier est livide. Je suis heureux de constater que, malgré ce qu'il a appris concernant la généalogie d'Ella, il l'aime toujours autant. Ce sont les épreuves de la vie qui révèlent nos véritables sentiments.

Johan, lui aussi, semble prêt à tout pour retrouver sa meilleure amie. Je l'ai eu par téléphone avant le décollage. Avec l'aide de mon frère et du reste du clan, il met tout en œuvre pour retrouver la trace d'Ella et de ceux qui nous ont trahis. Malheureusement, le temps que l'information nous parvienne et que nous la lui transmettions, Cahal avait déjà quitté le bateau comme en ont témoigné plusieurs passagers. J'ai eu envie de vomir quand Johan m'a expliqué que tout le monde parlait de ce pourri comme d'un bienfaiteur. Tous ont évoqué le sympathique docteur, prêt à tout pour ramener une pauvre jeune femme malade à sa famille.

Quand le jet s'arrête sur la piste, je constate que Darina Walsh nous attend. Accrochée au bras de Jim, elle fixe l'horizon de son regard éteint.

Je me dirige directement vers elle et lui tends le sac dans lequel nous avons rassemblé les affaires de sa petite-fille. Le dos droit et le menton levé, elle fait un pas vers moi.

— Nous la retrouverons, dit-elle en posant sa main sur mon cœur. Nous la retrouverons et nous punirons les coupables.

Chapitre 4

Nous nous retrouvons chez Darina afin de partager les informations dont nous disposons. Que ce soit Jim, Johan, Ray, Kyran, Kaylan, ma tante ou encore le Doc, nous sommes tous présents.

— Fred vient de m'envoyer un rapport préliminaire, nous informe Kaylan en allumant son ordinateur portable. Le gosse n'avait que quatorze ans… J'ai tué un gamin !

— Vous avez tout fait pour éviter la mise à mort, tente de le rassurer Kyran. L'issue était inévitable !

— C'est n'importe quoi, s'étrangle ma tante. Il n'aurait même pas pu prendre la place de Kay à la tête de la meute vu son âge ! Pourquoi l'avoir fait combattre ? C'est un suicide assisté ! Le *Seann* aurait dû intervenir !

Cahal ? Tobias ? L'un comme l'autre savaient que mon oncle avait retrouvé ses moyens. Pourquoi avoir sacrifié le gamin ? Croyaient-ils sincèrement qu'un ado pourrait venir à bout de Kaylan ? Qui que soit le géniteur d'Ella, il doit être totalement fou.

— Ce n'est pas tout. Ils ont retrouvé dans son estomac une grande quantité de liquide. Après analyse, il s'agirait d'un mélange de ginseng et de mandragore.

Instinctivement, nous nous tournons vers le Doc, mais c'est Johan qui nous apporte les données qu'il nous manque.

— Ella a réalisé un mémoire sur les plantes; je l'ai relu au moins cinq fois pour en corriger l'orthographe. Si je me souviens bien, le ginseng a des propriétés stimulantes, proches de celles de la caféine, et la mandragore est un puissant psychotrope. Ella et son géniteur semblent avoir une passion commune pour les plantes.

— Exactement, confirme Doc. Après avoir ingurgité ce mélange, ce jeune loup devait être désorienté et complètement dopé.

— Peut-être Cahal espérait-il que le petit pourrait me vaincre, une fois dans un état second ? Il faut avouer qu'il attaquait sans relâche. Il n'a pas démérité au combat malgré son jeune âge !

L'autopsie ne nous apprend rien d'autre. Il nous faut encore patienter pour les résultats des tests ADN. Selon Fred, ils devraient arriver d'ici deux semaines. En attendant, il reste sur place. Kaylan s'est proposé pour financer les obsèques du gamin et il a chargé Fred de s'occuper des formalités. La mort de l'adolescent hantera longtemps mon oncle. Mais il n'a pas eu le choix. Quand le *Seann* ordonne, nous devons obéir. Si Kaylan n'avait pas mis le gamin à mort, il aurait été sévèrement puni, et un autre que lui se serait chargé d'achever le loup blanc. Mon oncle a eu le mérite d'offrir à son adversaire une mort rapide.

— Que ce jeune Faoladh soit ou non le frère d'Ella, souffle Ray, il ne méritait pas d'être sacrifié de la sorte. Si son père a pu l'envoyer ainsi dans la fosse aux lions, je n'imagine pas ce qu'il pourrait faire de ma sœur.

— Il ne lui fera aucun mal, répète, une fois encore, Kaylan.

— Pourquoi en es-tu si sûr ? m'emporté-je. Si tu sais quelque chose, parle !

La grand-mère d'Ella se lève pour venir se placer à la droite de l'Alpha. Elle pose une main sur l'épaule de ce dernier.

— Mon ami, il est temps de leur parler de la Prophétie.

Lorsque mon esprit prend le dessus sur la drogue, je me rends compte que je suis assise sur une chaise et qu'il m'est impossible de bouger. La froideur du métal contre mes poignets et le cliquetis que j'entends à chacune de mes tentatives de mouvements me portent à croire que j'ai été enchaînée.

— Tu peux ouvrir les yeux, je sais que tu es consciente. Je ne compte pas te sédater à nouveau.

Cahal me fait face; il est assis tranquillement, une tasse fumante à la main. Si je ne parviens pas à me tourner, je sens que quelqu'un d'autre est dans la pièce.

— Que me voulez-vous ? articulé-je péniblement.

Quelle que soit la substance qui m'a été injectée ces derniers jours, elle n'a pas encore été totalement évacuée par mon organisme. J'ai la bouche pâteuse et les idées se bousculent de manière anarchique dans ma tête. Mes sens engourdis ne me donnent que peu d'informations concernant mon environnement.

— N'ai-je donc pas le droit de souhaiter converser tranquillement avec ma fille ?

— Chez les gens normaux, les parents discutent avec leurs enfants autour d'un bon repas. Et, en principe, ils n'enchainent pas leur progéniture adorée après l'avoir enfermée dans le coffre d'une voiture et droguée avec je ne sais quelle saleté !

— Oh, ne t'inquiète pas pour ta santé. À ce que j'ai pu comprendre, nous avons une passion commune pour l'herboristerie. Je n'utilise jamais de produits chimiques, j'ai pour habitude de préparer mes décoctions moi-même.

— Comme le jour de l'accident ?

Cela me revient comme un flash. Cahal… les bonbons… Ray, Judy et moi qui ne parvenons pas à lutter contre le sommeil.

— Tu t'en es souvenue ? Tu as mis le temps ! J'ai eu peur que tu te rappelles de moi lorsque nous nous sommes vus chez Kaylan à ton retour. Tu n'étais qu'une enfant et j'ai bien changé depuis…

— C'est donc bien cela ? Vous m'aviez droguée, déjà à l'époque ?

— J'avais besoin que tu sois inconsciente. Sinon, tu aurais raconté la véritable version de l'accident, ce qui n'arrangeait pas trop mes affaires.

La véritable version ? Mais, bien sûr ! Pourquoi cet homme que je n'avais rencontré que deux fois auparavant m'aurait-il donné ces bonbons s'il n'avait pas su ce qui allait arriver ?

— Vous avez causé l'accident ?

Cahal sourit. Il se lève et je pense, l'espace d'un instant, qu'il va quitter la pièce sans me répondre, mais il se sert simplement une autre tasse de thé.

— C'est la faute de ta mère tout ça. Elle me tenait à l'écart, elle me dissimulait des informations. Elle voulait tout dire à propos de moi… et de toi. Je ne pouvais pas la laisser faire, personne ne devait savoir ! J'avais un plan.

— Et vous les avez tués ?

— Toutes les vies ne méritent pas d'être sauvées.

— Comme celle de votre fils ? Pourquoi l'avoir envoyé au combat alors que vous saviez que Kaylan aurait le dessus ?

Je paie mon effronterie d'une gifle puissante. Le goût métallique du sang se répand dans ma bouche : je me suis mordu la langue sous l'effet de l'impact.

Un grognement retentit derrière moi. Il y a donc bien un autre loup dans cette pièce. J'essaie de repérer l'odeur de Tobias ou de Cillian, mais c'est ici que mon géniteur doit préparer ses décoctions et l'odeur des plantes sature mes sens et m'empêche de me concentrer.

Cahal perd son sang-froid et se met à me crier dessus.

— S'il est mort, c'est à cause de toi ! Kaylan était censé arriver affaibli au Conseil ! Gaël était prêt, il avait pris la potion ! Mais il a fallu que tu fourres ton nez dans nos affaires !

Gaël. C'est donc ainsi que s'appelait ce frère que je ne connaîtrai jamais.

— Pourquoi ne pas l'avoir empêché de défier l'Alpha ? Vous saviez pertinemment qu'il allait perdre !

— Non ! hurle-t-il de plus belle. Il pouvait gagner ! Il était prêt ! Il serait devenu l'Alpha, et j'aurais assuré la régence du clan jusqu'à ses dix-huit ans. Tout était prévu ! J'avais un plan ! Cela m'aurait donné le temps qu'il me fallait pour que la Prophétie s'accomplisse.

Une Prophétie ? Mais il se croit dans un film ? L'Oracle[2], c'est dans Matrix[3], pas dans la vie réelle ! Bon, ok, dans la vie réelle, il n'y a, en principe, pas non plus de Faoladh, d'Anges ou d'Enchanteresses aux pouvoirs flippants. Mais, une Prophétie ?! Il ne faut pas abuser !

— Alana !

Une louve blanche me dépasse pour venir courber l'échine face à mon géniteur.

— Ma douce Alana. Je vais installer notre invitée avec les autres. Charge-toi de la surveillance, j'ai besoin de me dégourdir les jambes.

Quand la louve se tourne vers moi, je ne peux détacher mon regard du Croissant de Lune qui s'épanouit entre ses yeux.

---

[2] Personnage du film Matrix possédant des dons de voyance.

[3] Film de science-fiction, réalisé par L.Wachowki (1999).

PARTIE 2

La prophétie

« Bordel ! Je suis dans une cage ! Une cage plutôt spacieuse, dans le genre de celles utilisées pour les grands félins dans les zoos, mais une cage tout de même.

Quel genre de tordu possède une cage dans son petit chez-soi ?»

Chapitre 5

Cahal me bande les yeux avant de me détacher et de me soulever sur son épaule. Son contact me répugne. Je tente de me débattre, mais je suis encore bien trop faible pour parvenir à m'échapper. Je me félicite tout de même intérieurement du coup de genou que je lui envoie entre les jambes au moment où il me lâche sur un sol froid.

— Je t'apprendrai le respect ! hurle-t-il en claquant la porte du bâtiment.

Je lève les mains pour venir détacher le bout de tissu qui couvre mes yeux. Lorsque Cahal m'a jetée au sol, mon coude a heurté violemment quelque chose de dur, et j'éprouve des difficultés à défaire le nœud tant la douleur est lancinante.

— Ne bouge pas. Laisse-moi t'aider.

Cillian !

Utilisant le peu de force qu'il me reste, je me propulse, à l'aide de mes pieds, pour m'éloigner le plus possible de la source de la voix. Je ne vais pas très loin. Mon dos heurte rapidement une surface dure et froide.

— Laisse-moi t'aider, répète-t-il. On est tous dans le même bateau !

Je sens l'odeur de Cillian de plus en plus proche tandis que le grognement d'un loup, certainement Alana, se fait entendre à quelques pas de nous. Je n'ai pas trop le choix, je me laisse faire. Le fils de l'Alpha me débarrasse du bandeau. Il lève ensuite les mains, en signe de paix, et s'éloigne de moi pour se placer à l'autre extrémité de... de la cage ! Bordel ! Je suis dans une cage ! Une cage plutôt spacieuse, dans le genre de celles utilisées pour les grands félins dans les zoos, mais une cage tout de même. Quel genre de tordu possède une cage dans son petit chez-soi ?

Dans la pièce, il y a trois autres espaces de détention comme celui dans lequel je me trouve. L'un est vide, le second nous est réservé à Cillian et moi, et le troisième est occupé par Tobias. Je n'y comprends plus rien. Ils ne nous ont donc pas trahis ? Ou peut-être Cahal les a-t-il doublés au dernier moment ?

Tobias est endormi, mais Cillian m'observe sans rien dire. C'est bien la première fois qu'il ferme son clapet celui-là ! La louve, si semblable à la mienne, fait des allers-retours devant notre cage. Pourquoi m'avoir mise avec Cillian et pas dans mon propre "enclos" ? Ce cher papa craint-il que je ne souffre de solitude ? J'observe les lieux tandis que mes membres retrouvent leur tonus petit à petit.

Nous nous trouvons dans une sorte de grange. Je ne me souviens pas avoir eu connaissance de l'existence d'une ferme à Madadh. Nous devons donc nous trouver dans un village voisin si, bien sûr, nous sommes toujours en Irlande.

A travers les ouvertures qui entourent le portail fermé, aucune lumière ne filtre. Il doit sans doute faire nuit.

— Vous êtes ici depuis le début ? interrogé-je mon compagnon d'infortune.

— Tobias a compté les jours, nous sommes là depuis trois bonnes semaines.

— Nous pensions tous que vous nous aviez trahis, que vous aviez empoisonné Kaylan.

Cillian tape du poing sur un barreau, ce qui fait tressauter Tobias.

— Comment avez-vous pu croire que j'avais empoisonné mon père ?!

— Admets que vous voir disparaître au moment où nous comprenions qu'il avait été victime d'une tentative de meurtre ne jouait pas en votre faveur. Raconte-moi comment cela s'est passé.

Cillian tente de trouver une position confortable, ce qui, dans cet espace réduit, est particulièrement difficile pour lui vu sa carrure. Nos cages seraient plus adaptées à nos formes lupines.

— Cahal nous a attirés dehors, Tobias et moi. Il nous a dit qu'il était convaincu que l'un de vous avait administré le poison à mon père. Il soupçonnait mes cousins. J'étais en colère contre Jess et j'ai suivi Cahal à l'extérieur afin d'entendre ses hypothèses. Jamais je n'aurais pu imaginer qu'il soit le traître. Jusqu'alors, il avait toujours défendu les intérêts de mon père avec vigueur !

Cillian marque une pause et plante son regard dans le mien. J'y décèle énormément de tristesse. L'homme que j'ai sous les yeux est bien loin du personnage hautain avec qui j'ai dîné l'autre soir.

— A peine avions nous mis un pied dehors que deux loups blancs nous attaquaient. Nous ne nous y attendions pas. Ils nous ont rapidement mis à terre et Cahal nous a planté une aiguille dans le cou. Quand je me suis réveillé, j'étais dans cette cage.

— Il a voulu vous faire croire que nous étions coupables, intervient Tobias qui est désormais totalement éveillé. Il lui fallait détourner les soupçons de sa personne. De plus, Cillian aurait rapidement fait le rapprochement entre le thé que Cahal lui faisait servir à l'Alpha et l'empoisonnement de celui-ci.

— Vous n'avez eu aucune opportunité de vous échapper durant ces trois semaines ?

— Cahal nous injecte une substance qui nous empêche de muter, m'explique Tobias. Nos loups semblent être endormis, nous ne les ressentons que rarement. Cela nous empêche de retrouver nos forces. Nous sommes trop affaiblis pour tenter quoi que ce soit.

— Et il y a Gaël et Alana, poursuit Cillian.

A la mention de son prénom, la louve se tourne vers nous avant d'aller s'allonger dans un coin de la pièce. Elle semble aussi épuisée que nous le sommes.

— Gaël est mort, annoncé-je. Kaylan l'a tué lors d'un combat, au Conseil des Alphas.

Je leur explique ce qu'il s'est passé depuis leur disparition. Je tente de ne rien omettre, de notre départ pour Manchester jusqu'à mon arrivée ici.

— Je me disais aussi qu'il était bizarre qu'Alana soit seule pour nous surveiller. Tobias et moi avons remarqué que Cahal ne semble pas lui faire totalement confiance. Nous étions déjà étonnés qu'ils nous laissent seuls avec elle durant quasiment une semaine.

— Pourquoi ne lui accorde-t-il pas sa confiance à votre avis ?

— Alana est… gentille avec nous. J'ai l'impression qu'elle comprend que ce que fait Cahal n'est pas aussi bien qu'il veut le lui faire croire. Gaël, par contre, était complètement cinglé. Un véritable mercenaire sans aucun esprit critique. Il suivait son père comme un toutou et obéissait au moindre de ses ordres.

— Le gamin était un sadique, poursuit Tobias. C'est une bonne chose qu'il soit mort, il serait devenu un tueur en série ou quelque chose d'approchant.

Génial. Dans ma super famille de tarés, après la fille bourrée de tocs et le père mégalomane, je vous présente le frère psychopathe. Si Alana est ma sœur, j'espère qu'elle n'est pas aussi zinzin que le reste de cette joyeuse tribu !

Alors que Cillian et Tobias débriefent ensemble à propos de tout ce que je viens de leur apprendre, mon organisme fatigué par la quantité de drogue reçue ces derniers jours m'entraine, contre mon gré, dans les méandres d'un sommeil perturbé.

— Ella, réveille-toi.

Quand j'ouvre les yeux, je mets quelques secondes à me rappeler où je suis. La douleur que je ressens dans le dos m'y aide pas mal… Dormir sur un sol en béton, ce n'est pas très feng shui[4].

— Désolé de te réveiller, mais Tobias a un plan. Il faut que l'on profite d'être seuls pour en discuter.

Je me redresse et jette un regard circulaire autour de moi. Je suis effectivement seule avec mes compagnons de cellule.

A la lueur du jour, je constate que leur détention a dû être plus compliquée que ce que je n'imaginais. Cillian est très amaigri. Avec ses cheveux en bataille et sa barbe hirsute, il est pratiquement méconnaissable. Lui qui, d'ordinaire, est toujours si apprêté, n'est plus que l'ombre de lui-même. Par chance, il ne semble pas avoir été violenté, contrairement à Tobias. Amaigri lui aussi, le Protecteur est couvert d'ecchymoses et ses vêtements sont tâchés de sang.

---

[4] Philosophie de vie permettant de vivre en harmonie avec la nature.

Soudain, une bouffée d'angoisse me prend. Je compte plusieurs fois les barreaux de la cage mais je ne m'apaise pas. Je réalise, seulement maintenant, les impacts de ma détention. Pas de douche, pas de possibilité de satisfaire mes compulsions. Dans un murmure, je pose à Cillian LA question.

— Comment fait-on pour aller aux toilettes ?

Oui, je me rends bien compte que ce n'est peut-être pas le moment de m'interroger à ce sujet, qu'il y a bien plus grave dans notre situation, mais l'esprit d'un obsessionnel compulsif n'est pas fait comme celui des autres. Quand un sujet me perturbe, mon cerveau est comme court-circuité.

— Il y a un seau pour l'urine dans chaque cage, ils le vident tous les soirs. Si tu dois...euh... faire la grosse commission, tu dois demander à Alana ou Cahal de t'emmener à la toilette sèche qui se trouve à l'extérieur du bâtiment.

Oh mon Dieu ! Ok... Je dois garder mon calme. Donc, si je résume, je ne pourrai pas me laver tant que je serai ici, je devrai uriner juste à côté de mon amour de jeunesse, et comme si cela ne suffisait pas, je devrai déclarer haut et fort mon besoin de déféquer. Génial... C'est génial. J'entends la voix de Cillian, mais je ne comprends pas ce qu'il me dit. Assise, les bras autour des genoux, je me referme sur moi-même et me balance d'avant en arrière tandis que ce traître de cerveau refuse de collaborer et enclenche le mode "catastrophe". Je compte, encore et encore, je ne suis plus capable que de cela. Je finis par me rendormir, épuisée mentalement.

C'est le cliquetis de la serrure qui me sort du sommeil. Armé d'une matraque shocker[5] électrique, Cahal se tient devant la cage.

— Viens avec moi, ma puce, dit-il d'une voix douce. Je dois te parler de quelque chose.

— Je préfère rester ici, hurlé-je. Et ne m'appelez pas ma puce, espèce de psychopathe !

Mon géniteur approche la matraque du visage de Cillian. L'électricité crépite autour de nous, et le fils de l'Alpha se plaque contre la paroi pour tenter de s'éloigner de l'arme pointée sur lui.

— Ne m'oblige pas à jouer le rôle du papa sévère et à devoir te menacer. Je te demande gentiment de m'accompagner. C'est gagnant-gagnant, tu sais. Ton ami conservera sa belle gueule intacte, et toi, tu en apprendras plus sur le passé de ta famille.

J'ai envie de lui cracher au visage, de lui dire qu'il ne fait pas partie de ma famille, mais je sais qu'il obtiendra ce qu'il souhaite, quoi que je fasse. Autant épargner des souffrances supplémentaires à Cillian. De plus, j'avoue qu'un élan de curiosité malsaine me pousse à vouloir en apprendre plus sur le passé de cet homme. Cela m'aidera peut-être à comprendre comment ma mère a pu tomber dans ses bras.

---

[5] Arme de défense permettant de délivrer une décharge de courant puissante mais non létale.

Chapitre 6

Avant de me sortir de ma prison, Cahal a pris soin de passer des menottes à mes poignets et de m'injecter une dose de son cocktail anti-mutation. Je ne me suis jamais sentie aussi dénuée d'énergie. Je tente d'appeler ma louve à la rescousse, mais je ne trouve en moi qu'un vide profond. J'ai longtemps souhaité être "normale". Je voulais être humaine et me débarrasser de ma louve. Mais aujourd'hui, je suis en paix avec ma nature. Et j'ai peur... peur de ne plus jamais pouvoir muter, de ne plus être vraiment moi.

Nous cheminons lentement, mes jambes me portent difficilement. J'en profite pour examiner l'endroit. Nous nous trouvons bel et bien dans une ferme. D'une main puissante, Cahal me tire par le bras pour que j'accélère le mouvement. Il me traîne jusqu'à l'intérieur du bâtiment principal, celui qui lui sert de maison.

— Tu as déjà visité le laboratoire et la grange; je te présente mon petit chez-moi.

S'il appelle *une visite* le fait d'être assise sur une chaise inconfortable, ligotée de la tête aux pieds, et aussi shootée qu'une hippie à Woodstock[6] en soixante-neuf, il va falloir qu'il revoie sa notion d'hospitalité !

Après avoir déposé un plaid sur le canapé, Cahal m'invite à m'y asseoir et s'installe sur un rocking chair, face à moi.

— Tu es un peu cra-cra, je préfère prendre des précautions. C'est du cuir italien, tu sais ?

Merveilleux ! C'est un obsessionnel comme moi. Décidément, il semble que j'ai plus de points en commun avec ce fou dangereux qu'avec le reste de ma famille, ce qui en dit long sur ma santé mentale.

— J'ai décidé que nous aurions chaque jour, dans la mesure du possible, une petite discussion père-fille. Tu sais… rattraper le temps perdu, tout ça tout ça…

— Est-ce bien nécessaire ? Peut-être misez-vous sur un bon vieux syndrome de Stockholm[7] pour que je me sente prise d'un élan d'amour envers mon bon vieux papa ?

— Je ne suis pas si bête, éclate-t-il de rire. Je *mise* sur ton envie d'utiliser mes sanitaires. Je sais que tu as besoin de satisfaire quelques compulsions, j'ai entendu Jamesy en parler avec son frère. Je te propose donc un marché qui, somme toute, est à ton avantage : tu écoutes ton *bon vieux*

---

[6] Festival de musique emblématique de la culture hippie.

[7] Syndrome désignant l'attachement d'un otage envers son agresseur, d'un prisonnier envers son geôlier

papa te parler, et en échange, je te laisse utiliser ma salle de bain durant trente minutes lors de tes visites.

— Et vous, qu'avez-vous à y gagner ?

— Peut-être que, lorsque tu auras toutes les cartes en mains, tu te rallieras à ma cause. Ce serait plus facile que les autres options que j'ai envisagées, mais nous aborderons cela en temps voulu. Inutile de songer à des choses désagréables, non ? Ne sommes-nous pas en famille ?

Hummm… Je sens que les autres options sous-entendent torture et cocktails de plantes.

J'ai l'impression de trahir mes compagnons, mais j'accepte la proposition de Cahal. Après tout, je ne m'engage à rien, juste à l'écouter. De plus, si je parviens à satisfaire quelques-uns de mes tocs, cela me rendra moins faible psychologiquement et plus à même de participer aux éventuels plans d'évasion de Tobias. Il faudra d'ailleurs qu'il m'explique ce qu'il a prévu. On ne peut pas dire que j'étais très à l'écoute lorsqu'il a tenté de m'en parler.

— Par quoi commençons-nous ? laché-je avec froideur, lui faisant ainsi comprendre que je me plie au scénario qu'il a prévu pour nous.

— Sais-tu ce qu'est une Prophétie ?

J'avoue qu'il capte immédiatement toute mon attention. Ce n'est pas la première fois que mon géniteur évoque ce mot devant moi.

— Une sorte de prédiction ?

— Plus ou moins. Dans chaque culture, il y a des histoires qui se transmettent de génération en génération. Chaque peuple a son prophète. Attention ! Toutes les Prophéties ne se réalisent pas. Il existe de faux prophètes, des beaux parleurs, des voyants de pacotille. Chez les Faoladh, toutefois, une Prophétie s'est déjà accomplie à plusieurs reprises. Nous y sommes donc particulièrement attentifs.

J'oublie un instant que j'ai les poignets liés et que je me trouve en présence du fou à lier qui me sert de géniteur. Telle une enfant à qui on raconte une belle histoire, je m'installe en assis-tailleur et écoute la voix grave de Cahal me parler du passé de notre espèce.

— Ma lignée a le grand privilège d'être concernée par cette Prophétie, la Prophétie du Croissant de Lune.

La Prophétie du Croissant de Lune ? Cahal ménage le suspense en distillant des pauses aux endroits adéquats. Ce type ferait un super auteur de romans policiers. Avant de poursuivre, il se lève, s'approche de moi et caresse mon front avec son pouce.

Bien sûr ! La marque ! Celle que Gaël, Alana et moi avons en commun.

— Souhaites-tu boire quelque chose ?

— Non, merci.

Tandis qu'il se prépare un thé, les rouages de mon cerveau s'activent. Depuis mon retour à Madadh, je n'ai jamais vu Cahal sous sa forme lupine. Mais, s'il possédait, lui aussi, la marque, je suppose que quelqu'un aurait déjà fait le rapprochement avec moi.

Je ferme les yeux et force mon esprit à me renvoyer au soir de ma première transformation. J'étais jeune et effrayée. Je me concentre et l'image de Cahal m'apparaît de plus en plus nettement. Je revois son pelage noir et blanc, ses pattes puissantes et, enfin, je me souviens de lui en train de m'observer. Non, Cahal ne possède pas la marque !

Il revient près de moi, une tasse fumante entre les mains. Il me sourit et reprend sa place dans le rocking chair.

— Où en étions-nous ? demande-t-il d'un air distrait.

— Vous alliez me parler de la Prophétie.

— Chaque chose en son temps, ma chérie. Parlons d'abord de ma famille, de ta famille.

Encore une fois, j'ai envie de lui rétorquer qu'il ne fait pas partie de ma famille et que je ne veux rien avoir en commun avec lui, mais je me tais. Si je suis prisonnière ici, autant en apprendre le plus possible sur ses motivations.

— C'est ma mère qui m'a parlé de la Prophétie. Elle savait beaucoup de choses, ma mère. Et pourtant, ta grand-mère était fort peu considérée au sein de sa meute. Vois-tu… Elle entendait des choses.

Et une dingo de plus ! Mon arbre généalogique est une véritable pépite !

— Elle était schizophrène ? l'interrogé-je.

— Ma mère n'était pas folle ! hurle-t-il en tremblant. Elle disait entendre les voix de la nature; pourquoi de suite penser à de la schizophrénie ? Avec toutes les choses surnaturelles de ce monde, en quoi entendre la voix des arbres serait-il symbole de folie ?

Si ce n'est pas du déni en bonne et due forme, je ne sais pas ce que c'est…

— Soit ! poursuit-il en tapotant du pied. Ma mère a rencontré mon père alors qu'elle fuyait son village. Ton grand-père l'a acceptée telle qu'elle était. Il la comprenait… Il avait réalisé qu'elle était unique. Ils se sont mariés à l'âge de dix-neuf ans et je suis venu au monde l'année suivante. J'ai très peu de souvenirs de mon père; il est mort alors que j'étais bien trop jeune pour me remémorer ses traits.

— Je suis désolée.

— Pourquoi ? Tu ne le connaissais pas. Garde ta compassion pour les faibles qui t'entourent !

Ok, je note donc que l'empathie n'est pas la première de ses qualités. Je vais réellement finir par demander l'engagement d'un psychologue pour le clan. Il y a vraiment un filon à exploiter.

— Qu'étais-je en train de dire ? Oh ! Cesse donc de m'interrompre à tout bout de champ ou nous n'y arriverons jamais !

Les mains toujours entravées, je mime difficilement la fermeture à clé de ma bouche et lui lance la clé imaginaire. Exaspéré par mon geste, il se lève et place son visage sévère à quelques centimètres du mien. L'espace d'une seconde, je crains qu'il ne décide de me punir de mon effronterie.

— Tu m'agaces ! Je vais te conduire à la salle de bain.

— Mais, vous ne m'avez rien dit au sujet de la Prophétie ! râlé-je en me levant d'un bond.

— C'est tout pour aujourd'hui ! gronde-t-il en m'attrapant par la gorge. Tu devras te contenter du fait que mon père portait la marque et que ta sœur et toi la portez également. Le reste attendra demain !

Cahal a déposé un minuteur dans la pièce. Je dispose d'une demi-heure. Mon géniteur a fermé la porte à clé avant de s'éloigner. En tendant l'oreille, je l'entends s'affairer au salon.

Avant de satisfaire cette envie irrépressible de me laver, j'inspecte la pièce. Cahal est peut-être fou, mais il est loin d'être stupide. Il a enlevé les tiroirs, ne laissant aucun objet contondant à ma disposition. Sur un meuble bas, il a déposé des serviettes, une dose de shampoing comme on en trouve dans les hôtels, et une brosse à cheveux pour enfant. Impossible de dénicher quoi que ce soit qui puisse me servir d'arme.

La salle de bain ne comprend qu'une seule fenêtre rectangulaire. Elle se trouve en hauteur et a été scellée. J'hésite à frapper mon poing dans le petit miroir afin de récolter quelques éclats de verre qui pourraient être utilisés contre Cahal, mais cela ferait trop de bruit, et je ne suis même pas sûre de parvenir à briser le miroir vu mon état de faiblesse.

Il me reste moins de vingt minutes. Je prends la douche la plus rapide et bienfaitrice de toute ma vie. J'ai juste le temps d'utiliser les toilettes avant que Cahal ne frappe à la porte.

— Éloigne-toi de l'entrée.

Je m'exécute. Sans possibilité de me défendre ou de m'enfuir, je préfère jouer les prisonnières modèles… Du moins, pour l'instant.

Lorsqu'il me ramène dans la grange, Cahal en profite pour injecter aux autres une dose supplémentaire anti-mutation.

— C'est la pleine lune ce soir, m'explique mon ravisseur. Je préfère m'assurer qu'aucun de vous ne fera de bêtises. Où donc est encore passée Alana ?!

La jeune louve arrive à l'instant où son père prononce son nom. Elle courbe l'échine en s'approchant de lui. Son ventre touche presque le sol tant elle se fait petite face à cet homme.

— Je t'ai déjà dit de ne pas les lâcher d'une semelle ! s'énerve-t-il en frappant un coup sec sur le museau de sa fille.

Cillian se met à grogner et ses yeux prennent une teinte ambrée, signe que Cahal a eu raison de nous injecter cette petite dose booster. Pestant qu'il est entouré d'incapables, notre ravisseur sort de la grange.

— Tu vas bien ? demande doucement mon amour de jeunesse à notre geôlière.

Cette attention dont fait preuve Cillian à l'égard de la louve me surprend, et je le fixe avec étonnement. Lorsqu'il s'en rend compte, il se recroqueville sur lui-même au fond de la cellule.

— Tu as eu droit à un traitement de faveur, je vois ? Tu sens le savon.

Je leur explique, à Tobias et lui, la proposition de mon géniteur.

— Tu as bien fait d'accepter, me rassure Tobias. Plus nous disposerons d'informations, mieux nous connaîtrons notre ennemi.

— As-tu déjà entendu parler d'une Prophétie qui concernerait notre espèce ? interrogé-je le Protecteur.

— Je ne crois pas. Cela ne me dit rien.

Un léger jappement attire mon attention. Alana a profité de notre discussion pour quitter son poste quelques instants. Dans sa gueule, elle tient un lièvre charnu qui fait gronder mon estomac. Je m'étonne de ressentir la faim à la vue d'une proie crue et encore tiède. En principe, cela me dégoûte lorsque je ne suis pas louve. Mon instinct de chasseuse ne s'est pas du tout développé et j'évite, autant que faire se peut, d'achever un animal sans défense.

Ma demi-sœur s'approche de notre cage et dépose son butin de manière à ce que nous puissions nous en saisir facilement à travers les barreaux. Après un regard appuyé à mon voisin de cellule, elle s'éloigne et reprend sa place près de la porte.

— Je crois que c'est un cadeau pour toi, soufflé-je doucement à Cillian.

Ce dernier s'approche du lièvre et le ramène à l'intérieur de la cage. Après avoir murmuré un merci gêné, il brise les os de la bête et nous en donne un bon morceau à chacun. J'observe quelques secondes la chair ensanglantée de la bête. Vais-je vraiment faire cela ? Cahal nous sert de bien maigres repas dépourvus de toute source de protéines afin de nous affaiblir encore un peu plus. Ce lièvre est une aubaine, une occasion de reprendre des forces. Mais, le manger cru ? Et si je me chopais des vers ? Bon… ok… Je peux en attraper sous ma forme lupine, et j'avoue que j'ai toujours, dans ma pharmacie, un bon vermifuge.

Tobias et Cillian, loin de ces considérations, mordent à pleines dents dans Monsieur Lapinou. Après un énième grondement impatient de mon estomac affamé, je ferme les yeux et mange ma part avec difficultés. Sans mes crocs acérés, il m'est compliqué de dévorer une telle proie. Mais, après tout, à la guerre comme à la guerre !

Chapitre 7

Au fil de la journée, la pression monte en moi. En tant que Faoladh, j'ai la capacité de muter à loisir, mais les soirs de pleine lune, je suis obligée de céder à l'appel de la transformation. Une fois dans ma vie, j'ai tenté d'y résister et cela s'est plutôt mal déroulé. Mon corps a pris le dessus sur mon esprit. J'ai *changé* au beau milieu de mon appartement, dans une souffrance atroce. En effet, plus on résiste, plus le processus est douloureux… Comme folle, j'ai tout saccagé à l'intérieur avant de perdre le contrôle et de courir dans les rues de Boston jusqu'au parc le plus proche. J'ai dû traumatiser pas mal de gens sur mon chemin. Heureusement, je connaissais déjà Johan, et son père a fait en sorte que la presse fasse circuler la rumeur d'un chien sauvage enragé sillonnant la ville. C'est à ce moment-là que j'ai commencé à passer les soirs comme celui-ci avec mon meilleur ami et son clan.

La substance que nous injecte Cahal est censée bloquer totalement la transformation. Malgré tout, la force d'attraction de la lune est si forte, que certaines parties de nos corps ne nous obéissent plus. Tobias, seul dans sa cage, se balance d'avant en arrière. Ses crocs sont sortis et ses traits sont déformés par la douleur. Nos loups exigent d'être libérés et combattent la drogue avec vigueur; hélas, sans succès. Cillian se tient la tête. Ses yeux ne cessent de changer de couleur, passant du vert à l'ambre; de petites gouttes de sang s'écoulent de ses glandes lacrymales. Quant à moi, un instant je grelotte, et l'instant d'après, je suis en ébullition.

Alana, elle non plus, ne tient plus en place. La louve tourne autour de nous en reniflant l'air. Cela doit être une torture pour elle d'être coincée ici avec nous alors que son corps lui ordonne de courir avec sa meute. A-t-elle une meute d'ailleurs ? Je me rends compte que, depuis que je suis arrivée ici, je n'ai encore jamais vu ma demi-sœur sous sa forme humaine. Est-elle seulement capable de redevenir elle-même ou est-elle, comme la mère de Jess, coincée dans cet état animal ? Il faudra que j'interroge mes compagnons à ce sujet. En trois semaines, elle a bien dû se présenter à eux une fois ou deux sous son autre forme.

Pour éviter de penser à la douleur, je compte, mais cela ne marche pas. Alors, je me concentre sur mes mains. Si je parvenais à sortir mes griffes, peut-être pourrais-je nous sortir d'ici ? Mais je ne contrôle rien. Mon corps, empoisonné par la mixture inventée par mon géniteur, n'est plus qu'un immense brasier. Je me consume de l'intérieur. Vais-je mourir ici ?

Quand Alana se met à hurler à la lune, son cri court-circuite mon cerveau et je m'évanouis.

Lorsque je sors de ma torpeur, je suis incapable de bouger, tant mon corps a été malmené. Chaque centimètre carré de mon être me fait souffrir. J'ouvre péniblement un œil. Tobias et Cillian sont inconscients; eux aussi sont allés au bout de leurs forces. Cela ne m'étonne guère. Ce qui me surprend, par contre, c'est la jeune femme rousse qui caresse doucement la main de Cillian à travers les barreaux.

Afin de l'observer à mon aise, je ne me manifeste pas. Si elle se rend compte que je suis éveillée, je suppose qu'elle prendra peur. Ma demi-sœur, car il ne peut s'agir que d'elle, doit mesurer approximativement ma taille. Ses longs cheveux roux flamboient et contrastent avec les miens et ceux de mon père : le feu et la glace. Elle me semble plutôt jolie, bien que son visage soit caché derrière un rideau de boucles désordonnées. Elle ne porte pour vêtements que ce que j'identifie comme un drap enroulé autour d'elle.

Quand j'entends les pas de Cahal à l'extérieur, je toussote pour l'avertir. Elle fixe un instant ses yeux verts sur moi avant de comprendre que son père arrive. Instantanément et à une vitesse impressionnante, elle redevient louve et s'écarte de nous. Avant que mon géniteur ne m'entraîne pour une nouvelle séance de papotage père-fille, je souris à Alana. Qui sait ? Peut-être disposons-nous ici d'une alliée improbable ?

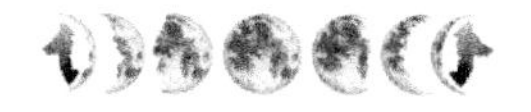

Comme la veille, Cahal me guide à l'intérieur. Cette fois, il doit pratiquement me porter. Cette nuit de pleine lune m'a laissée plus affaiblie que jamais. Mes muscles sont comme figés et je souffre de crampes atroces. Exaspéré par la lenteur de mes mouvements, il me soulève dans ses bras et m'emmène directement à la salle de bain.

— Lave-toi d'abord ! ordonne-t-il. Cette nuit a dû être agitée. Tu es couverte de sueur et je ne voudrais pas que tu laisses ton odeur partout sur mon mobilier.

— Oh ! Merci père ! Comme vous êtes bon envers moi ! réponds-je en prenant un air dramatique. Peut-être que si vous ne nous aviez pas empêchés de muter, je sentirais la rose et non la vase !

Il ouvre la porte et me pousse violemment à l'intérieur de la pièce. Mon genou heurte la baignoire et émet un craquement sonore.

— Vingt minutes ! crache-t-il.

Voilà… Mon petit excès de sarcasme m'a valu dix minutes de tranquillité en moins.

Histoire de me faire pardonner et de mettre mon ravisseur dans de bonnes dispositions, je sors de la salle de bain après quinze minutes seulement. Docilement, je m'approche de lui et lui tends mes poignets afin qu'il me passe les menottes.

— Après la nuit que tu viens de passer, il y a peu de chances que tu parviennes à faire quoi que ce soit. Je te laisse libre de tes mouvements, ne me le fais pas regretter.

Lorsque j'avise le fusil de chasse posé à portée de sa main, je me dis que cette soi-disant confiance qu'il m'octroie a ses limites.

— De quoi allons-nous parler aujourd'hui ?

— Avant de t'en dire plus sur la Prophétie, je pense que nous devons parler de nous, de toi et de moi. Je suppose que tu dois avoir pas mal de questions à mon sujet. Je te permets aujourd'hui de me les poser.

Bien sûr que j'ai des questions, mais par quoi commencer ? Si j'attaque directement avec la mort de mes parents, il risque de se braquer. Et j'ai besoin de connaître la vérité, toute la vérité, depuis le départ.

— Eh bien, je voudrais en apprendre plus concernant votre histoire, avec ma mère.

— Abby…

Cahal semble se perdre dans ses pensées. Serait-il nostalgique à l'idée de parler de ma mère ? L'a-t-il aimée, ne serait-ce qu'un tout petit peu ?

— Tu as raison, ma fille. Cette entrevue sera consacrée au lien qui nous unissait, Abby et moi. Sais-tu que je connaissais ta mère depuis que nous étions enfants ? Nous avons grandi ensemble au sein du clan. Je vivais dans un village voisin mais je suivais les cours à Madadh, comme de nombreux Faoladh des environs. Abby était très belle, mais contrairement à d'autres, elle n'en jouait pas. Elle faisait preuve d'une grande gentillesse envers moi. Je dois t'avouer que j'étais amoureux d'elle lorsque j'étais adolescent. Mais elle ne s'en était pas aperçu, je crois. Elle en a d'ailleurs épousé un autre, à peine sortie de l'école. De mon côté, j'ai pas mal papillonné. J'ai toujours eu énormément de succès auprès des femmes. Un soir, je suis passé devant chez ta grand-mère. Abby avait emménagé chez elle durant l'absence de son époux. Elle pleurait, assise sur les marches du perron.

Je parviens presque à visualiser la scène. J'avais donc raison; il a profité d'un état de faiblesse pour s'engouffrer dans la faille et la séduire.

— Je me suis approché d'elle. Nous ne fréquentions plus les mêmes cercles et nous nous étions un peu perdus de vue au fil des années. Je me suis assis auprès d'elle et c'était comme si nous nous étions parlés la veille. Nous avons longuement discuté. Elle m'a expliqué que son compagnon partait souvent en mission pour Daegan et qu'elle en avait marre d'être seule à devoir gérer ses deux enfants. Je l'ai écoutée déverser sa peine et sa déception. Nous avons ri ensemble en nous remémorant des scènes de notre enfance et, alors que je me levais en lui souhaitant une bonne soirée, elle a posé sa main sur ma cuisse pour me retenir.

Non ! Impossible ! Maman n'a pas pu agir ainsi ! J'ai peur d'entendre les mots qui s'apprêtent à sortir de la bouche de Cahal. J'ai envie de plaquer mes mains contre mes oreilles, comme une enfant.

— Elle m'a dit qu'elle aurait peut-être dû me choisir, moi. Qu'un guerrier, un potentiel Alpha, aurait été plus présent pour elle qu'un émissaire. C'est là qu'elle m'a embrassé et que notre relation a débuté.

Merde ! Je réalise que ma vie n'a toujours été qu'un vaste mensonge. Mon géniteur n'est pas celui que j'appelais père, ma mère n'est pas la personne droite et sincère qu'elle prétendait être, mon meilleur ami ne s'est pas trouvé sur ma route par hasard, et je suis apparemment liée à une Prophétie familiale qui m'a amenée à être enfermée dans une cage par l'amant de ma mère, alias mon géniteur.

— Je ne vous crois pas. Ma mère aimait mon père.

— Ta mère respectait ton père, c'est différent. Ils formaient le couple parfait aux yeux de la société Faoladh. Mais c'est moi qu'elle aimait. Nous nous sommes fréquentés en cachette durant une année. J'avoue que, de mon côté, j'ai continué à voir d'autres femmes. J'ai toujours eu un penchant pour les histoires sans engagement; j'étais toujours l'amant, jamais l'officiel, et c'était parfait ainsi. Un jour, Abby m'a annoncé qu'elle souhaitait quitter Ronan pour moi. Tu t'en doutes, je n'étais pas du tout d'accord avec cela. Mon but était de devenir un jour l'Alpha, je ne comptais pas m'encombrer d'une famille, et encore moins risquer une sanction pour avoir brisé un ménage. Ta mère m'a pratiquement supplié de rester avec elle, mais j'ai coupé les ponts.

Je suis comme anesthésiée. Imaginer cette mère, que j'idéalisais, dans le rôle de la pauvre fille pathétique qui supplie son amant de s'enfuir avec elle, cela me tue. J'avoue également que cela me renvoie de façon bien trop foudroyante à ma propre situation de ces dernières années avec Logan. Je ne veux pas être cette femme, je ne veux pas être comme elle !

— Je vois bien que ce que je t'apprends ne te plait pas, mais je te jure que c'est la stricte vérité. A l'époque, un conflit entre clans m'a amené à quitter la région durant deux semaines. Quand je suis revenu, les Protecteurs de Daegan m'attendaient à la frontière du village. Ils m'ont escorté chez moi et je n'ai eu que quelques heures pour rassembler mes affaires. Le soir même, j'ai dû quitter la meute : l'Alpha m'avait banni, ainsi que trois autres loups.

J'ai clamé mon innocence et ma fidélité à Daegan, mais ils ne m'ont pas offert de procès. Je n'ai compris pourquoi que bien plus tard.

La petite fille en moi tressaute légèrement. Lorsqu'il a été condamné à l'exil, Cahal ne savait donc pas que ma mère portait son enfant. Serait-il resté si tel avait été le cas ? La partie logique de mon esprit me rappelle que mon géniteur a bien insisté sur le fait qu'il ne souhaitait pas s'encombrer d'une famille, mais peut-être aurait-il changé d'avis face au fruit de sa chair ?

— Quand avez-vous appris que vous étiez mon père ? bégayé-je d'une toute petite voix.

— Deux ans plus tard. Abby m'a contacté car tu montrais des signes précoces de transformation. Tes yeux changeaient de couleur lorsque tu étais énervée, et ton ouïe était surdéveloppée. Cela l'inquiétait, elle avait peur que tu ne mutes trop tôt et que ta part animale ne l'emporte sur ton humanité. C'est à ce moment qu'elle m'a avoué que tu étais ma fille, simplement parce qu'elle craignait que je t'aie transmis une tare génétique quelconque. Après tout, ma mère était "la folle du village". Je l'ai rassurée en lui disant que, dans ma famille, nous étions nombreux à avoir connu ce phénomène, mais que personne n'en avait jamais souffert. Tu étais simplement une petite fille exceptionnelle dotée de grandes capacités.

"Une jolie petite louve comme toi, aussi exceptionnelle, ne doit pas se promener seule en forêt." Cette phrase que m'a dite Cahal le soir de ma première transformation me revient en tête. Toutes ces choses que j'ai vues en rêve durant ces moments d'inconscience étaient donc bel et bien des souvenirs. Je décide de m'en assurer auprès du principal concerné.

— Je crois me rappeler d'une entrevue que vous avez eue avec ma mère, dans un parc. Est-ce que cela s'est réellement produit ?

— Après avoir travaillé Abby au corps durant plusieurs semaines, je suis parvenu à la convaincre de me rencontrer. Je n'aurais jamais supposé qu'elle débarquerait avec sa valise… Elle pensait que je voulais vous emmener toutes les deux avec moi. Cette fois encore, après tout ce temps, elle était prête à tout plaquer pour partir avec moi. De mon côté, je souhaitais simplement savoir si tu portais la marque, comme ton grand-père.

— N'y a-t-il que cela qui compte à vos yeux ? sangloté-je malgré moi.

Un hurlement retentit à l'extérieur. Cahal bondit sur ses pieds et me ramène rapidement à ma cellule, sans un mot. Une fois la serrure verrouillée, il se transforme, déchirant ses vêtements au passage, et quitte la grange au pas de course, nous laissant seuls avec Alana.

Chapitre 8

Je pense souvent à Jess. Je n'ai pas eu le temps de consulter les résultats du test ADN. Cahal est-il également son géniteur ? Il suffirait que je pose la question à mon cher père lors de notre prochaine entrevue. Du moins, si entrevue il y a.

Cela fait deux jours que nous n'avons pas revu Cahal. Tobias, Cillian et moi passons la moitié du temps à dormir. Le reste du temps, nous réfléchissons au meilleur moyen de sortir d'ici. Jusque-là, nous ne pouvons pas nous vanter d'avoir mis sur pied le plan du siècle. Il y a bien eu la fameuse idée de Tobias… Tu parles ! Il se disait que l'un de nous pourrait tenter de maîtriser Alana ou Cahal lorsque l'un d'eux nous conduirait aux toilettes. J'ai balayé cette idée en une seconde. Affaiblis par la faim et la potion anti-mutation, les deux loups ne feraient qu'une bouchée de nous.

Johan aurait un plan, lui; il a toujours de super idées. C'est fou comme il me manque. J'espère qu'il prend soin de Granny, la pauvre doit être dans tous ses états.

— Compte dans ta tête ! hurle Cillian à côté de moi. J'en ai marre de t'entendre, tu me rends dingue ! Ce n'est pas en comptant les barreaux de cette foutue cellule à longueur de journée que tu vas nous sortir de là !

Oups. Je n'avais pas réalisé que je comptais à voix haute.

— Je suis désolée. Mon esprit s'est égaré. Je pensais à Jess, à Jo et à Granny. Le stress m'a envahie d'un coup.

Quand Cillian s'est emporté, Alana s'est rapprochée de la cage. Je la soupçonne d'être attirée par mon amour de jeunesse. Quelle femelle ne le serait pas ? Même s'il a perdu de sa superbe, il reste un très beau garçon. Dommage qu'il soit aussi imbu de sa personne dans la vie de tous les jours.

— Si seulement nous pouvions annuler les effets de cette fichue potion ! peste Tobias.

C'est là que me vient une idée. J'attends qu'Alana parte faire son tour de garde pour en parler à mes compagnons.

— J'ai peut-être un plan, murmuré-je.

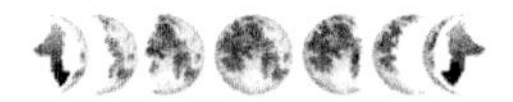

Le lendemain, lorsque Cahal réapparaît, je mets mon idée à exécution.

— Es-tu prête pour notre petite séance ? me demande-t-il calmement en déverrouillant la porte.

Cillian, docile, s'écarte pour me laisser sortir. Phase numéro une : être la plus agréable possible avec mon papounet.

— Vous allez bien ? Nous nous demandions où vous étiez passé.

Tout en me guidant vers le salon, il m'explique qu'un visiteur indésirable s'était approché un peu trop près de notre localisation.

— Tu comprends qu'il était nécessaire que je supprime la menace. Un père se doit de défendre sa maison et sa famille.

Même si l'idée que ce pauvre homme a certainement rendu son dernier souffle me donne des hauts le cœur, j'acquiesce en lui rendant au mieux son sourire. Il a envie de se la jouer Charles Ingalls[8] ? Qu'il en soit ainsi ! Aujourd'hui, il est impératif que je sois dans ses bonnes grâces.

— Tu es blessée ? me demande-t-il en fronçant le nez.

Hier soir, Cillian a demandé à assouvir ses besoins. Il en a profité pour ramasser discrètement une pierre. Du moins, assez discrètement pour qu'Alana ne le remarque pas. J'avoue qu'en proposant à Cillian de s'y coller, je comptais sur la bienveillance de ma demi-sœur à son égard. Plus j'observe sa façon d'être en présence du fils de l'Alpha, plus je suis convaincue qu'elle en pince pour lui. Une fois la nuit tombée, j'ai profité du sommeil de

---

[8] Père de famille attentif et respectable – La Petite Maison dans la Prairie (série diffusée à partir de 1974)

notre geôlière pour m'entailler profondément le tibia à l'aide de la pierre.

La seconde phase de notre plan consiste en effet à obliger Cahal à me mener dans son laboratoire. Ainsi, grâce à mon expérience des plantes, je pourrais peut-être déterminer la nature du poison qu'il nous injecte pour bloquer notre mutation et trouver comment contrer le phénomène. Malheureusement, la seule idée valable qui me soit venue pour parvenir à nos fins a été de m'entailler gravement la jambe. Ma louve ne pouvant me guérir, Cahal devrait - s'il tient un minimum à ma petite personne - trouver une solution alternative pour me soigner. Je suis consciente que faire reposer notre plan sur la potentielle faculté de mon paternel à éprouver un léger élan d'affection envers moi n'est pas l'idée du siècle, mais nous devons nous débrouiller avec les moyens du bord.

— Je me suis griffé la jambe lors de la dernière pleine lune, le baratiné-je. Je ne me contrôlais plus et mes griffes sont sorties. Je pense que la plaie s'est infectée.

— Viens avec moi. Je vais te concocter un emplâtre. Cela me contrarierait beaucoup si tu tombais malade maintenant. Pour atteindre le but que je me suis fixé, tu dois rester en bonne santé.

Hum… C'est beau l'amour d'un père envers sa fille !

Peu importe la raison pour laquelle il m'apporte son aide, tout ce qui compte, c'est qu'il m'emmène dans son fichu labo.

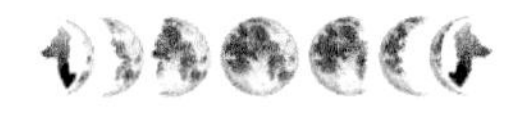

Dans l'antre de mon père, de nombreuses odeurs se mélangent.

— Assieds-toi sur cette chaise et ne touche à rien !

Découvrir les ingrédients de son fameux mélange anti-mutation va s'avérer compliqué si je ne peux pas m'approcher de sa table de travail.

— Dommage, soufflé-je d'un air détaché. J'aurais aimé vous voir à l'œuvre. Je ne connais personne qui maîtrise les plantes comme vous. Vous observer durant la préparation m'aurait sans aucun doute énormément appris.

Il faut croire que j'ai eu raison de miser sur la mégalomanie de Cahal car, sans mots dire, il déplace ma chaise au plus près de sa table d'opération. Une fois aux premières loges, je tente de repérer, à l'aide de mes yeux mais surtout de mon odorat, le moindre petit indice pouvant me mettre sur la bonne voie.

J'avoue que l'herboriste en moi peine à détacher son regard des mains agiles de mon géniteur. Cahal est très doué et le voir travailler me fascine. Quand il s'en rend compte, il se met à me détailler oralement chaque étape de la préparation. Contre toute attente, il est un excellent pédagogue. Quel dommage qu'il soit complètement siphonné…

Sur un coin de la table, je repère deux seringues semblables à celles qu'il utilise d'ordinaire pour nous droguer. Comme Granny me l'a enseigné, je dirige mes sens vers mon objectif. Les premiers ingrédients que je parviens à reconnaître sont des stabilisateurs, rien de bien intéressant. Au moment où Cahal met la touche finale à son emplâtre et m'ordonne de tendre la jambe pour qu'il me soigne, je repère l'ingrédient clé dont j'avais besoin : de l'aconit rouge. Si je parviens à me procurer de la belladone, seule plante capable de contrer les effets de l'aconit, nous pourrons peut-être nous en sortir.

Reste à trouver un moyen d'en obtenir…

Chapitre 9

— Merci, vous n'étiez pas obligé de me soigner.

— Souviens-t'en le moment venu.

Cahal m'a remis les menottes avant de m'emmener vers le bâtiment principal où il réside. L'emplâtre qu'il a étalé sur ma jambe pourrait, selon lui, me rebooster, et il craint que je n'en profite pour faire, dixit mon géniteur, "quelque chose de stupide que mes compagnons paieraient durement". J'ai bien saisi le message et je le suis docilement jusqu'à ma place sur le canapé.

J'ai besoin de réponses. Je continue donc à me montrer la plus aimable possible, acceptant même son invitation à prendre un thé avec lui.

— De quoi allons-nous parler aujourd'hui ? demandé-je comme à l'habitude.

— Nous nous étions quittés sur cette rencontre avec ta mère, au parc. Peut-être veux-tu que je poursuive sur cette voie ? Que je te parle de nos autres rencontres ?

En guise de réponse, je me saisis de la tasse de earl grey qui m'attend sur la table du salon et m'installe un peu plus confortablement.

— Tu es une bonne petite, j'étais pourtant convaincu que tu me poserais des problèmes. Je suis heureux de constater que tu es plus raisonnable que ce que je pouvais imaginer.

Une bonne petite qui, quand l'occasion se présentera, lui plantera ses crocs dans la jugulaire… Mais je dois attendre le bon moment. Je dois penser à la suite du plan.

— Comment vous êtes-vous retrouvé dans les bois le soir de ma transformation ? l'interrogé-je pour lancer la conversation. N'aviez-vous pas peur qu'un membre de la meute ne vous prenne en flagrant délit ?

— Cela faisait plusieurs semaines qu'Abby m'appelait presque tous les soirs. Elle me laissait des messages affolés, elle me suppliait de la rencontrer.

Oh… Maman…

— Pourquoi ? demandé-je en tentant de conserver un ton neutre et d'éloigner ce sentiment de rage mêlée de pitié que j'éprouve pour cette mère que je ne reconnais plus.

— La peur… Elle était terrifiée. Durant ton sommeil, ton corps procédait à des mutations partielles. Chaque matin, elle retrouvait tes draps en lambeaux. Parfois, ton visage était lacéré à cause de tes propres griffes. En principe, les Faoladh se transforment pour la première fois vers l'âge de dix ans. Tu en avais à peine sept. C'est là que j'ai su que tu étais comme ton grand-père, que tu étais comme moi. J'étais si fier !

— C'est-à-dire ?

— Tu es née pour être une dominante. Tu pourrais devenir l'Alpha si tu y mettais du tien.

Une dominante ? Moi ? J'ai envie de lui rire au nez, de lui dire qu'il n'a pas misé sur le bon cheval ou, dans notre cas, sur la bonne louve. Ok, je ne me débrouille pas trop mal au corps à corps, mais je suis loin d'être une dominante. Je m'imagine mal prendre des décisions pour toute une meute alors que je suis incapable de choisir un plat au restaurant sans me choper un mal de crâne.

Face à mon manque de réaction enthousiaste à l'idée de gouverner un clan, Cahal soupire et reprend son histoire.

— Je savais que tu allais *changer* à la pleine lune suivante. Tous les signes étaient là. J'ai dit à ta mère de te tenir à l'œil. De mon côté, j'ai décidé de faire le voyage sans l'en informer, afin de constater par moi-même si tu possédais la marque, comme ton grand-père. Je suis rentré à Madadh, je devais te voir.

Les images de cette nuit me reviennent aussi nettement que si j'y étais. Je n'avais pas repensé à ce moment depuis bien longtemps. Peut-être mon esprit avait-il occulté cet événement, traumatisant pour une enfant de sept ans.

— Je me souviens de ce soir-là, dis-je plus pour moi-même que pour Cahal. D'ordinaire, les enfants étaient logés chez les anciens du village les soirs de pleine lune. Comme les plus âgés maîtrisaient la transformation, ils jouaient les baby-sitters pendant que nos parents mutaient dans les bois. Mais cette nuit-là, maman a voulu que je suive le clan. Je me rappelle que le vieux McCoy nous a accompagnés, il était chargé de me surveiller. Papa, maman, Ray et Judy étaient partis, sous leur forme lupine, avec Daegan et les autres. J'attendais leur retour, avec McCoy, autour d'un feu de camp, quand j'ai senti une chaleur se répandre en moi. J'avais la sensation de brûler de l'intérieur. J'avais vraiment très mal et j'étais submergée par un flot de sensations beaucoup trop intenses à gérer pour une enfant de mon âge. Tout a basculé si vite… J'ai paniqué et j'ai commencé à courir. J'étais rapide. Le vieux McCoy a été pris de court et n'a pas réussi à me suivre.

— C'est là que je t'ai trouvée. J'ai reconnu de suite ton odeur. Tu n'imagines pas l'émotion qui m'a envahi lorsque je t'ai aperçue. J'en aurais presque pleuré. Tu avais la marque…

— Est-ce à cause de cette marque que vous avez provoqué l'accident de mes parents ?

Cahal se lève sans un mot et se ressert une tasse de thé. Je pense qu'il a eu raison de me menotter car je sens ma louve s'éveiller. Ce doit être elle qui m'envoie cette pulsion silencieuse qui me dicte de me lever et de lui arracher la langue à l'aide de mes griffes. Si Cahal capte l'accélération des battements de mon cœur, il doit mettre cela sur le compte de l'émotion, car il reprend sa place calmement.

— Sais-tu pourquoi tes parents effectuaient ce voyage ?

— Nous rendions visite à ma tante.

— Ta tante était la première conseillère du *Seann*. Le savais-tu ?

Les rouages de mon cerveau se mettent en action. Je ne me souviens pas avoir lu, dans les archives de Granny, que ma tante jouait ce rôle auprès de l'Ancien. Il faut avouer que je me suis concentrée sur la généalogie du côté de ma mère. Je n'ai que survolé l'histoire de la famille de mon père, celui-ci ayant appartenu à un autre clan avant d'épouser ma mère.

— J'ai contacté Abby quelques jours plus tôt. Je lui ai annoncé que j'allais demander une audience auprès du *Seann* pour annuler mon bannissement. Je voulais te garder à l'œil, peut-être même faire partie de ta vie. Elle a paniqué et m'a donné rendez-vous la veille de votre départ. Elle ne voulait pas que Ronan apprenne la vérité, mais elle était prête à partir avec moi, à refaire sa vie, loin de Madadh. Nous aurions vécu à trois, comme une vraie famille… une famille de bannis.

Décidément, plus j'en apprends sur mes géniteurs, moins je m'étonne d'être comme je suis. Je trouve même que je m'en sors plutôt bien. Comment ma mère a-t-elle pu autant s'accrocher à cet homme qui la rejetait sans cesse ? Était-elle réellement prête à abandonner son mari, ses deux aînés, et sa meute, pour s'enfuir avec son ex-amant ?

— Pourquoi avoir refusé ? Vous auriez eu la possibilité de me façonner comme vous le désiriez.

— Nous aurions été des fugitifs, cela ne me convenait pas. Tu *devais* faire partie d'une meute. De plus, je n'éprouvais plus rien pour ta mère. Cet attachement ridicule dont elle faisait preuve à mon égard me faisait même pitié. Pourquoi me serais-je encombré d'une femme dans son genre ?

— Il était plus facile de s'en débarrasser ? grogné-je.

Cahal se dirige vers un coin de la pièce et s'empare d'une mallette.

— Si tu veux entendre la suite, tends-moi ton bras. Je sens que tu perds doucement le contrôle. Je ne voudrais pas te blesser si tu devais parvenir à muter.

J'hésite. Lui permettre de procéder à l'injection ou tenter le tout pour le tout ? Si je tente de *changer* et que cela se solde par un échec, Cahal me dominera rapidement et punira Cillian et Tobias, comme il a menacé de le faire plus tôt. Et, même si je parviens à muter, je ne suis pas convaincue d'être assez forte pour venir à bout de mon adversaire, là, tout de suite. Je serre donc les dents et tends mes bras menottés vers mon ravisseur.

— Quand j'ai rejeté ta mère, reprend-il, elle est devenue folle. Elle a muté et s'est enfuie. Je savais que, sur le coup de la colère, elle risquait de faire quelque chose de stupide. J'ai camouflé mon odeur à l'aide d'un mélange de ma composition, et je l'ai suivie. Cette nuit-là, elle a tout avoué à ton père, omettant, bien entendu, de lui révéler les sentiments qu'elle éprouvait pour ma personne. J'ai beaucoup ri en l'entendant me présenter comme un homme dangereux, l'ayant forcée à coucher avec lui. Et ton abruti de père… Il a tout gobé ! En voilà un qui ne connaissait vraiment pas la femme avec qui il dormait. Ensemble, ils ont décidé de partir, dès le lendemain, demander conseil à ta tante. Tu comprends que je ne pouvais pas permettre que cette version des faits arrive aux oreilles du *Seann*.

— Comment s'est passé l'accident ? Pourquoi nous avoir sauvés, Ray, Judy et moi ?

— Au départ, tu devais être la seule à survivre. Mais, que veux-tu ? Tu avais l'air de tenir très fort à ton frère. Tu as su faire fondre mon cœur de papa.

Il n'a tué que deux personnes au lieu de quatre. Waouh ! Quel altruisme !

— J'ai fait en sorte que Ronan arrête le véhicule. Il a cru que je venais parlementer, mais je lui ai brisé la nuque. Il était un bon émissaire mais un mauvais combattant. Je me suis occupé de ta mère juste après, pendant que vous dormiez tranquillement à l'arrière du véhicule. Après les avoir tués, je les ai remis au volant. Je vous ai sortis de la voiture et l'ai fait basculer dans le fossé. Il ne fallait pas que quelqu'un se doute que j'étais intervenu. Alors, j'ai brisé le bras de ton frère et lacéré la jambe de ta sœur pour rendre le scénario plus crédible. Ils ne se sont même pas réveillés sous l'effet de la douleur. J'avais sans doute dû forcer sur la dose dans les bonbons que je t'avais donnés, tu semblais d'ailleurs plutôt désorientée. Vous avez mis plus d'une heure à vous éveiller.

— Pourquoi ne pas avoir réclamé ma garde ? sanglotai-je, des larmes roulant sur mes joues. Vous auriez facilement pu prouver nos liens familiaux.

— J'aurais dû... Mais j'étais jeune et j'ai préféré laisser ta grand-mère s'occuper de toi. Je me suis fait discret, j'ai gardé un œil sur toi, en payant l'un ou l'autre informateur, et je me suis arrangé pour que Daegan soit destitué. Je suis revenu à Madadh après ton départ, sous un nouveau nom, avec un nouveau visage. Cela a été d'une facilité déconcertante. Plus personne ne pensait à Nicola, et Cahal a été accueilli les bras ouverts par le nouvel Alpha. Rapidement, je suis entré dans la garde rapprochée de Kaylan. Mon plan consistait à revenir dans ta vie lorsque tu aurais l'âge d'accomplir la Prophétie. J'aurais feint de n'avoir appris ton existence qu'à ce moment-là et tu m'aurais cru.

— Mais je suis rentrée au pays plus tôt que prévu… Vous comptiez d'abord prendre la place de Kaylan ?

— En tant que son bras-droit, j'aurais pu lui succéder. Son crétin de fils m'aurait laissé la gérance du clan avec plaisir. Il ne pensait qu'à s'amuser et à coucher avec le plus de filles possibles; il n'était pas prêt à prendre la tête de la meute. Et, il me restait l'option du Grand Conseil. Gaël, s'il avait vaincu Kaylan, m'aurait confié le clan en attendant sa majorité. Entre-temps, la Prophétie se serait accomplie.

Cet homme est machiavélique. Il a pensé à tout dans les moindres détails. On dit souvent que la folie et l'intelligence vont de pair, il en est un parfait exemple.

— Je pense que je t'en ai appris assez pour aujourd'hui. La salle de bain est à toi, ma chérie.

Chapitre 10

Je suis encore bouleversée quand je rejoins ma cellule. Tobias et Cillian le comprennent et me laissent dans mon mutisme durant plusieurs heures. Quand je me reprends et décide de tout leur raconter, ils sont, eux aussi, sous le choc.

— Cahal est malin, murmure Tobias. Si tu n'avais pas aidé à la guérison de Kaylan, il serait Alpha à l'heure qu'il est.

— Le pire, gronde Cillian, c'est qu'il a raison. Si mon père était mort, j'aurais essayé de filer le job à quelqu'un d'autre et il aurait été le premier sur ma liste. Et, si j'avais dû prendre la place de l'Alpha au Grand Conseil, je me serais couché au combat. Je n'aurais pas risqué ma vie pour diriger un clan. Je n'ai pas l'ambition de remplacer mon père, je veux encore profiter un peu de la vie sans pression.

— Es-tu parvenue à tes fins concernant… tu sais quoi ? me demande discrètement le Protecteur en lançant un regard de biais à la louve blanche allongée dans un coin de la pièce.

Je hoche la tête et il me sourit. Sur ses lèvres, je déchiffre le mot “demain”. Mes compagnons se recroquevillent sur eux-mêmes, tentant de trouver la position la moins douloureuse possible sur ce sol rugueux, et s'endorment rapidement. Quant à moi, le sommeil me fuit. Je passe la nuit à me repasser en boucle les conversations que j'ai eues avec mon géniteur. Je bloque sur cette phrase qu'il a répétée plusieurs fois depuis mon arrivée ici : “*Tu es comme moi*”. Le suis-je réellement ?

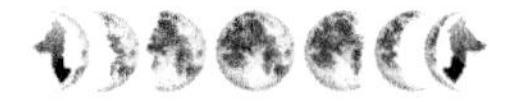

Il est temps pour nous de mettre la phase trois de notre plan, sans doute la plus compliquée, à exécution. Pourquoi la plus compliquée ? Car elle repose sur cette supposition que j'ai formulée à propos de l'attachement de ma demi-sœur envers Cillian. Ce dernier a d'ailleurs été difficile à convaincre, car il ne souhaitait pas risquer que la jolie louve ne subisse de représailles de la part de son père si, par chance, notre plan fonctionnait. C'est bien la première fois que je vois Cillian prendre en compte les répercussions qu'un acte pourrait avoir sur quelqu'un d'autre que lui-même. L'attachement d'Alana serait-il réciproque ?

Nous attendons que Cahal s'éloigne du domaine. Tous les deux jours, celui-ci quitte la ferme durant trois heures environ, certainement pour le ravitaillement. Tobias a analysé ses allers et venues et c'est grâce à lui que nous disposons de ces informations. J'avoue que, personnellement, j'ai un peu perdu la notion du temps.

Entre ces journées où Cahal me gardait inconsciente et les insomnies dont je souffre depuis que je suis ici, je suis complètement déconnectée de la réalité.

Une fois le véhicule de Cahal loin de la propriété, Tobias demande à la louve blanche de l'escorter aux toilettes. Comme d'habitude, celle-ci amène dans sa gueule des menottes et des chaines de chevilles que Tobias enfile sans broncher.

Une fois Alana et Tobias sortis de la pièce, je m'empare de la pierre que j'avais utilisée sur moi et l'enfonce profondément dans le bras de Cillian. Celui-ci n'émet pas le moindre son alors que l'arme de fortune lacère ses chairs.

— Cillian, tu vas bien ?

— Oui, répond-il en détournant le regard vers la porte qui mène à l'extérieur.

— Tu as peur pour Alana, c'est ça ?

— Pourquoi dis-tu cela ? Parce que j'ai émis des réserves concernant le plan ? Elle est la complice de ton père. Je ne sais pas ce qui m'a pris. Un moment de faiblesse sans aucun doute.

— Lui as-tu déjà parlé ? T'est-elle déjà apparue sous sa forme humaine ?

— Oui, à mon arrivée, se radoucit-il soudain. Quand Cahal m'a amené ici, j'étais dans un sale état. Gaël n'avait pas été tendre avec moi. C'est elle qui m'a soigné. Les premiers jours, elle demeurait souvent sous forme humaine et les journées paraissaient moins longues lorsque je discutais avec elle. Mais, un jour, son frère l'a surprise en train de rire avec moi. Je ne l'ai pas revue pendant deux jours. A son retour, elle était sous forme lupine. Elle n'a plus jamais muté en ma présence depuis.

— Cahal l'a certainement punie. De quoi discutiez-vous ? demandé-je tout en appuyant sur sa blessure afin de la rendre la plus sanguinolente possible.

— Elle n'avait pratiquement jamais rencontré d'autres loups, en dehors de son frère et de son père. Cahal les a toujours gardés ici, il les élevait à la dure. Alana n'a jamais connu de meute et elle était avide de connaissances sur ces liens qui se tissent au sein d'un clan. Les Faoladh ont besoin d'une meute, Ella. Sinon, ils peuvent sombrer dans la folie. Ton père les en a privés. Si Alana s'en est plutôt bien sortie, je pense que ton frère n'était plus qu'un soldat conditionné à obéir aux ordres de Cahal.

— Gaël a agi en véritable mercenaire lors du Grand Conseil. Il ne semblait pas craindre la mort. Dis… Cela n'a rien à voir avec notre conversation mais, je me demandais... Pourquoi avoir poussé Ashley à me défier ?

— Ce n'était pas mon idée, se défend-il. Ashley voulait que tu quittes Madadh. Elle s'est dit que revendiquer Jess était un bon moyen de t'éliminer du tableau. Elle était convaincue que tu ne relèverais pas le défi et que tu partirais.

— Alors pourquoi avoir été son témoin ?

— Tu es la première fille à m'avoir rejeté. Et Jess qui pavanait, ton odeur partout sur lui… Quand Ashley m'a proposé de la seconder, j'ai de suite accepté. Elle était si sûre d'elle, si convaincue de ta défaite… et j'étais si en colère ! Je voulais, moi aussi, que tu t'en ailles, et Jess avec toi. Mais, je dois avouer que tu m'as épaté ce jour-là.

— Tu sais, moi aussi, j'ai peur pour Alana. Il est toujours temps de faire marche arrière si tu le souhaites. Je sais que le plan vient de moi mais…

— Tais-toi. Ils reviennent.

En sentant l'odeur du sang, Tobias comprend que nous avons assuré notre part, et il nous gratifie de son plus éclatant sourire. Alana, par contre, semble paniquer. Cillian simule des tremblements et ma demi-sœur gémit, comme nous l'avions prévu. Sa louve pousse Tobias dans la cellule et se met à courir le long des cages, avant de s'arrêter et de me fixer droit dans les yeux en grognant.

— Je n'ai rien fait ! me justifié-je. Cillian a voulu se reposer et il s'est couché sur cette pierre qui traînait là. Il est si faible qu'en voulant se redresser, il n'a fait que l'enfoncer plus profondément dans sa chair.

Dans la seconde, la louve blanche fait place à une magnifique jeune femme, nue comme un ver. Aucunement perturbée par sa nudité dévoilée, elle accroche ses mains aux barreaux de notre cellule et se met à me hurler dessus d'une voix rendue rauque par de trop longues périodes passées sans parler.

— Père ne le soignera pas comme il l'a fait pour toi ! Ces deux-là ne comptent pas pour lui ! Il va le laisser ainsi !

— Vu son état de faiblesse, si sa plaie s'infecte, cela pourrait être grave. Il pourrait mourir, insisté-je.

Ma jeune sœur n'ayant apparemment aucune connaissance médicale, elle semble me croire sur parole. J'en profite pour tenter ma chance.

— Je peux l'aider. Je suis comme papa, dis-je doucement en tentant de ne pas vomir à l'idée de prononcer ces mots. Je m'y connais en plantes, je sais comment le soigner. J'ai besoin de belladone, sais-tu à quoi cela ressemble ? Pourrais-tu en trouver pour moi ? Pour que j'aide Cillian ?

Je m'en veux de manipuler la jeune femme de la sorte, mais il en va peut-être de notre survie à tous.

— C'est moi qui m'occupe des récoltes pour père. Je peux t'en ramener, mais un seul plant. Sinon, il s'en rendra compte et me punira.

— Cela me suffira.

Alana reprend sa seconde forme et quitte la grange en courant.

— Un seul plant sera-t-il suffisant pour nous rendre nos forces à tous les trois ? m'interroge Tobias, pragmatique.

— Non, seul l'un d'entre nous pourra tenter sa chance malheureusement.

— Je me porte volontaire. Je suis un Protecteur. De plus, je me suis souvent entraîné avec Cahal. Je connais ses forces et ses faiblesses. Si quelqu'un peut le battre, c'est moi.

Cillian m'interroge du regard avant de hausser les épaules. Il sait qu'il n'est pas le meilleur combattant du clan et, pour ma part, je ne suis pas convaincue de pouvoir lutter contre mon père, aussi bien physiquement que psychologiquement. Tobias semble être le meilleur choix que nous ayons.

— Et si Alana se mêle au combat ?

Ni Tobias, ni moi, ne répondons à la question de Cillian. Tobias doit se dire qu'il éliminera la menace. Quant à moi, j'espère simplement que ma demi-sœur demeurera loin des hostilités.

Cette dernière revient rapidement, un plant de belladone en fleurs dans sa gueule. Elle le dépose de manière à ce que je puisse m'en saisir et se couche face à notre cellule en jappant tel un chiot malheureux. Le plus discrètement possible, je retire l'emplâtre sur ma jambe et le dépose sur la plaie de Cillian. Mon compagnon cache la belladone sous son tee-shirt avant de nous remercier, Alana et moi.

— Je me sens déjà beaucoup mieux, dit-il en tendant son bras de manière à ce que la louve puisse observer la plaie couverte d'herbes écrasées.

Légèrement rassurée, notre geôlière reprend sa place loin de nous. Je la surprends, à plusieurs reprises, à observer Cillian. Celui-ci ne prononce plus un seul mot jusqu'à la nuit tombée. Je crois qu'il s'en veut de se servir de la jolie rousse pour parvenir à nos fins. Cela ne m'enchante guère non plus, mais dans notre cas, nous ne pouvons nous permettre un élan de sentimentalisme.

Tobias, seul dans sa cage, a le regard fixe. Le guerrier se prépare à la suite des évènements. Face au mutisme de mes compagnons, je me retranche dans mes pensées. Je pense à ma mère, cette femme que j'avais toujours admirée et qui, finalement, était loin d'être celle que je croyais. Je pense à Ronan, celui que je considérais et que je considère toujours comme mon père. Il a perdu la vie à cause de moi, à cause de ma mère. S'il n'avait pas tenté de l'aider à trouver un moyen de me garder auprès d'elle, sans doute serait-il toujours parmi nous.

Comme chaque soir, je pense à Jess. Je me demande s'il me cherche et dans quel état d'esprit il se trouve. Il connaît désormais la vérité, il a reçu les résultats des tests ADN. Je m'étais promis d'interroger Cahal à son propos mais, perdue au milieu de ces révélations troublantes sur ma mère et de la mission que j'avais à accomplir, j'ai oublié de lui poser la question.

Jess me manque… Jo et Granny également. J'aurais bien besoin d'eux pour m'aider à maîtriser les sombres pensées qui m'assaillent à longueur de journée. Je passe la plupart de mon temps à compter. J'ai mal au crâne, j'ai l'impression de devenir dingue. Peut-être le suis-je déjà après tout ?

Tobias profite de l'assoupissement de la louve pour nous interpeller, Cillian et moi.

— Explique-moi comment je dois me servir de ta plante.

— Demain, lorsqu'on nous amènera notre repas, j'en profiterai pour préparer la décoction. Je n'ai besoin que d'eau; la belladone se suffit à elle-même.

— Après combien de temps ta mixture fera-t-elle effet sur moi ?

— Environ quatre heures je dirais. Il faudra te débrouiller pour agir avant la prochaine injection. Je n'ai pas assez de fleurs pour deux doses. Nous n'aurons qu'une seule chance.

Le Protecteur recule au fond de sa cellule avant de s'endormir en position semi-assise. Notre plan est bancal et repose sur de nombreuses inconnues. Encore une fois, je compte les barreaux qui me séparent de la liberté. Comme toute personne souffrant de tocs, je suis convaincue que la réussite de notre plan est conditionnée par la satisfaction de mes compulsions. Je sais, c'est stupide, mais c'est comme ça…

Chapitre 11

Comme prévu, je profite du repas pour infuser les fleurs de belladone dans l'eau contenue dans la cruche que nous sommes censés nous partager, Cillian et moi, pour le reste de la journée. Il faut environ deux heures pour que cette pseudo-potion soit utilisable par Tobias.

Contrairement à son habitude, Cahal ne vient pas me chercher pour notre tête à tête père-fille. Cela m'inquiète car, s'il confie à Alana le soin de s'occuper de nous et de nos injections, c'est contre elle que le Protecteur sera amené à se battre. J'avoue que, comme Cillian, je ne souhaite pas qu'il arrive malheur à la fille de Cahal. Je n'ai pas eu l'occasion de connaître Gaël avant sa mort, mais j'espère pouvoir faire connaissance avec Alana, en dehors de ces murs.

Dans l'après-midi, tandis que je demande à me rendre aux toilettes, les garçons procèdent à l'échange des cruches. Il ne nous reste alors plus qu'à attendre que la belladone fasse effet, mais, surtout, que Tobias ait une occasion de nous sortir d'ici.

C’est en fin de journée que cette occasion nous est offerte. A l’heure où le soleil se couche, Cahal débarque dans la grange. Il se montre nerveux et agressif envers la pauvre Alana qu’il envoie cueillir des plantes en lui hurlant dessus. Une fois seul avec nous, il sort, de la mallette qu’il tient sous son bras, trois seringues contenant un liquide rougeâtre.

— Vous connaissez la règle, mes chers invités. Venez placer votre bras à travers les barreaux. C’est l’heure de votre petite injection.

Comme d’habitude, Cillian et moi nous exécutons de bonne grâce. Afin de détourner l’attention de mon géniteur de ce qu’il se passe dans la cage voisine, je l’interroge sur son absence du jour, prétextant des questions à lui poser lors de notre prochain entretien. Cahal demeure évasif dans ses réponses. Son cœur bat rapidement et il paraît tout aussi nerveux qu’à son arrivée.

Lorsqu’il se présente face à la cellule de Tobias, il entre dans une rage folle. Non seulement le prisonnier ne présente pas gentiment son bras aux barreaux, mais il s’est transformé en loup et est tapi au fond de la cage, la gueule entrouverte sur des dents aiguisées.

— Comment est-ce possible ? hurle Cahal. Comment as-tu pu *changer* ?

Il se frappe la tête contre les barreaux à plusieurs reprises avant de reprendre son calme.

— J'ai trop tardé à venir t'injecter la dose, Tobias. Mais, peu importe, mon ami. Le poison coule toujours dans tes veines. Tu as peut-être pu muter, mais tu n'as certainement pas récupéré tes forces.

Par chance, Cahal n'a pas emporté son shocker. Après s'être armé d'un bâton trouvé dans un coin de la grange, il déverrouille la porte de la cage. Tandis qu'il s'avance, je m'empare de la main de Cillian et la serre fort dans la mienne. Tout en observant la scène qui se déroule devant moi comme au ralenti, je compte sans m'arrêter.

1... 2... 3...

Le loup de Tobias passe à l'attaque dès la porte entrouverte. Il se rue sur Cahal et lacère sa peau à coups de crocs et de griffes.

4... 5... 6...

Le traître riposte. Il frappe violemment son ancien partenaire à l'aide de son arme de fortune et l'envoie valser à l'autre bout de la grange. Tobias, sonné, se remet sur ses pattes en vacillant.

7... 8... 9...

Cahal profite de cet instant de latence pour se transformer, lui aussi. Si son loup est plus petit que celui de Tobias, il n'en est pas moins fort et agile. Dans un concert de grognements, le combat entre les deux loups se poursuit.

10... 1... 2...

Alana pénètre dans la grange et se fige en constatant la tournure inattendue de la situation. Comme je l'avais secrètement espéré, la louve ne prend pas part aux hostilités. Après avoir jeté un regard dans notre direction, elle recule et quitte les lieux. Je sens sa présence à l'extérieur, mais elle demeure à l'écart.

Tobias se défend bien, mais il est désavantagé par la faim et la fatigue. Cahal prend petit à petit le dessus. A bout de force, le Protecteur finit par s'écrouler sous les assauts répétés du loup noir et blanc.

3… 4… 5…

Cahal s'approche lentement d'un Tobias aux portes de l'inconscience. Alors que je pense qu'il ouvre la gueule pour traîner son ennemi à l'intérieur de la cage, le loup bicolore referme ses mâchoires puissantes sur le cou de notre ami. Dans un râle déchirant, Tobias rend son dernier souffle à quelques pas de nous.

Horrifiée, je me tourne vers Cillian et enfouis mon visage contre sa poitrine. J'entends les os de mon géniteur se disloquer alors qu'il reprend forme humaine. Je me tourne vers lui, la main de Cillian toujours dans la mienne.

En tenue d'Adam, il enjambe le corps encore chaud de son ancien partenaire et se met à fouiller la cellule vide. Lorsqu'il porte la cruche à son nez, je comprends qu'il a deviné ce qu'il s'est passé. En hurlant le prénom de ma sœur, il lance la cruche contre le mur. Celle-ci se brise en un millier d'éclats. Mon père est tellement hors de contrôle que j'entends dans ma tête la conversation muette qu'il a avec Alana.

— *Que leur as-tu donné ?*

— Rien, père, je le jure.

— Menteuse ! Tu leur as fourni de la belladone ! Traîtresse !

— Père, je t'en prie…

Les supplications de ma sœur disparaissent sous les coups de Cahal. A l'aide du bâton qu'il vient d'utiliser contre Tobias, il bat sa fille jusqu'à ce qu'elle s'effondre, inconsciente. Il s'approche ensuite lentement de notre cellule. Cillian ne peut contenir les grondements sourds qui s'élèvent de sa cage thoracique.

— Calme-toi le chiot ! Quant à toi, rugit-il en accrochant son regard au mien, tu es responsable de la mort de ton frère. Prends garde à ne pas te rendre responsable de celle de ta sœur ! Je n'ai besoin que de toi, nulle autre ne m'est indispensable. Ne l'oublie pas !

Cahal sort de la grange après avoir craché sur le corps sans vie de Tobias. Cillian et moi demeurons là, silencieux, nos regards oscillant entre le Protecteur et la jeune louve inconsciente. Cahal n'y est pas allé de main morte avec elle. Pourtant, Alana n'a même pas tenté de se défendre. L'emprise que cet homme a sur elle est impressionnante.

— Si je n'entendais pas les faibles battements de son cœur, je pourrais croire qu'elle est morte, soufflé-je à mon compagnon.

La louve d'Alana gît inanimée sur le sol. Son pelage est recouvert de son propre sang, et sa patte arrière a pris une position inhabituelle. Sa poitrine se soulève lentement. Je ne comprends pas comment Cahal a pu être aussi dur avec elle. Après tout, elle aussi porte la marque. Pourquoi avoir déclaré que je suis la seule à lui être indispensable ? N'est-elle pas liée à la Prophétie, elle aussi ? Sans doute est-il à ce point convaincu de l'avoir à sa botte qu'il n'éprouve nul besoin de la ménager.

— Si nous parvenons à sortir d'ici vivants, je jure de traquer cette pourriture et de lui faire payer ses actes, crache un Cillian hors de lui.

Après plus d'une heure, Alana s'éveille. En gémissant, elle parvient à se dresser sur ses pattes. Elle boitille difficilement jusqu'au cadavre de notre ami. Du bout de son museau, elle tapote la truffe de ce dernier. Sans doute a-t-elle l'espoir qu'une étincelle de vie sommeille encore en lui.

— Tu ne peux plus rien faire, lui dis-je. Il est mort. Notre père l'a tué, et il a bien failli te tuer, toi aussi.

La louve se tourne vers moi et se met à grogner. Elle doit m'en vouloir de l'avoir utilisée, de l'avoir mêlée à notre plan. Cahal a raison, c'est ma faute si elle a été malmenée ce soir.

— Pardonne-nous, lui demande Cillian de sa voix de basse. Nous n'aurions pas dû t'impliquer, mais nous ne pouvons pas demeurer ici. Vois le sort que ton père a réservé à notre compagnon. Vois le sort qu'il nous réserve. Que penses-tu qu'il fera de nous lorsqu'il ne verra plus aucune utilité à nous garder en vie ?

Ma demi-sœur, sans doute pour ne plus nous entendre, nous laisse seuls. Elle sort s'asseoir face à la porte de la grange et lève la tête vers les étoiles. Au clair de lune, elle pousse un hurlement déchirant. Je me trompe sans doute, mais j'ai la sensation qu'elle rend un dernier hommage à Tobias.

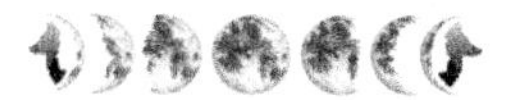

J'ai passé la nuit à pleurer dans les bras de Cillian. Mon amour de jeunesse m'a gardée contre lui, caressant mes cheveux emmêlés jusqu'au lever du jour. Personne n'est venu emporter le corps de Tobias et il nous est impossible d'en détacher le regard. Je me sens vide, vide de larmes, vide de toute émotion. Je n'ai plus compté une seule fois depuis la fin du combat. A quoi bon ? Ma compulsion n'a pas aidé Tobias à survivre. J'aurais beau compter encore et encore, me laver jusqu'à ce que la peau m'en tombe, rien de tout cela ne nous aidera à sortir d'ici. Je réalise que je n'ai aucune prise sur cette situation et cette perte totale de contrôle me rend dingue.

Il est environ midi lorsque Cahal vient me chercher. Sa manière d'enjamber à nouveau le cadavre de Tobias, comme s'il s'agissait d'un objet quelconque sur son chemin, me donne envie de vomir. Compte-t-il laisser son corps se décomposer sur le sol de cette grange fétide ? Le soleil est haut dans le ciel quand il me traîne derrière lui, entravée de la tête aux pieds. Notre piètre tentative d'évasion a anéanti le peu de confiance que mon géniteur plaçait en moi. Je m'étonne d'ailleurs de sa venue. J'avoue que je ne pensais pas avoir droit à une nouvelle séance à la *Père Castor*[9] avant un bon bout de temps.

---

9 Livres adaptés à la télévision dans lesquels Père Castor

— Assieds-toi ! ordonne-t-il.

— Vous ne pensiez tout de même pas que nous allions croupir ici sans rien tenter ? Nous ne sommes pas vos animaux de compagnie !

La gifle qu'il m'assène me fait tourner la tête.

— Tu ferais mieux d'être plus obéissante si tu ne souhaites pas que le bellâtre qui partage ta cellule ne finisse comme Tobias !

— Comment avez-vous pu mettre à mort celui que vous avez côtoyé durant plusieurs années ? Il était votre partenaire, il était votre ami ! Êtes-vous donc dépourvu de tout sens moral ?

— J'éliminerai chaque personne qui osera se dresser en travers de mon chemin ! crache-t-il. J'attends mon heure depuis bien trop longtemps !

Le regard fou que Cahal pose sur moi distille des frissons dans tout mon corps. J'ai peur… peur pour moi, peur pour Cillian, peur pour Alana…

— Oui… Tu comprendras. Tu es obligée de comprendre, murmure-t-il plus pour lui que pour moi. Tu es la clé. Tu vas faire de moi un homme puissant. Tu y es obligée. J'ai tout prévu… Oui… J'ai tout prévu.

Mon géniteur fait les cent pas dans la pièce en marmonnant des paroles inintelligibles. J'ai la sensation que ses barrières viennent de s'effondrer. Pour la première fois, je le vois tel qu'il est réellement. Son masque tombe

---

explique aux enfants les choses de la vie de manière simple et imagée.

et je ne peux qu'assister, impuissante, à l'expression de sa folie.

— Je vais te parler de la Prophétie, clame-t-il soudain. Tu es comme moi, tu voudras m'aider. Tu comprends ? Tu es comme moi ! répète-t-il en s'agenouillant face à moi.

Il m'est impossible de prononcer le moindre mot. Je veux sortir de cette pièce, je veux m'éloigner le plus possible de cet homme. Non, je ne suis pas comme lui et j'espère que je ne le serai jamais !

— Cette marque qui te caractérise lorsque tu *changes*, elle est la clé. Cela fait plus de trente ans qu'un porteur du Croissant de Lune ne s'est manifesté. Mon père était le dernier. Je n'ai pas hérité de ce merveilleux don. Mais toi… toi, ma fille… tu vas changer les choses. Tu vas accomplir la destinée de notre famille, reprendre ce qui nous a été volé.

Cahal est exalté. Il se relève et éclate de rire.

— Pourquoi moi ? demandé-je d'une voix désespérée. Pourquoi pas Alana ? Ou Gaël ?

Je ne sais pas encore quel pouvoir me confère cette marque, mais je lègue volontiers ma place à un autre.

— J'y ai cru… J'y ai cru si fort ! J'étais convaincu que ton frère accomplirait notre destin. Je n'avais pas tous les détails… Je croyais que la Prophétie évoquait les mâles et uniquement les mâles ! Mais j'ai compris, plus tard, que cela ne pouvait être que toi ! C'est pour cela que je suis revenu à Madadh.

— Je ne comprends rien, sangloté-je, ne parvenant plus à contenir mes larmes.

— Tu es l'aînée, ma chérie. Je dois tout te dire… Oui, ainsi tu comprendras. Tu es comme moi… Tu comprendras… Sais-tu comment le grand *Seann* est élu ?

— Seuls les Alphas sont au courant.

— Eh bien, je vais te révéler ce secret. Une fois par an, une cérémonie secrète a lieu durant laquelle chaque meute peut présenter son poulain, si je puis m'exprimer ainsi. Et, sais-tu comment sont choisis ces *poulains* ? Oui, bien sûr que tu l'as compris. Tu es une fille intelligente. Ils sont les porteurs de la marque.

— Comment cela ?

— Oh ! Réfléchis un peu ! J'attends mieux de toi ! s'emporte-t-il avant de se radoucir instantanément. Ella… Certaines familles ont la chance de compter au sein de leur arbre généalogique des porteurs de la marque. Notre famille a ce privilège.

— Que dit la Prophétie exactement ?

— Elle dit que lorsque l'aîné d'une famille est marqué par le Croissant de Lune, son clan doit le présenter à la cérémonie de la Lune Bleue. Si sa marque réagit, il devient alors un candidat *Seann*.

— Un candidat *Seann* ? répété-je, les rouages de mon cerveau s'activant et plaçant chaque information dans la bonne case.

— Tu as bien entendu. Le porteur du croissant a l'opportunité de remplacer le *Seann*. Les candidats vont toujours minimum par deux; il n'est jamais arrivé qu'une seule personne soit choisie par la lune. Les deux potentiels *Seann* sont évalués durant plusieurs semaines avant d'être présentés dans l'arène. Celui qui remporte le combat, par l'abandon de son adversaire ou par la mort de ce dernier, prend la place de l'Ancien. Tu comprends, Ella ? Tu pourrais devenir notre nouveau *Seann* !

— Quel serait votre intérêt dans cette affaire ?

— Tu m'offrirais un rôle d'Alpha, peut-être même un poste de conseiller. Je serais enfin reconnu à ma juste valeur.

Mais il rêve ou quoi ? Plutôt le balancer du haut d'un pont, les bras et les jambes lestées de plomb ! Il est complètement cinglé !

— Tu souris. J'ai raison n'est-ce pas ? Toi aussi, le pouvoir t'attire ! Tu es comme moi, répète-t-il encore et encore.

Mon sourire étant uniquement dû à l'idée de voir mon père dévoré par la faune aquatique, je le gomme rapidement de mon visage. Premièrement, parce que je ne veux pas qu'il pense que je suis emballée par son plan. Deuxièmement, parce que ce n'est pas hyper correct d'imaginer la manière la plus sournoise de mettre fin aux jours de son paternel.

Heureusement pour moi, Alana débarque dans la pièce. Elle rampe pratiquement sur le sol tant elle souhaite prouver sa soumission à son père. Cahal entame avec elle une conversation silencieuse à laquelle je n'ai pas accès, cette fois.

— Tu m'excuseras, mais tu n'auras pas ton moment à la salle de bain aujourd'hui. Alana m'informe que le corps de notre cher Tobias commence à attirer de petits animaux. Je ne voudrais pas que l'odeur de sa mort nous amène des visiteurs indésirables.

— Qu'allez-vous faire de lui ?

Un rictus sadique fige son visage en une drôle de grimace.

— Je vais emmener son corps à la frontière de Madadh. Après tout, il serait dommage de ne pas rendre le corps à la famille, non ?

Pourriture ! Sans m'en rendre compte, je me mets à grogner comme un chien enragé. La seule chose que j'espère, c'est que Cahal commette une erreur et que Kaylan et les autres parviennent à remonter sa piste jusqu'à nous.

Escortés par Alana, nous regagnons la grange où il me remet en cellule.

— Ne me déçois pas cette fois ! gronde-t-il en saisissant ma sœur par le museau. Je ne serai pas aussi indulgent que la dernière fois s'il arrive quoi que ce soit à nos prisonniers. Et nettoie le sang ! Ça empeste la mort ici !

Sur ces paroles, il quitte les lieux en emportant le corps inerte de Tobias sur son épaule.

Chapitre 12

Cela doit faire une bonne heure que Cahal est parti avec la dépouille de notre ami. Alana, toujours sous forme lupine, fait les cent pas dans la grange, s'arrêtant à chaque fois quelques secondes à l'endroit où se tenait le corps de Tobias.

— Nous devons sortir d'ici, soufflé-je à Cillian. Cahal est totalement fou. Si tu l'avais vu me parler de la Prophétie… C'est un grand malade ! Je ne veux pas que tu sois le prochain à mourir entre ses mains.

Ma demi-sœur stoppe ses allées et venues et vient s'allonger face à notre cellule. Elle accroche son regard au mien.

— Tu devrais t'en moquer, me répond Cillian, les yeux dans le vague. J'ai agi comme un con depuis ton retour. J'ai agi comme un con toute ma vie. Et je vais crever dans cet endroit, alors que ma meute me croit coupable de l'empoisonnement de mon père. Je vais mourir sans honneur. Et, tu sais ce qui est le pire ? C'est que ça n'étonnera personne ! Je ne suis que le rejeton prétentieux de l'Alpha, celui qui consacre son temps à des frivolités !

— Ne dis pas ça ! Tu ne me croiras peut-être pas, mais tes cousins ne parvenaient pas un seul instant à imaginer que tu sois mêlé à cette histoire.

Cillian se tourne d'un mouvement vif vers moi et se saisit de mes mains.

— Si nous sortons d'ici en vie, je te promets de changer. Tu devras peut-être m'y aider, mais je ne veux plus être cette personne. Je veux faire face à mes responsabilités, je veux aider mon père, je veux… devenir adulte.

J'avoue que je n'accorde que peu de crédit à une promesse faite dans ces conditions, mais je hoche la tête et lui souris.

— Reste à sortir d'ici, soupiré-je en me tournant vers Alana.

Après s'être assurée que notre cage était parfaitement verrouillée, Alana quitte les lieux. Lorsqu'elle revient, elle a repris forme humaine.

La jolie rousse porte un pantalon en toile beige et un débardeur noir. Elle a attaché ses cheveux en une queue de cheval lâche qui peine à contenir ses boucles volumineuses. Je remarque qu'elle boite légèrement, sans doute un vestige de la dernière punition infligée par notre père. Sa louve n'est pas encore parvenue à la guérir complètement.

Comme Cahal le lui a ordonné, elle se met à nettoyer le sol bétonné de la grange. Nous la regardons faire durant quelques minutes. La tâche est ardue car le béton a absorbé le sang et la frêle jeune femme doit frotter de toutes ses forces pour parvenir à ses fins.

— Pourquoi restes-tu avec lui ? cingle Cillian, brisant ainsi le silence de mort qui règne dans la pièce. Pourquoi ne pas rejoindre ta mère ?

Alana se mord la lèvre. Elle lance un regard discret à Cillian.

— Je ne connais pas ma mère, murmure-t-elle. Père a dit qu'elle était morte.

— Il te ment peut-être, poursuit-il. Comment justifie-t-il notre enfermement ? Que peut-il bien te dire pour te convaincre qu'il œuvre pour le bien ?

— Si je ne lui obéis pas, il me battra. Il mûrit son projet depuis des années. Gaël a été entraîné en ce sens toute sa vie. Je sais que c'est mal de tuer quelqu'un… Je vois bien que la manière dont il vous traite n'est pas correcte.

— Alors, aide-nous ! l'imploré-je.

— Tu pourrais partir avec nous, ajoute Cillian d'une voix douce. Il ne pourrait plus te faire de mal si tu vivais au village. Je… On prendrait soin de toi.

Lorsque ces mots effleurent les lèvres de mon amour de jeunesse, Alana se fige. Son seau à la main, elle s'approche des barreaux et s'accroche à l'un d'entre eux de sa main libre.

— Partir avec vous… Mais s'il nous attrape ? Et si les vôtres ne voulaient pas de moi parmi eux ? Et s'il avait tout prévu et que je sois justement ici dans le but de vous tromper ?

Cillian se redresse tant bien que mal, étant donné l'espace restreint et sa carrure impressionnante. Avant qu'Alana ne puisse reculer, il pose une main sur la sienne.

— Je ne crois pas que tu sois ici pour te jouer de nous. Je pense que tu es, toi aussi, une victime de cet homme. S'il nous rattrape en chemin, nous défendrons nos vies chèrement. Quant à l'accueil qui te sera réservé à Madadh, j'en fais mon affaire ! Je jure de te protéger, quoi qu'il se passe. Fais-moi confiance.

— Vous êtes affaiblis et je suis blessée. Nous n'aurions pas le dessus sur mon père s'il devait nous retrouver, bégaye-t-elle sans retirer sa main.

— Si nous faisons vite, interviens-je, je peux nous préparer un remède qui nous redonnera nos forces. Je l'ai fait pour Tobias, il suffit que tu me montres où se trouve la belladone de Cahal.

— Alana, souffle Cillian en plaçant sa main disponible sur la joue de la jeune femme. Aide-nous et pars avec nous. Je ne laisserai rien t'arriver.

Connaissant le fils de l'Alpha, je doute de sa franchise, mais je lis également dans son regard une détermination et une maturité qui m'indiquent que je ne me trompe peut-être pas en supposant que l'attachement qu'Alana éprouve à son égard est réciproque.

La jeune louve hoche la tête de gauche à droite, les yeux clos. Elle semble en proie à une lutte intérieure. Elle est trop effrayée, elle n'osera pas quitter son père. Sans mot dire, elle se détourne de nous et part en courant.

— Elle était notre seule chance, pesté-je.

— Quand Cahal n'aura plus besoin d'elle, il s'en débarrassera. Ce genre de type ne s'encombre pas de témoins gênants.

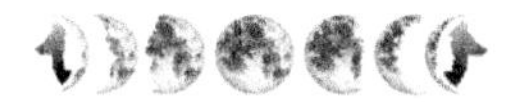

— Reculez ! nous ordonne Alana, une matraque shocker entre les mains.

— Que fais-tu ? demandé-je paniquée.

Elle sort d'une sacoche bandoulière un trousseau de clés. Tandis qu'elle ouvre la porte de notre cage, Cillian et moi nous regardons bêtement, nous demandant si elle vient pour nous libérer ou pour nous achever. Une fois la cellule ouverte, elle me lance sa sacoche, tout en conservant la matraque pointée vers nous.

Surprise, je me saisis du sac. A l'intérieur, je trouve trois plants de belladone, ainsi que deux bouteilles d'eau.

— Cela te suffira ? me demande-t-elle.

— Oui… euh… merci.

Cillian et moi sortons de l'espace exigu. Après un regard circulaire, il prend les choses en main. Il s'avance vers une Alana tremblante et, avec douceur, il lui reprend la matraque des mains et la range dans le sac.

— Nous devons nous faire confiance. Mettons-nous en mouvement. Nous ne pouvons nous permettre de rester ici le temps de la préparation. Cahal ne devrait pas revenir avant demain, mais il est inutile de risquer nos vies inutilement.

— Attendez-moi ici ! bégaye notre sauveuse avant de partir en courant.

Elle revient rapidement avec un flacon de parfum à l'ancienne.

— Si nous utilisons ce mélange, cela camouflera nos odeurs. C'est ce que j'utilisais lorsque je pistais Ella au village.

Après nous être généreusement aspergés de la mixture, nous quittons la ferme. Alana nous guide, et je constate que l'endroit où nous nous trouvons est encerclé par la végétation. Nous sommes, apparemment, au beau milieu d'un bois.

La fille de Cahal nous entraîne jusqu'à une croisée des chemins.

— Suivez-moi. Je connais un endroit où tu pourras préparer la belladone et où nous pourrons passer la nuit.

Nous n'avons d'autre choix que de nous fier à elle.

Elle nous conduit jusqu'à ce qui ressemble à la tanière d'un ours.

— N'ayez crainte, c'est inoccupé.

Sur nos gardes, nous pénétrons dans la petite grotte constituée de racines. Heureusement pour nous, le temps est doux et nous n'avons pas besoin d'allumer un feu pour nous réchauffer. Cela risquerait de dévoiler notre position et, même si Cahal est censé être loin d'ici, il vaut mieux éviter de nous faire remarquer.

Je m'attèle à la tâche et me mets directement à broyer les plantes dans le but de les faire infuser. Il faudra environ quatre heures pour que nous puissions les consommer. Quand l'envie de satisfaire un besoin naturel se fait sentir, je quitte prudemment notre refuge de fortune. La nuit est tombée et les animaux nocturnes se font entendre tout autour de nous. Au beau milieu de ce bois, j'inspire profondément. J'ai la sensation de respirer pour la première fois depuis que j'ai été enlevée.

A mon retour dans la tanière, je trouve Alana et Cillian endormis. La tête de la jeune femme repose sur les genoux du fils de l'Alpha. Malgré moi, je souris. Une histoire est-elle en train de naître sous mes yeux, dans ces circonstances si chaotiques ? Je m'autorise à penser à Jess. Vais-je finalement le retrouver ? Pourrais-je un jour m'endormir à nouveau dans ses bras ou devrais-je me cantonner au rôle de demi-sœur et le voir étreindre une autre que moi ?

Tandis que mes compagnons dorment paisiblement, je surveille la préparation. Quand je juge que la belladone a assez infusé, je réveille Cillian.

— Tu ne dors pas ? me demande-t-il en s'étirant.

— Je voulais que nous puissions prendre la belladone au plus vite. De plus, j'ai préféré monter la garde, au cas où Cahal se lancerait à notre poursuite.

Nous buvons la potion et je croise les doigts pour que celle-ci agisse comme il le faut.

— A ton tour de te reposer. Je prends le second tour de garde.

Cillian s'assoit, le dos contre la paroi de la tanière. De mon côté, je me couche à distance raisonnable d'Alana. Pourquoi ? Premièrement, car je ne suis pas une grande fan de la proximité. Deuxièmement, car je sais qu'elle n'a jamais fréquenté d'autres personnes et que je ne souhaite pas envahir son espace personnel.

Allongée sur le flanc, j'observe le profil de Cillian. Il a le front plissé et le regard perdu dans le vague. Ces semaines de captivité l'ont profondément marqué. Je me demande si cela sera permanent ou non. Il se met à fredonner un titre que je ne reconnais pas et, bercée par la musique, je m'endors.

Chapitre 13

Lorsque j'ouvre les yeux, ma vision est trouble. La crainte laisse rapidement place à l'euphorie quand je me rends compte que j'ai muté durant mon sommeil. J'ai *changé* de manière inconsciente. J'avais froid et ma louve, trop longtemps muselée, a pris le relais pour me réchauffer. Je suis si heureuse de la retrouver, elle que j'ai si longtemps refoulée. Le hic, c'est que mes vêtements se sont déchirés et que je n'ai pas vraiment pris le temps d'emporter des habits de rechange.

— Tiens, me dit Alana en me tendant une robe longue. J'ai laissé des vêtements un peu partout dans le coin, juste au cas où.

Je sors prudemment de la tanière, la robe dans la gueule, et reprends forme humaine à l'écart de mes compagnons. Cillian et Alana me rejoignent à l'extérieur. Le fils de l'Alpha a les yeux cernés de noir mais un sourire franc s'étend sur ses lèvres. Quand je l'interroge du regard, le vert de ses iris laisse sa place à la chaleur de l'ambre. Visiblement, il a, lui aussi, récupéré la capacité de muter.

— Mettons-nous en route. D'après Alana, il nous faudra deux jours de marche pour rejoindre Madadh.

Nous parlons peu. Même si Alana nous assure que le chemin que nous empruntons n'est pas celui que Cahal aura choisi et que celui-ci se déplace en voiture, nous demeurons sur nos gardes.

Après deux kilomètres à crapahuter dans les bois, nos estomacs affamés commencent à se manifester. Nous aurions dû prendre le temps d'emporter quelques provisions. Lorsque notre soif devient trop intense, nous décidons de muter. Nos instincts étant plus aiguisés sous notre seconde forme, il nous est plus aisé de trouver de l'eau. Nos sens nous guident jusqu'à une rivière. L'eau fraîche a sur nous un effet miraculeux.

— *Attendez-moi ici*, ordonne Cillian par le biais du lien. *Je vais chasser. Nous devons nous nourrir si nous voulons conserver le peu de forces qu'il nous reste.*

Lorsqu'il s'éloigne, Alana amorce un mouvement pour le suivre, mais le loup de Cillian lui fait signe de rester avec moi. Elle n'a pas entendu son ordre muet, étant donné qu'elle ne fait pas partie de notre meute. La jolie louve glisse son museau sous celui de notre ami, avant de se reculer et de le laisser partir.

Même affaibli, Cillian reste un chasseur hors pair. Rapidement, il revient avec un énorme blaireau dans la gueule et nous nous le partageons. J'ai si faim que ma part humaine demeure silencieuse et me laisse me remplir l'estomac en paix.

Cette première journée de voyage s'achève sans encombre. Comme nous ne disposons pas d'un abri pour nous protéger de la fraîcheur de la nuit, nous demeurons sous forme lupine et nous blottissons les uns contre les autres contre les imposantes racines d'un arbre pluricentenaire. Je ne me sens pas très à l'aise, ainsi collée à mes deux compagnons de route, mais sans cette chaleur corporelle que nous partageons, la nuit risque d'être compliquée.

Au lever du jour, nous reprenons notre avancée. A quelques kilomètres de Madadh, nous croisons une odeur humaine. Heureusement pour nous, il ne s'agit que de deux promeneurs égarés. Nous nous dissimulons à leurs yeux, ne souhaitant pas les effrayer. Non seulement nous n'avons aucune envie qu'ils prennent peur, mais nous ne voulons surtout pas qu'ils lancent l'alerte en ville. Si Cahal ne s'est pas encore rendu compte de notre disparition, inutile de lui mettre la puce à l'oreille via les médias locaux.

Après nous être nourris, une fois encore grâce au fruit de la chasse de Cillian, nous reprenons forme humaine. Alana et moi enfilons les robes que nous transportions dans nos gueules. Cillian, qui n'avait pas la capacité d'emporter sa tenue complète, se retrouve torse nu, son pantalon taille basse lui tombant sur les hanches. Même amaigri, il reste plutôt agréable à regarder, et ce n'est pas Alana qui dira le contraire. Ma demi-sœur le dévore littéralement des yeux. Il le remarque et lui sourit. N'ayant aucune envie de tenir plus longtemps la chandelle, je me racle la gorge.

— Sommes-nous encore loin ?

— Votre village se trouve juste derrière ces arbres, m'indique Alana en pointant le nord du doigt.

Dans un petit kilomètre, je serai de retour chez moi. Chez moi… Jamais je n'aurais imaginé que je me sentirais à nouveau chez moi à Madadh. J'étais convaincue de passer ma vie à Boston, avec Logan. Et me voilà, scribe de la meute qui m'a vu naître, amoureuse du neveu de l'Alpha, et personnage clé d'une Prophétie qui ferait de moi une candidate *Seann.* Sans parler des différents drames familiaux et du kidnapping. Je me demande si je ne devrais pas entrer en contact avec Netflix[10] pour leur proposer un scénario ?

— Dépêche-toi, Ella. Nous y sommes presque ! me presse Cillian.

Plongée dans ma réflexion, je traîne le pas. Cillian et Alana, quelques mètres devant moi, discutent en riant. Cela me met du baume au cœur de me dire que, même dans une telle situation, deux êtres peuvent se trouver et se rapprocher.

Soudain, la situation prend une tournure inattendue. Cillian se retrouve plaqué au sol par un immense loup gris moucheté de noir. Alana mute alors à une vitesse impressionnante et se jette sur l'agresseur. Je mets quelques secondes à réaliser ce qu'il se passe et commence à hurler tandis qu'un second loup, encore plus gros, accourt vers nous.

---

10 Société d'exploitation et de diffusion de contenus multimédias (films, séries, documentaires)

— Stop ! Arrêtez-ça ! Cillian n'a rien fait, il n'est pas complice de Cahal. Pour l'amour de Dieu, Jess ! Lâche-le !

Le second loup qui n'est autre que Kaylan parvient à maîtriser une Alana enragée. Le loup de Jess, quant à lui, domine toujours Cillian. Il grogne à quelques centimètres du cou de ce dernier, prêt à lui asséner le coup de grâce. Je me mets à courir, tout en continuant à hurler, et tire le loup gris en arrière. Sous forme humaine, je n'ai aucune chance contre lui. Je parviens à peine à le faire tressaillir. Alors, je me mets à pleurer en tapant des poings contre son flanc.

— Il n'a rien fait, laisse-le tranquille ! S'il te plait, Jess !

Je m'écroule à genoux, le visage dans les mains. Un souffle chaud me balaie alors la nuque. Jess a lâché sa proie et se tient derrière moi. Son loup m'observe et j'accroche mon regard au sien. Je ne sais trop comment réagir. J'ai envie de le serrer dans mes bras mais, lorsque je lui ai parlé la dernière fois, il était peut-être mon frère et j'avais couché avec Logan... Je détourne donc le regard. Cillian se tient debout, sa main dans celle d'Alana, et fait face à son père nu. Je délaisse Jess et me place entre l'Alpha et son fils. Je tente de faire abstraction du fait que le chef de meute se trouve dans son plus simple appareil. Cependant, je constate malgré moi que Kaylan est loin de l'homme malade que j'ai connu à mon arrivée en Irlande. Sans mauvais jeu de mot, je peux dire qu'il a repris du poil de la bête.

— Il était prisonnier, lui aussi. Ne leur faites pas de mal, Alpha. Cahal s'est joué de nous tous. Cillian n'a rien à voir avec ce qui vous est arrivé. Il n'était qu'un pion sur l'échiquier du traître. Je vous en prie, écoutez-moi !

Kaylan s'avance vers moi et me contourne. Je baisse la tête et m'attends au pire, mais il serre son fils dans ses bras.

— Rentrons. Vous nous raconterez tout lorsque nous serons en sécurité, parmi les nôtres.

Je lance un regard fugace à Jess. Il est toujours sous sa forme de loup et ne me quitte pas des yeux.

Lorsque l'Alpha s'engage sur le sentier qui mène à notre village, les mâchoires de Jess agrippent ma robe. La voix de l'Alpha résonne alors dans ma tête.

— *Mon neveu veut te parler, jeune scribe. Rejoignez-nous chez moi. Nous vous y attendrons.*

— *Bien, Alpha.*

Cillian et Alana, accrochés l'un à l'autre, suivent le chef de meute. Quand je me tourne vers Jess, il a disparu. Je le cherche du regard, me demandant s'il n'a pas changé d'avis, mais il réapparaît rapidement. Vêtu d'un pantalon de jogging, il jaillit de derrière un épicéa. Il se précipite vers moi avant de s'arrêter net.

— Tu vas bien ? me demande-t-il en passant une main dans ses cheveux.

— Je suppose que oui.

— Pourquoi as-tu défendu Cillian de la sorte ? grogne-t-il en serrant la mâchoire.

Est-ce de la jalousie que je décèle dans son langage corporel ?

— Je l'ai défendu car il est une victime dans cette histoire. Il a été enlevé, tout comme moi. Il n'a jamais voulu faire de mal à Kaylan, et encore moins prendre sa place à la tête de la meute.

Jess me fixe sans dire un mot. Il se mordille la lèvre, pris, sans aucun doute, dans des réflexions intérieures.

— Jess… Je… Je suis désolée, sangloté-je. Je n'aurais pas dû quitter la salle sans vous. J'aurais dû vous dire que j'avais senti l'odeur de cet autre loup. J'ai pris des risques inutiles. Je…

Je n'ai pas l'occasion de terminer ma phrase. Jess comble la distance qui nous sépare et me serre contre lui, plaquant sa bouche contre la mienne. Bon… J'en déduis que nous n'avons aucun lien de parenté. Je lui rends son baiser, avant de réaliser que je suis couverte de saleté et que mon haleine ne doit pas sentir la menthe fraîche. Je tente alors de le repousser mais il me serre plus fort encore contre lui.

— J'ai eu si peur, souffle-t-il contre mon cou.

— Jess… Avant toute chose, j'ai besoin de l'entendre de ta bouche. As-tu reçu les résultats du test ADN ? Que nous apprennent-ils ?

Jess stoppe mon discours d'un baiser. Ses lèvres sont si chaudes sur les miennes…

— Penses-tu que c'est ainsi que je saluerais ma sœur ?

— J'espère que non, haleté-je. Oh, je suis si désolée pour Logan, j'aurais dû réfléchir. J'aurais dû te faire confiance, Je…

— Tu n'es pas ma sœur. Pour le reste, n'en parlons plus. J'ai cru t'avoir perdue, j'ai cru devenir fou ! Ne me quitte plus !

— Plus jamais.

Je me blottis contre sa poitrine tandis qu'il embrasse mes cheveux. Non… Plus jamais je ne veux être loin de Jess. J'espère qu'il a réellement trouvé en lui la force de me pardonner pour cette stupide nuit avec Logan, car je ne serai pas capable d'en aimer un autre que lui. Au creux de ses bras, je me sens de retour chez moi.

— Rejoignons les autres, veux-tu ? Nous prendrons le temps de discuter tous les deux plus tard. Ta grand-mère risque de m'assommer à coups de poêle à frire si je ne te ramène pas rapidement auprès d'elle, et je ne te parle même pas de Johan !

Chapitre 14

Main dans la main, nous cheminons jusqu'à la maison de Granny. Je m'étonne de voir les rues si désertes. Quand j'en fais la remarque à Jess, il m'explique qu'un couvre-feu a été mis en place. Après les récents événements, Kaylan a ordonné à chacun de demeurer chez soi après la tombée de la nuit, à moins d'être accompagné par un Protecteur ou d'avoir une autorisation spéciale.

— Et en ce qui concerne les mutations ? La pleine lune ? l'interrogé-je.

— Nous avons organisé les choses. Les transformations sont, bien entendu, toujours possibles, mais elles doivent être prévues par avance. Personne ne doit muter seul. Mais, peu importe, avec votre retour à Cillian et toi, nous allons pouvoir relâcher un peu la pression.

A aucun moment, Jess n'évoque Tobias. Il est vrai que Cillian et moi n'avons fait aucune allusion au Protecteur jusqu'ici. Tout le monde doit encore croire qu'il est l'allié de Cahal.

Alors que Jess frappe trois coups à la porte de l'Alpha, je me tourne d'instinct vers la gauche car je me sens observée. Ashley, derrière la fenêtre de sa maison, me lance un regard mauvais, ses iris flamboyants m'indiquent que sa louve ne demande qu'à être libérée. En voilà une qui ne doit pas être ravie de mon retour !

Je perds l'équilibre quand Johan se jette sur moi et me soulève de terre. Je ne saurais dire s'il m'insulte ou s'il me déclare sa joie de me retrouver; un peu des deux sans doute.

— Tu m'as trop manqué ! s'exclame-t-il. Je devenais dingue ! Bordel ! C'est possible d'être aussi stupide ?! Te tirer toute seule alors qu'un malade mental est à tes trousses ?! Tu es suicidaire ? Et c'est qui cette fille que tu nous ramènes ? Putain ! Je suis tellement heureux de te revoir en un seul morceau ! Je…

— Doucement, intervient ma grand-mère. Laisse-moi serrer ma petite fille dans mes bras.

Jo recule de mauvaise grâce et laisse Granny m'étreindre doucement. Je ne saurais exprimer tous les sentiments qui m'assaillent en cet instant. Je pensais ne jamais les retrouver. Je savoure le parfum que dégage ma grand-mère et je peine à retenir mes larmes. Je vais finir déshydratée à force de pleurer à tout bout de champ !

Granny, dont le regard est désormais complètement voilé, se détache de moi et s'empare du bras de Johan. Tous ensemble, nous rejoignons le salon où nous attendent Kaylan, Maria, Jim, Kyran et Fred. Cillian et Alana sont assis, côte à côte, dans le canapé. Ils ont revêtu des joggings et attendent en silence. Alana s'accroche à la main du fils de l'Alpha et ne paraît pas vouloir le lâcher. Tel un animal apeuré, elle scrute la pièce du regard. Lorsqu'elle m'aperçoit, elle semble s'apaiser quelque peu.

Maria et Jim me serrent, tour à tour, dans leurs bras, heureux de me retrouver. Quant à Fred et Kyran, ils m'adressent un signe de tête, accueil le plus chaleureux dont ceux-ci soient capables. Je m'interroge sur l'absence de Ray, mais Kaylan m'informe que mon frère est en mission pour la meute et qu'il devrait rentrer demain dans la journée.

— Souhaites-tu te débarbouiller avant de nous raconter ce qu'il vous est arrivé ? me propose Maria. Cillian a refusé de s'exprimer en ton absence.

Je sais que tout le monde est impatient de connaître la vérité, mais j'ai hâte de me débarrasser de cette robe déchirée et poisseuse que je porte. J'accepte donc la proposition de l'épouse de l'Alpha. Elle me guide alors jusqu'à la salle de bain où je trouve un pantalon de sport et un t-shirt, préparés à mon intention. Je me hâte de me doucher, enfile les vêtements et coiffe rapidement mes cheveux. Je rejoins ensuite mes compagnons.

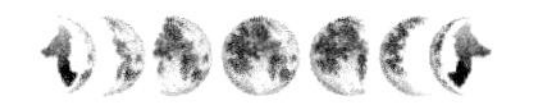

Cillian et Alana n'ont pas bougé d'un pouce durant mon absence. Je prends place à côté de ma demi-sœur. Mon instinct de louve m'indique qu'elle a besoin d'être rassurée et, en la plaçant entre Cillian et moi, je montre à tous mon envie de la protéger.

Tous les autres sont assis sur des chaises face à nous, sauf Kaylan qui s'est installé dans le second canapé, situé à notre droite.

— Avant toute chose, débute l'Alpha en plaçant une carte sur la table basse, pouvez-vous nous indiquer où se cachent Cahal et Tobias ? Une équipe est prête à se mettre en route. Nous devons agir rapidement si nous voulons les coincer !

— En ce qui concerne Cahal, sa planque se trouve ici, lui répond Cillian en pointant un endroit du doigt.

Sur un ordre muet du chef de meute, Fred sort de la pièce, sans doute pour mener l'équipe de recherche jusqu'à la planque du traître.

— Tobias est toujours avec lui ? D'autres hommes peut-être ? nous interroge Kyran.

Cillian baisse les yeux sur la main d'Alana posée sur la sienne. Je décide alors de prendre la parole.

— Tobias est mort, bégayé-je. Il n'a jamais été le complice de Cahal. Il a été enlevé en même temps que Cillian. Tobias a perdu la vie en tentant de nous sortir de cette situation. Cahal nous a dit avoir laissé son corps quelque part sur nos frontières. Il n'y a personne d'autre que lui à la ferme où nous étions captifs.

Cette annonce jette un froid sur l'assemblée. Ils étaient tous convaincus que Tobias était de mèche avec Cahal. Je lis la surprise dans leurs yeux. Jess se saisit de son smartphone pour écrire un message à Fred.

— L'équipe est prévenue. Ils profiteront de leur sortie pour longer nos frontières à la recherche de la dépouille.

— J'avoue être perdu, reprend Kaylan. Comment Cahal a-t-il pu agir sans complice ? Comment un homme seul a-t-il pu maîtriser deux loups en pleine force de l'âge ?

— Il ne l'était pas. Il était aidé de ses enfants.

Ne souhaitant pas ménager le suspense, je leur raconte tout. L'enlèvement de Cillian et Tobias, les plans de Cahal concernant Gaël, mon propre enlèvement, notre séjour à la ferme… je tente de ne rien omettre. A plusieurs reprises, je vois l'un ou l'autre serrer la mâchoire. Granny claque la langue contre son palais lorsque j'évoque la Prophétie, ce qui me porte à croire qu'elle est au courant de celle-ci. Je me sens mal à l'aise pour Alana. Si l'accueil qui lui a été réservé à notre arrivée était plutôt cordial, elle est désormais la cible de regards hostiles.

— Et donc, vous avez amené, sous mon toit, la progéniture de Cahal ? La personne qui l'a aidé à enlever mon fils, ainsi qu'un fidèle Protecteur et ami ? Celle qui était votre geôlière durant plusieurs semaines ? Kyran, emmène cette jeune femme à l'espace de détention !

Alana panique, elle me lance un regard apeuré. Cillian bondit du canapé, plaçant d'autorité la jeune femme derrière lui. Malgré sa récente maigreur due aux conditions de sa captivité, il bombe le torse et bande le peu de muscle qu'il lui reste. Je remarque que ses griffes sont sorties et que ses yeux n'ont plus rien d'humain.

— Ne la touchez pas ! gronde-t-il en détachant chaque syllabe.

Kyran et Kaylan le regardent avec des yeux ronds, tandis que Jess, Jim et Johan sourient. Comme moi, ils ont compris que ma jeune sœur ne laisse pas Cillian indifférent. Jim pose une main sur l'épaule de son oncle.

— Cette charmante demoiselle a peut-être participé à leur capture, mais elle est également à l'origine de leur évasion. Nous pourrions éventuellement lui laisser le bénéfice du doute, non ?

— Cillian pourrait se charger de sa surveillance ? ajoute Jess d'un air badin. Elle m'a ramené Ella, cela me suffit pour lui offrir une chance d'être des nôtres.

— Et si nous l'utilisions comme appât ? suggère Kyran, toujours pragmatique. Pour attirer Cahal dans nos filets.

Cette proposition lui vaut un crochet du droit dans la tempe de la part de Cillian.

— J'ai dit… Lai-ssez-la-tran-qui-lle !

Johan éclate de rire et gratifie le fils de l'Alpha d'une bourrade amicale sur l'épaule.

— Je suis impatient de voir ce que tout cela va donner ! glousse mon meilleur ami.

— L'affaire est entendue, tranche Granny. Cette demoiselle est donc placée sous la surveillance de Cillian. Espérons que Fred et les autres nous ramèneront le traître et que nous pourrons laisser cette triste affaire derrière nous.

— Euh… Et sinon… Il n'y a que moi qui trouve ça dingue que Cahal croie en une espèce de Prophétie qui ferait d'Ella la future *Seann* ? demande Jim. Non, parce que bon, on doit déjà s'adapter au nouveau Cillian - surtout, ne change pas cousin, tu as l'air moins con quand tu es amoureux -, mais il faudrait aussi croire en une prédiction dont personne n'a jamais entendu parler ?

Cillian et Alana rougissent. Jim et sa tendance à mettre les pieds dans le plat…

— Tu te trompes, mon petit Jamesy, le coupe Kaylan. Cette Prophétie existe bel et bien et, d'après les dires d'Ella, Cahal ne vous en a pas révélé l'entièreté.

Maria nous sert à tous un verre de Poteen[11] tandis que nous attendons que son époux nous révèle ce qu'il sait au sujet de la Prophétie. Le chef de meute attend que chacun soit servi. Il lève son verre et trinque à notre retour avant de le boire cul sec. Je l'imite et le regrette aussitôt. L'alcool me brûle la gorge. J'avais oublié que ce truc était aussi fort !

11 Boisson traditionnelle irlandaise.

Ces semaines de captivité ne m'ont pas aidée à canaliser mon côté impatient. J'ai les pieds qui jouent des claquettes. Jim, qui lui non plus n'est pas un modèle de patience, craque avant moi.

— Mon oncle, je t'aime de tout mon cœur, mais si tu ne craches pas rapido le morceau, je jure de muter et de marquer mon territoire dans chaque coin de cette maison ! J'ai l'impression que la moitié de la pièce est au courant de tout et, traite-moi de gamin si tu le souhaites, mais ça me fait péter les plombs.

— Jamesy a raison, concède Maria en souriant tendrement à son neveu. Il est tard et je pense que nous rêvons tous d'une bonne nuit de sommeil. Hâte-toi de tout leur dire, mon chéri.

— Puisqu'il le faut… Tout d'abord, sachez que ce que je vais vous confier ne doit pas sortir de cette pièce. Lorsqu'un Faoladh endosse le rôle d'Alpha, il est convoqué chez le *Seann*. La scribe de la meute l'y accompagne, ce qui explique que Darina est au courant; elle l'était d'ailleurs bien avant moi, étant donné qu'elle tient son rôle depuis de nombreuses années. Je ne peux vous révéler toutes les informations que j'ai reçues le jour de ma rencontre avec l'Ancien, mais je pense qu'il est temps de vous parler à tous de la Prophétie du Croissant de Lune.

Il règne dans la pièce une ambiance particulière. Même Jim et Johan gardent le silence, ce qui relève - il faut bien l'avouer - d'un exploit digne du livre des records. Même si elle n'y voit plus guère, Granny a le visage tourné vers moi. J'avoue que je lui en veux… Pourquoi ne m'a-t-elle rien dit lorsqu'elle a constaté que je portais la marque ? Je suis consciente qu'elle n'avait pas le droit de tout me révéler, mais elle aurait pu se confier à moi, une fois certaine que je prendrai sa suite en tant que scribe de la meute.

— Notre peuple ne peut nier l'existence de la magie. Sans elle, nous ne serions pas ce que nous sommes. Notre monde est peuplé de créatures surnaturelles, certains d'entre vous ont eu l'occasion d'en rencontrer quelques spécimens. Tout cela pour vous dire que, quand la première *Seann* a reçu la Prophétie, il y a de cela trois cents ans, c'est tout naturellement que les nôtres y ont accordé du crédit.

— Reçue ? le coupé-je. C'est-à-dire ?

— Elle était amie avec une enchanteresse. Un jour, alors qu'elles s'étreignaient pour se saluer, la foudre a frappé l'enchanteresse. On raconte qu'il n'y avait pourtant aucun nuage dans le ciel et que le soleil brillait. Dans un état second, elle a proclamé, d'une voix qui n'était pas la sienne, la Prophétie. Quelques mois plus tard, les premiers élus mutaient pour la première fois.

— Que dit exactement la Prophétie ? demandé-je. Cahal ne m'a fourni que des bribes d'informations et je ne suis pas certaine que son esprit dérangé n'ait pas modifié la réalité.

— Il arrive que, dans une famille, naisse un ou plusieurs porteurs de marque, mais seul l'aîné peut prétendre à devenir candidat. L'année de ses vingt-cinq ans, le porteur est présenté à la cérémonie de la Lune Bleue. Si la marque se met à briller, il entre en lice à la succession du *Seann* en place. Il y a toujours au moins deux candidats. Nous ne pouvons expliquer ce phénomène, mais il n'est encore jamais arrivé qu'un seul candidat se présente.

— Toujours par deux ils vont, murmure Johan à l'oreille de Jess.

Cette citation de Maître Yoda[12] lui vaut une claque sonore à l'arrière de la tête de la part de Granny.

— Cahal m'a dit que son père portait la marque, lui aussi.

— Notre *Seann* actuel a mis ton… grand-père à mort. Il a ainsi gagné sa place, m'explique l'Alpha. Il n'y a plus eu de candidats depuis lors, cela fera quarante-huit ans cette année.

— Deux porteurs se sont présentés il y a environ vingt ans, mais aucun n'a été choisi par la lune, précise ma grand-mère.

Même si mon esprit est engourdi par la fatigue, l'émotion et les trois verres de Poteen que je viens d'enchaîner - bon Dieu, je m'interroge sur le degré d'alcool contenu dans ce machin ! -, je comprends pourquoi Cahal a mis tant de temps avant de revenir dans ma vie. En novembre, je fêterai mes vingt-cinq ans.

[12] Personnage de la franchise Star Wars de Georges Lucas.

Chapitre 15

L'équipe menée par Fred n'étant toujours pas de retour, Kaylan sonne la fin de la discussion et nous invite à regagner nos maisons respectives. Après m'avoir serrée dans ses bras, Johan rejoint Carole qui l'attend chez Granny. La jolie blonde n'a pas été autorisée à l'accompagner à la demeure de l'Alpha et il tarde à mon ami de la retrouver pour lui annoncer les dernières nouvelles.

— Où logera Alana ? demandé-je. Elle pourrait dormir avec moi chez Gran.

Avant son départ surprise, je partageais ma chambre avec Judy. Une fois certains qu'elle ne reviendrait pas, nous avons remplacé les lits superposés par un lit deux personnes, mais nous pourrions ajouter un matelas de fortune pour accueillir ma demi-sœur. Alana, totalement muette depuis tout à l'heure, jette des regards anxieux autour d'elle. Elle ne semble pas emballée à l'idée de séjourner chez Granny.

— Alana a été placée sous ma responsabilité, me répond Cillian d'un ton autoritaire que je ne lui connais pas. S'il est d'accord, Jess pourrait dormir avec Jim. Alana pourrait alors s'installer dans sa chambre. Comme elle est voisine de la mienne, je pourrais garder un œil sur elle. Enfin, seulement si mes parents sont d'accord, bien entendu.

La solution proposée par Cillian est rapidement adoptée. Alors que je souhaite bonne nuit à nos hôtes avant de les quitter, je surprends ma grand-mère en grande conversation avec Jess. Ce dernier me gratifie d'un clin d'œil avant de disparaître à l'étage, sans doute pour déménager ses affaires dans la chambre de son frère.

— Jessamy passera te prendre à la maison d'ici une heure. En attendant, je pense qu'il est nécessaire que nous discutions toutes les deux.

Le bras de ma grand-mère accroché au mien, je rentre enfin chez moi.

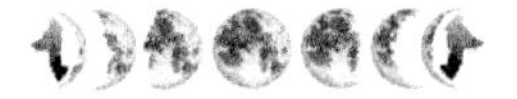

En pénétrant dans cette maison où j'ai grandi, je sens les odeurs de Johan et Carole. En tendant l'oreille, je les entends discuter dans l'ancienne chambre de Ray. Debout dans le hall d'entrée, j'inspire profondément. C'est seulement à ce moment que je réalise que je m'en suis sortie, saine et sauve, et que je ne crains plus rien, du moins pour l'instant.

Même si j'en veux à ma grand-mère, je prends soin de l'aider à boutonner sa robe de chambre. Elle se met au lit et je lui sers un verre d'eau avant de m'installer dans le rocking chair à sa droite.

— J'ai eu si peur pour toi, ma petite fille, débute-t-elle un sanglot dans la voix. Même si j'étais quasiment certaine qu'il ne te ferait aucun mal du fait de cette Prophétie, je ne pouvais pas m'empêcher d'envisager le pire.

— Pourquoi ne m'avoir rien dit ? Et ne me réponds pas que tu étais tenue au secret ! m'emporté-je soudain. Le jour où j'ai décidé de prendre ta relève, tu aurais pu me confier la signification de cette marque !

— Je n'ai aucune excuse sinon la peur de te perdre. Tu n'as pas eu une vie facile. Tu étais si jeune lorsque tu as perdu tes parents… Puis, tu es partie aux Etats-Unis; je t'y croyais heureuse, mais d'après Johan, tout n'était que façade.

— Quel est le rapport avec la Prophétie ?

— J'étais si heureuse quand tu as décidé de me rendre visite, poursuit-elle comme si je n'avais pas pris la parole. Je voulais tout te dire avant ton anniversaire, je le jure. Mais tout s'est enchaîné… les agressions, les révélations concernant ton géniteur et le rôle qu'il a joué dans ton amitié avec Jo. Je ne voulais pas en rajouter une couche. Je me trouvais sans cesse des excuses pour reporter cette conversation... Il n'y avait pas eu de candidats depuis si longtemps… De plus, tu n'étais pas l'aînée de ta fratrie, et je n'avais aucune certitude quant au fait que tu sois la première née de ton géniteur. Je te l'ai dit, je n'ai aucune excuse. Je ne suis qu'une vieille bourrique craintive !

Voir la femme qui m'a élevée pleurer est pratiquement une première pour moi. Granny a toujours été mon pilier, et elle mettait un point d'honneur à se montrer forte face à ses petits-enfants. Elle ne s'est autorisée à exprimer sa peine que le jour où elle a perdu sa fille, et plus tard, son époux. Là, si petite au milieu de son grand lit, les larmes roulant sur ses joues, elle m'apparait plus fragile que jamais. Alors, comme je le faisais lorsque j'étais gamine, je me glisse sous les draps à ses côtés, et me blottis contre elle.

— Je t'aime Gran.

— Je t'aime, ma puce.

Après quelques minutes, lorsque son souffle régulier m'indique qu'elle a rejoint les bras de Morphée, je quitte la pièce. Gran m'a dit que Jess passerait me prendre. Alors, je file sous la douche. Je me savonne le corps et me lave les cheveux, trois fois. Même si j'ai eu plusieurs fois accès aux sanitaires de Cahal et que Maria m'a permis d'utiliser sa salle de bain, je ressens le besoin de me purifier de ces instants passés en compagnie de mon géniteur.

Quand ma peau devient rouge à force d'être frottée énergiquement, je m'enroule dans une serviette de bain. Une fois dans ma chambre, je prends le temps de m'asseoir, dans le calme. Mon smartphone m'attend sur le lit; l'écran est fissuré de part en part mais il s'allume toujours. Je parcours l'historique d'appels. Jess avait tenté de me joindre à plusieurs reprises le jour de mon enlèvement. J'ouvre ma boite mail. Au milieu de dizaines de courriels publicitaires se trouve celui qui me confirme que Jess et moi ne sommes aucunement liés par la génétique.

Ce dernier n'étant pas encore arrivé, je décide de m'occuper de mon animal virtuel. Je constate avec tristesse que la pauvre bête a trépassé par manque de soin.

J'ai toujours mon smartphone en main lorsqu'un message s'affiche à l'écran : "**Je t'attends devant chez toi.**"

Je me hâte d'enfiler un jeans et un t-shirt à manches longues. Je remarque que j'ai dû perdre quelques kilos; je flotte dans mon haut et j'ai besoin d'une ceinture pour éviter de me retrouver les fesses à l'air. Je descends les marches sans bruit, vérifie six fois que la porte d'entrée est bien fermée - ah ! un toc que je n'ai pas perdu ! - et m'avance sur le trottoir.

La Ford Mustang de Jess est là, son moteur ronronnant doucement dans la rue sombre et silencieuse. J'ouvre la portière passager et prends place.

— Où m'emmènes-tu ? demandé-je timidement.

Je me sens aussi stressée que lors de notre premier rendez-vous. Malgré la réaction enthousiaste de Jess tout à l'heure, je me demande où il en est par rapport à notre histoire. M'a-t-il réellement pardonnée concernant Logan ? J'ai peur que l'euphorie de nos retrouvailles ne lui ait momentanément fait oublier mon infidélité et qu'il ne m'envoie sur les roses après s'être accordé une période de réflexion.

— Je t'emmène chez moi.

— Chez toi ? Tu as emménagé dans une maison de location en attendant la construction de ton chez-toi ?

— Non, je me suis installé au cabanon.

J'avoue qu'après avoir passé plusieurs jours enfermée dans une cage, je n'aurais pas dit non à une nuit dans une chambre douillette. Même si je suis impatiente de me retrouver seule avec Jess, une nuit au cabanon ne m'emballe pas outre mesure. J'ai un grand besoin de jouir du confort d'un retour à la vie normale.

Les lanternes éclairent toujours le petit chemin qui mène à la maisonnette. Contrairement à ma dernière visite, un verrou a été installé sur la porte d'entrée. Jess tire une clé de sa poche avant de se tourner vers moi.

— Ferme les yeux, j'ai une surprise pour toi.

Je m'exécute. La main de Jess se glisse dans la mienne pour me guider à l'intérieur. Une délicate odeur de vanille me chatouille les narines, une bougie parfumée sans aucun doute.

Lorsque le maître des lieux m'invite à soulever les paupières, je suis époustouflée. L'endroit est complètement différent. L'espace a été aménagé pour pouvoir y vivre. Le matelas de fortune a été remplacé par un canapé lit deux places. Un écran de télévision est fixé au mur et un lecteur Blu Ray repose sur la petite commode. Le vieux poêle imposant a été remplacé par un feu au bois plus discret. Je tourne sur moi-même pour découvrir une minuscule cuisine fonctionnelle, ainsi qu'une table juste assez grande pour y installer deux personnes. Mes yeux s'agrandissent quand je constate qu'une percée a été faite dans le mur latéral afin d'ajouter une salle d'eau.

— Comment as-tu fait ? l'interrogé-je, stupéfaite par tous ces changements.

— Je voulais prendre mon envol. Etant donné que la mise en place de mon projet final va prendre du temps, j'ai opté pour une rénovation du cabanon. Un collègue m'a présenté un entrepreneur qui a fait en sorte que l'endroit soit habitable en attendant la construction de la maison. C'est loin d'être un palace, mais c'est chez moi.

— C'est plus que suffisant. Tu sais, j'ai vu des appartements bien plus petits que ça à Boston.

A l'évocation de ma vie passée, Jess détourne le regard. Parler de Boston lui a sans doute remémoré cette fameuse nuit de pleine lune en compagnie de mon ex. Génial pour casser l'ambiance…

— Que ressens-tu pour le cousin de Johan ? me demande-t-il froidement sans citer le prénom de Logan. Sois honnête.

Si quelqu'un m'avait posé cette question il y a deux mois, je lui aurais répondu que Logan était sans doute l'homme de ma vie. Mais aujourd'hui, je me rends compte que cette pseudo-relation n'était qu'une illusion et que je me voilais la face.

— Si tu pouvais entrer dans ma tête, tu n'y lirais que des regrets concernant cette nuit que j'ai passée avec lui. Je pourrais mettre tout cela sur le dos d'Ashley… te dire que si elle n'avait pas envoyé cette foutue photo à Carole, rien ne se serait passé. Mais je dois assumer mes erreurs. Oui, j'étais déstabilisée par cette hypothèse d'un lien de sang entre nous. Oui, j'avais le cœur brisé à la simple pensée des mains d'Ashley parcourant ton corps. Oui, la pleine lune a eu sur moi un effet inattendu. Mais j'aurais dû résister, je n'aurais jamais dû coucher avec Logan… Jamais ! Si tu savais comme je m'en veux !

Jess accroche son regard émeraude au mien. Ce que j'y lis m'encourage à poursuivre ma confession.

— Ce que je ressens pour Logan ? Je ne le hais pas. Nous avons vécu une relation - aussi bancale fut-elle - qui fait partie de mon histoire. J'ai cru l'aimer, mais c'était avant de connaître la véritable signification de ce mot.

Je m'avance vers lui, ma bouche à quelques centimètres de la sienne.

— C'est-à-dire ? souffle-t-il en déglutissant bruyamment.

Dans un élan de sensualité qui ne me ressemble pas, je passe une main sous son tee-shirt et me mets à suivre avec mon doigt la ligne de sa ceinture.

— Ce sentiment dévorant de manque lorsque l'autre est loin de soi. Ce besoin perpétuel de le toucher, susurré-je en soulevant délicatement son haut alors que mes doigts glissent le long de ses abdominaux. Jessamy Sullivan, je t'aime et, si tu trouves en toi la force de me donner une seconde chance, je jure de te le prouver chaque jour que je passerai à tes côtés.

Jess attrape ma main et l'immobilise. Je crains qu'il ne me rejette et son silence fait perler une larme au bout de mes cils. Je tourne la tête afin qu'il ne remarque pas cette émotion qui menace de me submerger.

C'est alors qu'il m'attire contre lui et pose ses lèvres sur les miennes. Il butine doucement ma bouche avant de se faire plus sauvage. Les mouvements de sa langue autour de la mienne créent de douces contractions dans mon bas-ventre. Il ne m'a pas encore réellement touchée, mais je suis déjà prête à l'accueillir. J'éprouve d'ailleurs un soupçon de gêne lorsque sa main glisse le long de mon dos pour s'insinuer sous mon jeans et prendre possession de mes fesses. Pas lui. Jess semble plutôt ravi de l'effet qu'il produit sur moi.

Histoire de lui faire ravaler son petit sourire conquérant, je passe à l'action. Pour la première fois de ma vie - Logan n'étant étonnamment pas friand de la chose -, je m'accroupis face à un homme. Sans regarder Jess dans les yeux, je me mets à genoux et déboutonne son jeans. Lui aussi est prêt, sa virilité dressée en est la preuve. Je n'ai aucune idée de comment m'y prendre mais je me laisse guider par mon instinct et par ses gémissements. Il faut croire que je me débrouille plutôt pas mal car, dans un râle guttural, il me prend par les épaules et m'aide à me relever.

— N'oublie pas que je t'attends depuis des semaines, halète-t-il. Si tu continues comme ça, je n'aurais pas l'occasion de m'occuper de toi.

Il prend ma main et m'emmène jusqu'au lit où il s'assied après s'être débarrassé de ses vêtements. Alors que je m'apprête à m'allonger, il m'arrête et me place, debout, face à lui. Tandis que j'enlève mon haut, il me débarrasse de mon jeans et de mes sous-vêtements, tout en déposant une envolée de baisers autour de mon nombril. Lorsque je sens sa bouche se diriger plus au sud, je me crispe par réflexe, mais il écarte légèrement mes jambes pour se ménager un accès direct à mon intimité. C'est là que débute sa douce torture.

Après m'avoir emmenée à plusieurs reprises aux portes de la jouissance, Jess m'offre un orgasme explosif. Mes jambes tremblent et je me laisse glisser contre son torse, me plaçant ainsi à califourchon sur ses genoux. Rapidement, nous ne faisons plus qu'un. Après tout ce temps à se languir l'un de l'autre, ce premier round se termine rapidement. Nous nous faufilons sous les draps et il me serre contre lui, mon dos contre son torse. Je pense qu'il s'est endormi mais sa main se fraye un chemin jusqu'à ma poitrine. Je ne pensais pas qu'un homme normalement constitué puisse remettre le couvert aussi rapidement ! Si le premier round était l'apéritif, le second est le plat de résistance ! Et, que serait un dîner réussi sans un dessert… et un digestif…

Chapitre 16

Après ces nuits passées sur le sol dur et humide de la grange, me réveiller dans un lit douillet me met instantanément de bonne humeur. Bon ok… il n'y a pas que la qualité du matelas qui me rend joyeuse… Jess est apparemment du matin. A ce rythme là, je vais devoir me payer un coach sportif si je veux tenir la distance !

— Loin de moi, espèce de machine sexuelle ! le repoussé-je en riant alors qu'il tente une nouvelle approche après le petit-déjeuner. J'aimerais savoir comment Alana a vécu sa première nuit parmi nous, et je me demande si l'équipe de Fred a pu capturer Cahal.

— Ce n'est pas ma faute, c'est lui qui ne peut plus se passer de toi, minaude-t-il en pointant son entre-jambe du doigt.

— Eh bien, dis-lui que je lui promets de m'occuper de lui ce soir pour me faire pardonner.

— Hummm… Ce n'est pas en tenant ce genre de propos que tu vas parvenir à le calmer !

Jess m'attire contre lui et, tout en m'embrassant, laisse sa main s'aventurer sous mes dessous. Je suis prête à me laisser finalement tenter quand le téléphone de mon amant se met à sonner. Tout en continuant de me caresser, il décroche.

— C'est mon oncle, dit-il d'une voix rauque de désir. Fred est de retour; nous sommes appelés au village. Tu ne perds rien pour attendre, Boston !

Nous nous mettons en route et filons vers Madadh. Malgré les circonstances, mon sourire ne me quitte plus. Jess m'a pardonnée et je pense pouvoir affirmer que nous sommes officiellement en couple. Mon côté midinette se demande si je dois changer mon statut sur Facebook[13], mais je pense que ce serait quelque peu prématuré tout de même.

Johan nous attend, assis sur les marches, face à la maison de Kaylan.

— Ah vous voilà ! On vous attendait pour débuter la réunion.

Mon ami salue Jess d'une franche poignée de main. Quant à moi, il me gratifie d'un haussement de sourcil tout à fait suggestif et mime des baisers avec sa bouche comme un gamin. Pour me venger, je lui écrase le pied en

---

13 Réseau social appartenant à Meta

passant devant lui. Oui, nous sommes de véritables gosses, et j'adore cet aspect de notre amitié.

Une fois à l'intérieur, l'ambiance se fait pesante. La première chose que je remarque en pénétrant dans la pièce de vie, c'est l'imposante housse noire sur la table. Ils ont retrouvé le corps de Tobias.

Nous contournons la table et rejoignons Fred, Kyran, Jim et Johan au salon. Nous nous y installons en attendant l'Alpha. Celui-ci pénètre dans la pièce quelques instants plus tard, une tasse de thé fumante à la main. Malgré moi, cela me rappelle les entrevues père/fille avec Cahal.

Kaylan s'installe après avoir jeté un regard troublé vers la table où repose le Protecteur. Quant à moi, je cherche Alana des yeux.

— Je vous ai convoqués ici en petit comité. Tout d'abord, je tiens à te rassurer, dit-il en se tournant vers moi. Ta sœur va bien, elle est avec Cillian. Il l'informe de nos lois et lui fait visiter notre beau village. Tu pourras les retrouver plus tard.

Jess me glisse à l'oreille qu'il s'est arrangé avec son cousin par messages pour que nous déjeunions ensemble tous les quatre. Je le remercie d'un sourire avant de fixer mon attention sur l'Alpha.

— Ella, je dois t'informer de quelques changements survenus depuis ton départ. Fred, Kyran, Johan et Jess ont été élevés au rang de Protecteurs. Ils ont été attachés à ma sécurité personnelle, ce qui explique leur présence ici. En ce qui concerne la présence de mon Jamesy, eh bien, je n'avais pas l'énergie nécessaire pour parvenir à le tenir loin de nos discussions.

Jim m'envoie un clin d'œil. Impossible, en effet, de le tenir à l'écart s'il en a décidé autrement. Je ne suis pas étonnée de voir Fred, Kyran et Jess être chargés de la sécurité de l'Alpha - bien que Jess ait évité de me confier cette nouvelle -, mais je suis surprise en ce qui concerne Johan. Il a donc décidé de demeurer à Madadh, lui aussi ? Il me faudra m'entretenir en privé avec mon meilleur ami.

— Tu dois t'en douter, poursuit l'Alpha, Darina n'étant plus en mesure d'assurer ses fonctions, tu prends officiellement sa place en tant que scribe de la meute.

— C'est un honneur, Alpha.

Kaylan m'explique que, durant mon *absence*, une enquête a été menée. Bien que cela ne soit pas une surprise, l'autopsie a confirmé le lien familial entre Gaël et moi. Je frissonne toutefois lorsque Fred lit à haute voix le rapport du légiste et qu'il énumère les différentes substances retrouvées dans le sang du fils de Cahal. Le pauvre gosse était une véritable bombe à retardement.

J'apprends également qu'à la lumière des derniers événements, le *Seann* a accepté le retour de Daegan au sein de la meute. Ray est en ce moment même avec l'ancien Alpha et il l'aide à organiser sa venue au village. Daegan ne reprendra, bien entendu, pas sa place à la tête du clan, mais il assistera Kaylan en qualité de conseiller lorsque le besoin s'en fera sentir.

Une enquête a été ouverte concernant Cahal, ou Nicola, peu importe le nom qu'il se donne. Cependant, il semble que mon géniteur ait un don inné pour passer inaperçu. Entre son départ de Madadh et son retour, des années plus tard, sous une nouvelle identité, il n'existe aucune trace de lui nulle part. Sans doute s'est-il isolé dans les bois ou peut-être a-t-il vécu en ermite parmi les humains.

— As-tu appris quelque chose durant ta captivité ? Quelque chose qui pourrait nous aider à le traquer ? m'interroge Johan.

Je leur résume le contenu de mes entrevues avec Cahal. J'ai la gorge serrée lorsque j'évoque ma mère et sa passion aveugle pour mon géniteur. Jess ressent mon trouble et pose une main au creux de mes reins.

— L'amour provoque parfois des réactions inattendues, me réconforte Kaylan. Console-toi en te disant que ta mère était amoureuse de celui qui t'a donné ses gènes, que ce n'était pas qu'une aventure sans lendemain.

Super, le lot de consolation ! Ma mère était amoureuse, ça me fait une belle jambe ! Cela pourrait peut-être me soulager si les fameux gènes que Cahal m'a légués ne m'avaient pas apporté un passif psychiatrique lourd et une Prophétie mystique dont je me serais bien passée.

— Avez-vous trouvé quelque chose à la ferme ? demandé-je pour changer de sujet.

Fred, tel un soldat au rapport, se lève et place ses mains dans son dos.

— Lorsque mon équipe a débarqué sur les lieux, la ferme était en feu. Tout est parti en fumée, nous n'avons rien pu récupérer. Nous avons tenté de suivre la piste de Cahal mais son essence était trop présente et la fumée de l'incendie a troublé nos sens. Nous ne sommes pas parvenus à isoler une piste.

— Comment cela est-il possible ? m'emporté-je. Comment a-t-il pu quitter les lieux si rapidement ?

— J'émets deux hypothèses, poursuit le nouveau bras-droit de l'Alpha. Soit il a préféré tout brûler après s'être rendu compte de votre départ, soit il a été prévenu de notre venue.

Sur un ordre muet de Kaylan, Fred reprend sa place. Y aurait-il un autre traître au village ? Le visage d'Alana se dessine dans mon esprit mais je chasse rapidement cette idée. La jeune femme ne possède pas de smartphone et je suis convaincue que Cillian ne l'a pas quittée d'une semelle.

— Le cadavre de Tobias a été retrouvé à la sortie du village, nous apprend Kaylan. Son corps nu avait été attaché à un arbre dans un simulacre de pendaison.

Des grondements sourds s'élèvent de la poitrine de Kyran. Les yeux de Jess et Jim virent à l'ambre. De mon côté, je baisse la tête, honteuse. C'est mon père qui a fait ça; c'est lui qui a mis à mort Tobias, lui qui a emporté son corps et l'a mis en scène de la sorte. Même si je n'en suis en aucun cas responsable, j'en porte malgré tout la culpabilité.

Depuis la mort du Protecteur, je n'ai plus ressenti cette nécessité de compter, comme si mon cerveau avait eu besoin de ce déclic pour se débarrasser de ce toc. Du coup, je n'ai plus de moyen de compensation. Mon cœur se met à battre plus vite. Oh non… Ce n'est pas le moment pour une crise d'angoisse ! A ma droite, Jess se met à caresser doucement mon dos. A ma gauche, Johan pose sa main sur ma cuisse et me sourit. Mon rythme cardiaque se stabilise lentement. Les voilà, mes moyens de m'ancrer et de surmonter mes angoisses.

— La dépouille de Tobias sera remis cet après-midi à sa famille après un bref examen du Doc. Je n'ai pas jugé nécessaire de pratiquer une autopsie. Cillian et Ella nous ont expliqué les circonstances de la mort de notre ami; nul besoin d'ajouter le traumatisme d'un tel examen à ses proches.

N'ayant rien d'autre à nous apprendre, Kaylan nous congédie. Maintenant que Cillian et moi sommes de retour, le couvre-feu est levé. Cependant, l'obligation de se déplacer par groupes de minimum trois personnes à la nuit tombée reste en vigueur. Cahal court toujours et nous ne pouvons affirmer avec certitude qu'il n'a pas d'autres alliés connus.

— Tu crois que Cahal sera rapidement retrouvé ? demandé-je à Jess une fois seule avec lui dans la chambre qu'il partageait avec Jim.

— Je n'en sais rien. Ce type a disparu des radars durant des années, il pourrait très bien recommencer.

Assise sur le lit de Jim, j'observe Jess entasser ses vêtements dans un sac de sport. Comme il a décidé de s'installer au cabanon, il doit emporter de quoi se changer.

— Toc ! Toc !

Johan et Jim apparaissent dans l'encadrement de la porte. Le frère de Jess se jette sur le lit et entreprend de réquisitionner la moitié des vêtements qui se trouvent dans le sac.

— Allez ! Sois sympa, frangin ! Je suis sûr que ce tee-shirt est trop petit pour toi. File-le-moi ! Tu m'abandonnes pour une fille, tu peux bien me léguer deux ou trois de tes fringues !

Jo et moi nous connaissons si bien qu'il lui suffit d'un signe de tête pour me faire comprendre qu'il a envie de me parler en tête à tête. Après avoir déposé un baiser sur les lèvres de Jess et lui avoir promis de le retrouver ici dans une heure, je suis mon meilleur ami à l'extérieur.

Chapitre 17

Une fois à distance raisonnable de la maison de l'Alpha, je relâche un peu la pression. Le corps de Tobias, cette culpabilité qui me ronge malgré moi… Je n'avais pas réalisé à quel point j'étais tendue avant de m'éloigner. Avec Jo, nous marchons jusqu'à la place du village et nous asseyons sur un banc.

— J'en connais une qui a passé une bonne nuit de retrouvailles avec son chéri, me taquine mon ami en faisant mine de me humer.

— Et j'en connais un qui a décidé de rester ici avec sa nouvelle chérie plutôt que de retourner à Boston, rétorqué-je en lui tirant la langue. Comment va Carole d'ailleurs ? Je n'ai pas encore eu l'occasion de la croiser.

Johan prend un air gêné, il semble soudain passionné par ses chaussures. J'espère que je n'ai pas gaffé, et qu'il n'y a pas d'eau dans le gaz entre eux. Le sourire qui ourle ses lèvres ne me paraît pourtant pas annonciateur d'une mauvaise nouvelle.

— Vas-y, accouche ! Je te connais par cœur, je vois bien que tu as un truc à me déballer.

— J'ai demandé la main de Carole à son père et il a accepté.

Waouh ! Je ne sais pas trop comment je dois réagir face à cette nouvelle. D'un côté, je suis heureuse que Jo ait rencontré la femme de sa vie, mais de l'autre, je continue de penser que les choses vont beaucoup trop vite entre eux.

— Ok… Quand le mariage aura-t-il lieu ?

— La semaine prochaine.

Sous le choc, je m'étrangle avec ma salive et me mets à tousser. Je dois avoir les yeux exorbités et je peine à reprendre mon souffle. Jo panique et se met à me tapoter le haut du dos.

— La semaine prochaine ? ahané-je. Mais pourquoi si vite ? Elle ne te donnera pas sa petite fleur avant d'être passée devant le curé ? Non ! Je suis sûre que vous êtes déjà passés à l'acte. Tu l'as mise en cloque ou quoi ? Oh bordel ! C'est ça ! Carole est enceinte !

— Ça te dit d'être marraine ? rougit-il en haussant les épaules.

Là, tout de suite, je paierais cher pour que l'on me prenne en photo, avec ma bouche grande ouverte et mes yeux de tarsier. Johan va être papa…

— Oh, ça va ! Remets-toi ! Je suis très heureux de cette grossesse. Carole est la femme idéale pour moi. Les choses s'enchaînent un peu vite entre nous, mais je trouve ça génial.

— Bah… euh… Félicitations ? C'est pour quand ?

— C'est tout récent. Le Doc estime l'accouchement en mai. Du coup, on veut se marier avant, pour faire les choses bien.

— Ouais… Et pour porter une robe de mariée sans taille élastique.

— Ell' !

— Pardon. C'est chouette. Je suis contente pour vous. Enfin, pas encore tout à fait. Mais laisse moi quelques jours pour réaliser.

Jo éclate de rire et me serre brièvement dans ses bras. Je ne me crispe même pas. Je gère beaucoup mieux les contacts sociaux qu'avant. C'est dingue comme un déménagement, un nouveau job, un changement de mec et un enlèvement peuvent influencer un être humain.

— Je dois encore te parler d'une petite chose, continue-t-il en relâchant son étreinte.

— Par pitié, pas un truc du style "*Je suis ton frère.*" Et évite aussi tout ce qui me relierait de près ou de loin à un quelconque truc magique ou à une boule de cristal.

— Rien de tout ça. J'en ai parlé avec Carole, et elle est d'accord. Mais je ne voudrais rien faire qui te poserait problème.

— Tu me fais peur là.

— Je suppose que tu vas rapidement emménager avec Jess maintenant qu'il a son chez lui. Tu sais, je me suis énormément attaché à Darina, et je me disais que, si tu étais d'accord, Carole et moi pourrions habiter chez ta grand-mère. La maison est grande pour une vieille dame toute seule. Ainsi, quand tu seras chez Jess, je prendrai le relais, et je veillerai sur elle. J'ai déjà évoqué l'idée devant Darina, et elle semble plutôt emballée par le concept. Ell', tu vas bien ?

Je me mets à pleurer à chaudes larmes. Mais cette fois, ce sont des larmes de joie. A plusieurs reprises, durant ma détention, j'ai pensé à Gran. Je serai souvent chez elle de par mes nouvelles obligations de scribe. Mais qu'en sera-t-il quand je serai au travail ? Quand je serai avec Jess ? J'aime Granny de tout mon cœur, je lui dois beaucoup, mais j'ai envie de vivre avec l'homme que j'aime, et j'imagine mal ce dernier abandonner son projet de construction pour vivre avec moi dans la demeure familiale.

Je suis si heureuse que Jo envisage de vivre auprès d'elle ! Granny adorera aider Carole à s'occuper du bébé. Et moi, je serai rassurée en sachant ma grand-mère en sécurité avec mon meilleur ami et sa compagne.

— Arrête de pleurer ! Tu es triste ? Je t'ai vexée ? Merde, j'ai foiré ! Je pensais que ça te ferait plaisir.

— Idiot ! sangloté-je en lui assénant un coup de poing amical sur l'épaule. Bien sûr que cela me fait plaisir ! Merci ! Merci d'être toi !

Cette fois, c'est moi qui le prends dans mes bras.

— Mon futur filleul va m'adorer !

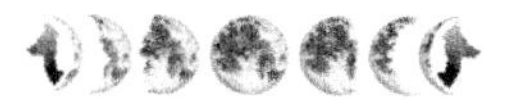

Comme prévu, je rejoins Jess et nous retrouvons Cillian à la minuscule brasserie qui se trouve à la sortie de Madadh. Le patron est l'un des nôtres mais le personnel est humain. Nous demandons donc à être placés à la table la plus reculée, afin de pouvoir discuter tranquillement.

Alana est sublime. Ses boucles rousses, d'ordinaire en bataille, sont soyeuses et rebondies. Elle porte un pantalon noir et un chemisier vert d'eau qui met ses yeux - qu'elle a soulignés d'un trait de liner - en valeur. Ma sœur est apparemment passée entre les mains de Maria. Accrochée au bras de Cillian, elle m'adresse un timide salut en prenant place autour de la table.

— Aly, je te présente mon cousin, Jess. Il était présent chez mon père hier soir.

Aly ? Ils en sont déjà au stade des petits surnoms ? Si ma sœur lui renvoie un "Cici", je vais difficilement retenir mon fou-rire.

Jess gratifie Alana d'un clin d'œil, et cette dernière lui sourit en retour.

— Tu es bien installée chez Kaylan ? demandé-je doucement. Si tu veux, tu peux toujours venir vivre chez Granny.

— C'est gentil mais je suis très bien chez l'Alpha, tout le monde est gentil avec moi. La mère de Cillian m'a prêté des vêtements et Jim m'a commandé tout un tas de choses sur un site Internet. Je ne savais pas qu'il était possible d'acheter des choses sur un téléphone et de se les faire livrer.

J'imagine bien Jim faire chauffer la carte bleue de son oncle pour renflouer la garde-robe de leur invitée. Je suis heureuse qu'Alana se sente acceptée. Si tout se passe bien, elle pourra sans doute intégrer rapidement la meute de manière officielle.

Nous commandons le plat du jour - un bœuf à la Guinness - et Alana nous raconte son enfance auprès de Cahal. Gaël et elle n'ont jamais été confrontés à la technologie. Ils ont vécu quelques années en Ecosse avant de déménager à la ferme où Cahal m'a gardée prisonnière.

— Es-tu allée à l'école ? l'interroge Jess.

— La compagne de Père nous a appris à lire, à écrire et à compter. J'adorais la lecture et Monica me rapportait souvent des bouquins. C'est ainsi que j'ai acquis un minimum de culture. Gaël, de son côté, n'était pas un bon élève… Il ne vivait que pour impressionner Père. Il passait son temps à s'entraîner ou à le suivre en mission.

— Qu'est devenue cette Monica ? demandé-je. Elle ne se trouvait pas à la ferme.

Les yeux d'Alana se voilent. Elle nous apprend que Cahal a mis sa compagne à mort à la suite d'une dispute. Monica souhaitait que les deux enfants puissent vivre une vie normale, qu'ils voient d'autres gens. Ça n'a pas plu à mon géniteur et il s'est débarrassé d'elle.

Cillian récolte sur son index la larme qui roule sur la joue de la jolie rousse.

— Ne t'inquiète pas, je t'ai promis que tu ne retournerais plus jamais avec lui.

Sous la table, Jess me prend la main. Lui aussi est touché par le nouveau Cillian.

Soudain, alors que nous discutons de choses et d'autres, un bruit de vaisselle cassée attire notre attention. De l'autre côté du bar, Ashley vient de lancer son assiette à la tête de Kyran. Ce dernier, rouge de colère, hurle à la jeune femme de quitter les lieux. Celle-ci ne se fait pas prier et sort de la brasserie en claquant la porte. Après s'être excusé auprès du patron, Kyran se dirige, lui aussi, vers la porte, mais Jess l'interpelle. Le nouveau Protecteur réquisitionne une chaise vide à une autre table et s'installe avec nous. Il a la mâchoire crispée et il tremble de colère.

— Que s'est-il passé ? l'interroge Cillian.

— Je n'ai rien compris, rougit-il. J'avais bien vu qu'Ash était distante depuis quelque temps mais je la croyais perturbée par les derniers événements. Je l'ai invitée à déjeuner. Je voulais lui proposer d'officialiser notre relation. J'ai désormais un rôle à jouer auprès de notre chef et je voulais qu'Ash et moi avancions ensemble, après des années à nous tourner autour.

C'est la première fois que cette montagne de muscles prononce autant de mots à la suite face à moi. Curieuse, j'ai envie de connaître la suite.

— Et ? l'encouragé-je à poursuivre.

— Elle m'a ri au nez. Elle m'a dit qu'elle voyait quelqu'un d'autre, un gars de l'extérieur. J'avoue que ça m'a rendu dingue. Ash' joue les allumeuses mais j'étais convaincu qu'elle m'était relativement fidèle. Du coup, je me suis emporté. J'ai exigé des détails. Elle a pété les plombs et m'a balancé son assiette à la figure.

Kyran se referme, se lève et quitte la brasserie en s'excusant encore une fois auprès du personnel. Je me demande bien qui est cet homme mystérieux qui a fait tourner la tête d'Ashley et je lui souhaite bien du courage avec cette folle furieuse.

Nous passons le reste du repas à spéculer sur la situation. Cillian pense à un mec rencontré à son travail - Ashley est vendeuse dans une boutique de luxe -. Personnellement, j'opte plutôt pour une rencontre en ligne; j'imagine mal Ashley sortir avec un simple humain, et d'après Cillian, aucun Faoladh ne travaille avec elle à la boutique.

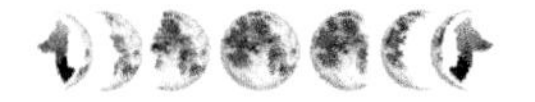

Nous nous séparons vers quatorze heures. Alana et Cillian grimpent dans la Lincoln de ce dernier. Je les regarde s'éloigner. Ces deux-là ne tarderont pas à se mettre ensemble, je suis prête à le parier.

Vu que Jess a été rappelé par le travail pour un dépannage, il me dépose chez Gran avant de reprendre la route. Hélas, ma grand-mère est absente. Elle a laissé un mot expliquant que Carole l'a embarquée dans une virée shopping. J'apprécie de plus en plus la compagne de Johan. Il est tombé sur une perle rare.

Seule à la maison, je prépare un sac contenant quelques effets personnels. Jess ne m'a pas officiellement demandé de vivre avec lui, mais il a proposé de me libérer un tiroir de la commode pour y laisser quelques affaires, ce qui, pour un homme, signifie pratiquement autant que d'offrir une clé.

J'avais prévu de travailler un peu pour rattraper mon retard d'encodage, mais je finis par remettre ça à plus tard et je me lance dans un jeu de logique sur mon smartphone. Au beau milieu d'une énigme particulièrement difficile, un message du Doyen Andicot s'affiche à l'écran.

Chapitre 18

Avec tout ce qui m'est arrivé ces dernières semaines, j'avais complètement zappé la rentrée scolaire ! Après avoir reçu un message du Doyen m'informant que j'étais attendue le lendemain à dix heures, j'ai cravaché toute la nuit sur mes cours. J'ai appelé Jess pour lui dire que je passais la nuit chez Granny; je ne vois pas comment j'aurais pu bosser sérieusement avec lui se baladant torse nu dans la pièce.

Je suis consciente qu'à notre époque, il est facile de trouver des cours tout beaux tout chauds sur Internet, mais je suis une perfectionniste. Impossible pour moi de donner à mes étudiants des dossiers que je n'aurais pas préparés par moi-même. De plus, je constate que j'ai conservé le toc qui m'oblige à classer minutieusement les dossiers que je crée dans des classeurs compartimentés. Il n'est pas imaginable pour moi de laisser une feuille traîner dans la mauvaise section au risque d'en perdre le sommeil.

Après une nuit blanche, je tente de camoufler les cernes qui me mangent le visage. J'ai la tête en vrac, je suis un Picasso[14] ! Je me maquille donc plus que d'ordinaire et mise sur une tenue aux couleurs vives qui attirera l'attention sur mon look plutôt que sur mon visage.

Jess ayant travaillé tard lui aussi, c'est Johan qui me conduit à Dublin. Il doit justement effectuer quelques achats en ville. Je dors durant le trajet et je dois honteusement essuyer le filet de bave qui macule mes lèvres à mon réveil.

— Rien qui cloche ? demandé-je à Jo en pointant mon visage du doigt.

— T'inquiète ! Tu vas être au top ! Je te récupère tout à l'heure.

Comme lors de la visite du campus, Andicot m'attend à l'entrée de l'établissement. Mon sac de cours est si lourd que je titube. Quelle idée aussi de porter des talons hauts quand on sait que l'on va passer sa journée debout !

— Marlon, mon petit, pourriez-vous débarrasser Mademoiselle Lynch et amener son sac en salle de biologie numéro une ?

A la demande du Doyen, le dénommé Marlon, un jeune homme brun assez fort, me décharge de mon fardeau. Je le remercie et, sur une note d'humour, mon

---

14 Pablo Picasso (1881-1973) : peintre espagnol

sauveur me fait promettre de ne pas oublier son geste lorsqu'il s'agira de le noter en fin de semestre.

— Je suis désolée, m'excusé-je directement à mon nouveau patron. J'ai raté le début de l'année scolaire.

— Ne vous excusez pas, Mademoiselle Lynch. J'ai été informé de ce qu'il vous est arrivé. J'ai assuré ces premiers jours de cours à votre place. Vous trouverez sur votre bureau les dossiers remis aux élèves. J'avoue m'en être tenu aux bases.

— Merci, Doyen.

Andicot me conduit jusqu'en salle de biologie numéro une. Il m'explique que cette salle me sera réservée et que je peux la considérer comme mon bureau personnel. Il me remet les clés des différentes armoires avant de vaquer à ses occupations.

Je passe l'heure suivante à prendre connaissance de mon planning, à établir une liste du matériel qui me sera nécessaire et, bien entendu, à courir à travers l'établissement pour dégoter la liste de mes étudiants. Le bâtiment étant plutôt impressionnant, je me perds en tentant de trouver les toilettes. Heureusement, Marlon vient une nouvelle fois à mon secours. Le jeune homme, ayant trente minutes avant son prochain cours, il me sert de guide jusqu'à la cafétéria.

Mon premier cours débute à treize heures. J'en profite donc pour me remplir le ventre et envoyer un message à Jess.

« Coucou toi. Ta journée se passe bien ? J'ai bossé toute la nuit, je suis K.O. Hâte de te voir. »

Je reçois rapidement sa réponse. Il doit, lui aussi, être en pause déjeuner.

« Longue nuit pour moi aussi. Tu dors à la maison ce soir ? Je t'aime. »

Il est là, le premier "*Je t'aime*" de Jess. Je lui ai avoué mes sentiments lors de nos retrouvailles mais il ne m'avait pas vraiment répondu. Une chaleur se répand du bas de mon corps jusqu'à mes oreilles. Je souris comme une bienheureuse et lâche un gloussement sonore; je remarque d'ailleurs plusieurs regards appuyés dirigés vers moi. Ils doivent se demander ce qu'il m'arrive. Je dois avoir l'air d'une dingue avec mes cernes, mes joues rosies et mon sourire béat. Comment trois petits mots peuvent-ils provoquer de telles choses dans notre corps ?

Mon moi terre à terre me dit de désamorcer le mode midinette et d'attendre qu'il se déclare en face à face. Il est facile d'écrire un sentiment, beaucoup moins de l'exprimer à l'oral.

La journée se déroule à merveille. Les étudiants sont adorables et les quelques collègues que j'ai eu l'occasion de croiser sont très sympathiques; rien à voir avec les personnes que je côtoyais à Boston. Je sens que je vais adorer ce boulot !

Vers seize heures, je quitte l'établissement pour rejoindre Johan. A peine assise sur le siège passager, je me mets à déblatérer au sujet de la fantastique journée que je viens de passer. Une fois mon flot de paroles tari, je remarque que mon meilleur ami ne réagit pas avec l'entrain dont il fait preuve d'ordinaire.

— Quelque chose ne va pas ? Rien à voir avec Carole au moins ? m'inquiété-je.

— Non, tout va bien, et je suis ravi que tu te plaises à ton nouveau travail. C'est juste que j'ai eu mon père au téléphone et que j'ai une nouvelle, plus ou moins mauvaise, à t'annoncer.

— Une plus ou moins mauvaise nouvelle ? Ça se dit ça ?

Je parviens à arracher un sourire à Johan qui m'explique le nœud du problème.

— Mon père sera présent au mariage.

— Jusque-là, je ne vois pas le souci.

— Il ne viendra pas seul… Il sera accompagné de la famille proche et d'une délégation de la meute, histoire de renforcer les liens avec Kaylan, enfin, tu vois le genre.

— Et Logan sera parmi eux, deviné-je.

Johan hoche la tête et confirme la venue de mon ex. Il se répand en excuses, me jurant sur tous les Dieux connus qu'il a tout essayé pour éviter la présence de son cousin. J'éclate de rire lorsqu'il imite la voix de son père : "Fils, la famille, c'est sacré chez les loups !".

— Il n'y a aucun problème, le rassuré-je. Je sors avec Jess dorénavant. Et si Logan ne le comprend pas, tant pis pour lui. Je n'éprouve aucune rancune envers ton cousin; qu'il vive sa vie et moi la mienne !

— Ok, génial ! Je te laisse annoncer la nouvelle à Jess. Tu comprends, je vais bientôt être papa. Je ne peux prendre aucun risque.

Nous rions ensemble et Jo, soulagé, se met à chanter, en duo avec son poste radio, un vieux tube du groupe R.E.M.[15]

Mon chauffeur du jour s'engage sur la route qui mène au cabanon de Jess.

— Tu ne me déposes pas chez Gran ?

— Jess est passé chercher tes affaires dans l'après-midi. Il m'a demandé si je pouvais t'amener directement ici, m'explique-t-il en me tendant une clé.

J'embrasse Johan sur la joue et accroche la clé du cabanon à mon trousseau. Un "*je t'aime*" et une clé sur la même journée… Autant dire que la midinette qui a pris ses quartiers dans mon cerveau m'envoie des images de moi, en robe de mariée.

Tandis que la voiture de Jo s'éloigne, je jette un rapide coup d'œil autour de moi. Jess a beau me dire qu'il a fait installer un système de sécurité high tech[16] autour de la propriété, je demeure sur mes gardes. Cahal pourrait être n'importe où. Tel un chien de chasse, je me mets à renifler l'air, mais je ne trouve que l'odeur de celui qui fait battre mon cœur. Je ne m'étonne donc guère quand je le trouve allongé sur le lit, un livre à la main. Franchement, qu'y a-

---

15 Groupe de rock américain formé en 1979.

16 Trad. Haute technologie

t-il de plus sexy qu'un bel homme torse nu, tatoué, qui lit un bouquin ?

Même si j'ai une folle envie de lui raconter ma journée, même si je sais que je dois lui parler de la venue de Logan, je me laisse envahir par mon désir pour lui. Jess lève un sourcil tandis que je me débarrasse de mes vêtements en tentant de mettre dans mes gestes le plus de sensualité possible. Il dépose soigneusement son livre sur le sol et se redresse contre le cadre de lit avant de m'inviter à m'installer à califourchon sur ses cuisses.

Tout le reste peut bien attendre.

Chapitre 19

Carole est magnifique dans sa jolie robe blanche. Elle s'avance dans l'allée sur une chanson d'Elton John[17]. Tous les regards sont rivés sur elle mais, en ce qui me concerne, je ne quitte pas mon meilleur ami des yeux. Il resplendit de bonheur. Je ne l'ai jamais vu si heureux. Johan se marie et il va être père. Des souvenirs de nos délires me reviennent et font apparaître un sourire sur mon visage.

Sur l'estrade dressée pour l'occasion, Johan, entouré de ses témoins, se triture les mains de stress. Jess a posé une main encourageante sur son épaule, tandis que Jim se tient prêt à lui tendre la bague à l'instant T. A l'autre bout de l'estrade, les demoiselles d'honneur de la mariée sourient au photographe.

Durant l'échange des vœux, j'observe les invités. Le gratin de la meute de Boston a fait le déplacement. Le père de Jo se tient d'ailleurs aux côtés de Kaylan. Ce mariage

---

17 Chanteur et pianiste britannique né en 1947

unira non seulement les principaux concernés, mais il sera également un signe de collaboration et de paix entre Madadh et Boston. Quand je croise le regard de Logan, celui-ci se détourne d'un geste vif et se concentre sur la cérémonie.

Je m'attendais à ce qu'il tente de me parler ou au moins de me faire passer un message, mais rien, silence radio. C'est certainement mieux ainsi. Si je trouve dommage de se comporter en parfaits inconnus après avoir vécu une histoire, je préfère éviter les conflits, et c'est sans doute le meilleur moyen d'y parvenir.

Une fois la cérémonie terminée, Jess me rejoint et nous suivons le cortège des jeunes mariés à la salle des fêtes du village où un repas gargantuesque nous attend. La présence de Logan a été une pilule plutôt compliquée à faire avaler à mon compagnon. Il faut dire que la dernière fois qu'ils se sont croisés, il ne régnait pas entre eux une ambiance de franche camaraderie… L'accumulation de provocations de la part de Logan avait d'ailleurs mené à une bagarre… Pour l'apaiser, j'ai promis à Jess d'éviter de me retrouver seule avec mon ex et de me tenir loin de lui, ce qui l'a quelque peu rassuré.

De toute manière, Logan fuit ma présence. Après avoir félicité son cousin, il s'est installé avec ses compatriotes. Depuis, il se tient à l'écart de moi et des miens. Enfin… pas tout à fait.

— Mate un peu qui drague ton ex, me glisse Cillian à l'oreille entre deux slows sensuels avec ma sœur.

Au centre de la piste de danse, Ashley se trémousse contre Logan, ce qui ne semble pas plaire du tout à Kyran. Ce dernier a les mâchoires si serrées que je me demande comment il fait pour ne pas se casser les dents !

— Elle n'avait pas dit être en couple ? ajoute Alana en se pressant contre Cillian qui l'embrasse doucement sur les lèvres.

Ces deux-là n'ont pas mis longtemps à officialiser leur relation. Alana s'est rapidement intégrée. Malgré ses petits côtés sauvages, les gens du village l'adorent. Elle est d'autant plus appréciée qu'elle a su rendre Cillian meilleur. En effet, le fils de l'Alpha n'est plus le même depuis qu'il a fait la connaissance de la jolie louve : il s'investit auprès de son père, ne passe plus son temps à jouer au plus malin, et consacre tout son temps libre à Alana.

— Kyran est furieux, constate Jess assis à ma droite. Je suis allé lui parler; il ne comprend pas le comportement d'Ashley. Il prend presque ce rapprochement avec ton ex comme une déclaration de guerre. Il vaut mieux pour Logan qu'il demeure loin de Kyran s'il veut rentrer chez lui en un seul morceau. Bien que j'avoue que l'idée que ce sale con se retrouve avec l'arcade sourcilière explosée ne me déplaît pas.

Personnellement, vu le peu d'estime que j'ai pour la rouquine, je ne suis absolument pas étonnée de la voir tourner autour de mon ex. Après tout, c'est un très beau garçon, émissaire des Etats-Unis, et célibataire. Le parti idéal pour une arriviste telle qu'Ashley. Toutefois, cela m'ennuie pour Kyran. Elle le rejette pour un autre, mais ne se gêne pas pour draguer outrageusement Logan devant lui. Quelle pétasse ! J'aimerais être une enchanteresse… Je lui enverrais une belle bourrasque qui la ferait s'étaler sur le sol. Et si elle pouvait se briser un ou deux os durant sa chute, ce serait la cerise sur le gâteau !

— Et si nous allions danser, nous aussi ? dis-je en me levant.

La fête bat son plein et l'ambiance est au rendez-vous. Même Granny est sur la piste ! Comme si elle y voyait encore parfaitement, elle danse avec Kaylan sur un air de country.

Le père de Johan ayant fait installer une cabine photo à l'extérieur, nous nous en donnons à cœur joie pour offrir aux jeunes mariés de nombreux souvenirs du Grand Jour.

Je me trouve dans la cabine avec Alana. Je me suis beaucoup rapprochée d'elle ces derniers jours. J'ai hâte qu'elle rencontre Ray, toujours en mission auprès de Daegan. Nous rions lorsque notre photo-singerie apparaît sur l'écran. Plus je regarde les images, plus je nous trouve des airs de ressemblance.

Soudain, les traits d'Alana se figent en une grimace de souffrance. Elle pose ses mains sur ses tempes et se met à se balancer d'avant en arrière.

— Non ! Non ! Laisse-moi tranquille ! geint-elle en secouant la tête.

— Cillian ! Jess ! appelé-je.

Le fils de l'Alpha prend Alana dans ses bras et l'aide à sortir de la cabine. Elle est prostrée et ne cesse de répéter la même phrase en boucle : "Tais-toi ! Laisse-moi !".

— Que lui arrive-t-il ? m'interroge Jess.

Je m'apprête à lui répondre que je n'en sais rien quand je comprends soudain le trouble de ma sœur. Une voix s'insinue dans mon esprit, cela me fait l'effet du sifflement d'un serpent à sonnette.

— *Que croyais-tu, ma fille ? Pensais-tu pouvoir me quitter comme cela ? Tu as bouleversé mes projets, mais je suis toujours là. Je n'abandonnerai pas ! Nous régnerons ensemble ! Tu comprendras que ta place est avec moi !*

— C'est Cahal ! m'exclamé-je. Il est ici !

Je prends Alana par la main et l'entraine à l'intérieur afin de prévenir Kaylan et les autres. Le chef de meute, ne souhaitant pas gâcher la fête, communique par l'esprit avec les Protecteurs et nos meilleurs traqueurs afin de les envoyer sur la piste du traître. Jess et Cillian font partie de l'équipe de recherche.

— Ne vous inquiétez pas, Mesdames, nous rassure l'Alpha. J'ai fait placer des hommes tout autour du bâtiment et d'autres traquent Cahal. Faisons en sorte que Johan et Carole n'apprennent pas de suite ce qu'il se passe. C'est un grand jour pour eux, ne le gâchons pas.

Une heure plus tard, les jeunes mariés quittent la salle, escortés par leurs familles et la fête se termine. Pris dans le tourbillon de la fête, Johan et Carole n'ont rien remarqué des événements qui se déroulaient en parallèle de leur mariage.

Chacun rentre chez lui, sauf Granny, Alana, Jim et moi, qui restons avec l'Alpha et son épouse, dans l'attente de nouvelles de nos amis. Un minibus emmène les membres de la meute de Boston dans un petit hôtel non loin du village, sauf Logan qui s'éclipse avec Ashley. Qui se ressemble s'assemble… Ils me dégoûtent !

Petit à petit, les membres de l'équipe de recherche reviennent bredouilles et Kaylan les renvoie chez eux. Jess et Cillian ne sont toujours pas rentrés et nous commençons à nous inquiéter. Je tente de les joindre sans résultat.

— Jim, contacte le Doc ! Tout de suite ! ordonne soudain l'Alpha en courant vers le centre de la salle.

L'odeur ferreuse du sang me parvient avant que les portes ne s'ouvrent sur Kyran et Jess. Ceux-ci soutiennent un Cillian inconscient. Alana se précipite vers lui. Sous l'effet du stress et de l'émotion, les yeux de la jeune femme brillent d'un éclat ambré et ses doigts se parent de griffes impressionnantes.

— Que lui est-il arrivé ? sanglote-t-elle tandis que Jess et Kyran installent Cillian sur la table où les mariés festoyaient quelques heures plus tôt.

— Nous avons suivi la piste de Cahal, explique Kyran avec froideur. Mais il avait prévu son coup, ce salaud ! Il avait piégé les lieux. J'ai senti trop tard l'odeur de la poudre et, quand Cillian s'est précipité sur l'ennemi, une explosion a retenti. Cahal s'est enfui mais nous avons dû abandonner la poursuite. Il nous fallait ramener Cillian le plus vite possible.

D'un signe de tête, Jess m'indique le bas du corps du blessé. Je suis prise d'un haut le cœur quand je remarque que sa jambe gauche a été littéralement pulvérisée. Mais je n'ai pas le temps de paniquer. Alana est en train de muter de manière anarchique. Son visage se couvre de poils avant de revenir à la normale. Ensuite, ce sont ses dents qui s'allongent puis se rétractent. Si je ne la calme pas, elle pourrait se blesser ou blesser quelqu'un. Je l'attire donc dans un coin de la salle et me mets à lui parler doucement. Je tente de la rassurer mais j'arrive vite à court d'arguments. Heureusement, le Doc fait son entrée, et nous nous approchons à nouveau de Cillian, toujours inconscient.

— Faites quelque chose, Doc ! gémit l'épouse de l'Alpha. Il est brûlant, ce n'est pas normal.

Kaylan prend Maria par les épaules et l'éloigne de son fils afin de laisser le médecin travailler. Gran prépare un thé à son amie et s'installe à ses côtés.

Doc désinfecte les chairs en lambeaux avec l'aide de Jess. Après de longues minutes, il s'éloigne du corps de Cillian. Les mains poisseuses du sang du jeune homme, il s'approche des parents du blessé.

— Son loup tente de le guérir mais il y a trop de dégâts. Ses os ont été pulvérisés. Un Faoladh, aussi puissant puisse-t-il être ne peut faire repousser ses os. Si je ne fais rien, il va s'épuiser et il pourrait mourir.

— Faites ce qu'il faut, mon ami. Vous avez toute ma confiance, l'encourage l'Alpha.

— Je suis désolé, mais je vais devoir amputer.

Maria s'effondre dans les bras de son mari. Jim a les larmes aux yeux, il fixe la jambe en lambeaux et ne parvient pas à en détacher le regard. Doc nous demande à tous de reculer, sauf à Jess qui lui sert d'assistant. Je me tourne vers Alana, prête à devoir intervenir, mais elle s'est calmée. Elle s'approche de Cillian et attrape sa main.

— Je reste avec lui, assène-t-elle avec sang-froid. Je ne vous dérangerai pas, je resterai près de sa tête. Laissez-moi rester près de lui.

Après un coup d'œil à Kaylan, Doc acquiesce et se met à préparer ses outils. Maria s'évanouit lorsque le médecin sort de sa mallette une scie médicale étincelante. Nous nous regroupons près de l'estrade tandis que Doc accomplit son œuvre. Jim a les yeux fermés, il plaque ses mains contre ses oreilles pour éviter d'entendre le bruit de la scie découpant les os de son cousin. On ne risque pas d'oublier cette journée ! Comment peut-on passer si rapidement du rire aux larmes ? Cahal est un monstre; il doit mourir !

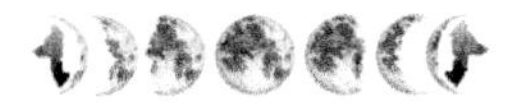

Couvert de sang et de sueur, Doc nous annonce qu'il a terminé sa funeste tâche. La jambe gauche de Cillian a été amputée jusqu'au dessous du genou et la plaie cautérisée.

— Il mettra plusieurs heures avant de se réveiller, nous explique-t-il. Il a eu beaucoup de chance, les dégâts auraient pu être encore plus graves. Je connais un très bon prothésiste à Dublin, je l'appellerai à la première heure pour lui demander d'intervenir au plus vite.

Jess et Kyran transportent Cillian chez l'Alpha sous l'œil protecteur d'Alana qui ne le lâche pas d'une semelle. Kaylan, Jim et Maria escortent Granny chez elle. Quant à moi, j'attends, assise sur le trottoir, que Jess me rejoigne. Ensemble nous rentrons à la maison.

— Tu crois que Cahal est toujours dans le coin ? l'interrogé-je.

— Je ne crois pas. Il s'en est fallu de peu pour que nous l'attrapions. Nous aurions pu le coincer si Cillian n'était pas tombé dans le piège. Connaissant un peu Cahal, il va sûrement se mettre à l'abri pour quelque temps.

Cette journée devait être parfaite. Mais non… Il a fallu que mon géniteur entre, une fois encore, dans l'équation. Sera-t-il toujours là, prêt à gâcher nos instants de bonheur ? Je ne sais pas comment… mais nous devons le débusquer et nous en débarrasser définitivement !

Chapitre 20

J'ai très mal dormi. A force de remuer dans tous les sens, j'ai fini par réveiller Jess. Nous sommes tous deux d'humeur morose, et cela se ressent à travers le manque d'échanges autour du petit déjeuner.

— J'ai appelé le garage, lâche-t-il entre deux bouchées. Je leur ai dit que je n'irai pas bosser durant quelques jours. La famille va avoir besoin de moi.

— Je n'ai pas cours aujourd'hui. J'ai donné rendez-vous à Johan chez Kaylan; il y sera dans une grosse heure.

La nuit de noce a été de courte durée pour mon ami. A son réveil, Granny lui a appris ce qu'il s'est passé hier soir et, bien entendu, il souhaite aider au mieux. Il m'a envoyé plusieurs vocaux sur WhatsApp[18] très tôt; il n'est pas ravi d'avoir été mis à l'écart des événements. Heureusement pour moi, l'ordre venait d'en haut et je n'y suis pour rien.

---

[18] Application de messagerie instantanée

Johan s'est adapté rapidement à sa vie ici. Il a su se faire apprécier de tous et a endossé avec honneur le rôle de Protecteur. Je note d'ailleurs, dans un coin de ma tête, de parler de lui au Doyen Andicot. Avec un peu de chance, celui-ci pourra lui trouver un poste dans son établissement ou, tout du moins, faire jouer ses contacts pour lui dégoter un entretien quelque part.

Une fois prêts, Jess et moi nous mettons en route. Nous n'avons pas encore eu de nouvelles de Cillian et cela nous inquiète. Comme à chaque fois qu'il est sur les nerfs, Jess conduit bien trop vite. Mais je prends sur moi. Je sais qu'il a peur de perdre son cousin, au moment même où il commençait à se rapprocher de lui.

Nous arrivons chez l'Alpha en même temps que Johan.

— Carole est restée avec ta grand-mère. Darina était très fatiguée et j'ai préféré qu'elle ait quelqu'un pour veiller sur elle.

— La nuit a été longue pour Gran. Je passerai remercier Carole plus tard pour sa bienveillance.

— Oh, elle adore Darina ! Elle est ravie de lui tenir compagnie. Ces deux-là s'entendent comme larrons en foire !

Jess ouvre la porte sans s'annoncer; après-tout, il est toujours ici chez lui. Étonnamment, ce sont des rires qui nous parviennent du salon. Cillian se tient debout et tente de se déplacer à l'aide de béquilles. A en croire les railleries qu'il subit de la part de Jim, ce ne doit pas être une franche réussite.

— Vous arrivez pile à temps pour le spectacle ! nous accueille mon beau-frère. Je n'ai jamais vu un loup avec si peu de coordination dans les membres !

— Attends de voir, toi ! rage Cillian. Quand j'aurai ma prothèse, je te botterai les fesses !

Maria et Alana couvent les jeunes hommes de regards tendres.

— Heureux de te voir sur pieds ! se réjouit Jess. Enfin… sur un pied, quoi !

— Je suis sûr que tout était calculé pour me voler la vedette le jour de mon mariage ! ajoute Johan.

— Vous n'allez pas vous y mettre, vous aussi ! Ce n'est pas joli joli de se moquer d'un pauvre homme diminué, répond Cillian sur un ton dramatique en se laissant tomber près de ma sœur.

Cette dernière l'embrasse tendrement sur la joue et me gratifie d'un clin d'œil complice.

— Blague à part, tu vas bien ? l'interrogé-je.

— Je ne te cache pas que j'ai eu un choc. J'ai perdu connaissance au moment de l'explosion pour me réveiller ce matin avec un morceau en moins ; et je tenais énormément à ce morceau. Mais, je suis vivant. J'aurais pu y passer, à la grange, à la place de Tobias. J'aurais pu mourir hier soir, ou pire, être gravement défiguré et ne plus pouvoir arborer ce magnifique visage, plaisante-t-il. Mais je suis là, et j'ai la chance d'avoir trouvé, dans ce chaos, quelqu'un qui compte énormément pour moi. Alors, je positive ! Je vois Doc tout à l'heure; il m'a promis une prothèse au top de la technologie !

Si on m'avait dit, il y a deux mois, que ces mots sortiraient de la bouche de Cillian, je n'y aurais pas cru. Si c'est Alana qui lui fait cet effet là, je leur souhaite de vivre une longue et belle histoire tous les deux.

Maria, après s'être assurée que son fils était bien installé, disparaît en cuisine avant de revenir avec un plateau chargé de viennoiseries diverses. Malgré l'odeur enivrante des croissants, je parviens à percevoir la trace olfactive de Ray, bien avant qu'il ne franchisse la porte, accompagné de Kaylan et Daegan.

Mon frère traverse la pièce pratiquement en courant pour venir me soulever dans ses bras.

— Que c'est bon de te voir ! J'ai failli devenir fou ! J'avais si peur qu'il te soit arrivé le pire !

— Toi aussi, tu m'as manqué, grande sauterelle !

Lorsque mon frère finit par me lâcher, je constate que tous les regards sont tournés vers Daegan. L'ancien chef de meute avait été condamné à l'exil après qu'une enquête ait été ouverte concernant des bannissements jugés injustifiés au sein de la meute. Parmi ces bannis figurait mon géniteur. Je me demande comment Kaylan s'est débrouillé pour que son prédécesseur puisse revenir à Madadh.

— Désolé pour le retard, s'excuse Kaylan en s'installant dans son fauteuil attitré. Il était de mon devoir de saluer la meute de Boston avant leur départ. Ton père était déçu que tu ne puisses pas te joindre à lui pour le petit déjeuner, sermonne-t-il Johan.

Daegan ne dit mot. Le dos droit, il semble analyser la scène. Je ne suis pas convaincue qu'il se réjouisse à l'idée d'être de retour parmi nous, et je me demande pourquoi Kaylan souhaite sa présence. Comme à son habitude, Jim n'est pas décidé à attendre sagement que l'information vienne d'elle-même.

— Monsieur l'ancien Alpha Daegan, débute-t-il un peu gêné, je crois que nous sommes plusieurs ici à nous interroger sur votre retour. Mon oncle ne nous a pas confié ses plans.

L'ancien chef de meute s'approche du jeune homme et le fixe d'un air dur avant d'éclater de rire.

— Monsieur Daegan ?! Tu m'as pris pour ton prof d'histoire, gamin ? Que tout le monde ici comprenne qu'il n'est plus question de me donner le titre d'Alpha ou de Chef. Je reviens ici en qualité d'invité de la meute, je ne compte pas rester, contrairement à ce qu'aurait souhaité Kaylan. Alors, mon petit, appelle-moi par le prénom que ma défunte mère a choisi pour moi, et laisse tomber les "Monsieur".

— En ce qui concerne les raisons de la présence de Daegan, explique Kaylan non sans avoir lancé un regard réprobateur à son neveu, il est ici, à ma demande, pour prendre la tête d'un petit groupe d'hommes qui sera chargé de pister Cahal. Notre ancien chef est le meilleur pisteur que la meute ait connu et il a accepté de nous aider. Il partira donc demain, avec une équipe constituée par Fred, sur la piste du traître. Cahal est doué pour effacer ses traces, mais nous devons tenter le coup.

Tandis que l'Alpha et son prédécesseur discutent des modalités de la mission à venir, je raconte, dans les grandes lignes, ma détention à mon frère. Lorsqu'il réalise que la jeune femme assise à côté de Cillian n'est autre que la fille de Cahal, il se raidit légèrement. Je comprends ses doutes et me donne pour mission de faire entrer Alana dans ses bonnes grâces.

Les jours qui ont suivi le départ de Daegan, Fred et les autres, j'ai rendu visite à Kaylan chaque soir, dans l'espoir qu'il m'annonce que mon géniteur avait été capturé. Après une semaine de traque intensive, nous avons dû nous résigner. La piste s'était refroidie. Personne, dans les villages alentours, n'avait entendu parler de Cahal, et Daegan a donc décidé de mettre fin à la mission et de rentrer chez lui. Un coup dans l'eau…

Pour ma part, j'ai repris ma petite routine. Mon travail au Trinity College me plait énormément. Le Doyen m'a attribué un étudiant pour m'assister dans mon projet de thèse sur les plantes médicinales. Je partage mon temps sur place entre les cours et la recherche. Jess, qui bosse non loin de là, me dépose le matin et me récupère en fin de journée. Nous dînons soit chez Gran, soit chez Kaylan, avant de nous retrouver dans notre nouveau petit nid. Jess a recruté un nouvel entrepreneur pour son projet de construction et les travaux devraient débuter le mois prochain. En gros, nous menons une petite vie bien tranquille après le chaos de ces derniers mois.

Hier soir, lors du repas, ma grand-mère m'a appris la visite prochaine de Judy. Granny s'est arrangée pour qu'elle soit présente à l'occasion de mon anniversaire. Johan a failli s'étrangler avec son soda lorsqu'il a vu la tête que j'ai affichée après cette annonce. J'avoue que j'appréhende la rencontre entre Alana et elle… Je n'ai toujours rien dit à Judy à propos de ma véritable ascendance, je ne me voyais pas lui apprendre cela par téléphone. J'imagine déjà sa tête… Ray, de son côté, se réjouit de voir la famille enfin réunie.

Mon anniversaire… Voilà bien un événement que je n'attends pas avec impatience. Jess non plus d'ailleurs. Ce dernier se referme comme une huître dès que quelqu'un évoque l'événement. Pour lui, comme pour moi, le quart de siècle signifie que je serai bientôt présentée au rituel de la Lune Bleue.

La Prophétie m'obsède un peu plus chaque jour. Elle a détrôné Cahal dans mes cauchemars. Je commence à me poser énormément de questions sur ce que cela impliquerait si la Lune me choisissait. L'autre jour, j'ai surpris Jess en grande conversation muette avec son oncle. Je suis quasi certaine qu'il était question de moi et de mon futur.

Parfois, je m'imagine à la place du *Seann*. Il est vrai qu'il doit être grisant de pouvoir communiquer avec tous les Faoladh, quels qu'ils soient, par la pensée. Et puis, qui n'a jamais rêvé de devenir une espèce de Reine ? Devrais-je quitter Jess si j'étais choisie ? Devrais-je quitter la meute ? Serais-je toujours scribe ? Tout ce que je sais, c'est que cette situation n'apaise en rien mes tocs qui reviennent en nombre. Je me demande d'ailleurs s'il existe un record, dans le Guinness Book[19], de la maison la mieux rangée et la plus symétrique…Si oui, je pense le remporter haut la main !

---

19 Livre des records

Ashley serait ravie que je débarrasse le plancher. Entre nous, c'est la guerre froide. D'ailleurs, elle ne fréquente quasi plus personne ici, même Carole. Cillian est convaincu qu'elle prépare son départ. Cela ne m'étonnerait pas le moins du monde. Si ce qu'elle a dit à Kyran est vrai, elle a un nouveau chéri qui l'attend quelque part, nouveau chéri qu'elle a trompé il y a peu avec mon ex. Je ne peux vraiment plus me l'encadrer celle-là !

Un message me tire de ces pensées chaotiques. Ce doit être Jo. Carole et lui avaient rendez-vous chez Doc pour contrôler que ce début de grossesse se déroule sans problèmes. Accompagné par une multitude d'émoticônes choqués, le message contient cette simple phrase :

“Il y en a deux !”

Chapitre 21

— Je crois que j'ai la grippe, me lamenté-je. Regarde, je frissonne et j'ai des sueurs froides. Et surtout, j'ai hyper mal au crâne.

— Lève ton cul de ce lit ! me presse Johan en me lançant ma veste. Ce n'est pas la grippe, mais le stress ! Tu ne pourras pas éviter ta sœur indéfiniment. N'oublie pas que c'est toi la star de la fête de demain !

— Que fais-tu ici, toi, au fait ?

— Jess m'a appelé hier soir. Il se doutait que tu allais esquiver le déjeuner avec Judy. Il m'a fait promettre de t'y traîner par la peau des fesses s'il le fallait.

— Le sale traître !

La simple idée de discuter avec Judy me donne des nausées. Je n'ai jamais été proche de ma sœur. Depuis qu'elle a pris la poudre d'escampette avec son jules, je ne l'ai revue qu'une seule fois, le jour de ma remise de diplôme. En temps normal, nous nous limitons à l'un ou l'autre coup de téléphone ou SMS sur l'année. Je n'ai d'ailleurs jamais vu sa fille, Betty Lou, autrement qu'en photo. Judy dirait que c'est uniquement ma faute, et que je n'ai qu'à prendre sur moi et leur rendre visite.

— Tu as eu l'occasion de croiser Judy ? Tu l'as trouvée comment ? Elle t'a parlé de moi ?

— Elle a l'air plutôt sympa je trouve. Je ne lui ai adressé que quelques mots au petit déjeuner, je dormais déjà lorsqu'elle est arrivée hier soir. Darina est déçue car la petite n'est pas du voyage; un problème de validité de passeport apparemment. Son père est resté avec elle.

— Génial ! grogné-je, sarcastique. Rencontrer Betty Lou était la seule source de motivation qui me donnait plus ou moins envie de me rendre à ce déjeuner.

— Allez, Ell' ! Ray, Silvia et les enfants seront présents.

— Bon, ok ! abdiqué-je. Laisse moi quelques minutes pour me préparer. Hors de question de me présenter face à Judy en ressemblant à une vieille serpillère chiffonnée.

— Pas besoin de te mettre sur ton trente-et-un, c'est ta sœur.

— On voit que tu ne connais pas Miss Perfection !

Je me compose rapidement un look faussement naturel, du genre *je suis fabuleuse au saut du lit,* et me traîne jusqu'à la voiture de Jo. J'ai l'impression qu'un boulet est accroché à ma cheville et qu'il m'empêche d'avancer.

J'en veux un peu à Jess de ne pas pouvoir m'accompagner chez Granny. Mais il a pris plusieurs jours de congé après l'accident de Cillian, et il ne peut plus se permettre de s'absenter cette année s'il ne veut pas subir une perte de salaire. Même pour assister à mon anniversaire, il a dû s'arranger avec un collègue afin d'échanger son week-end de garde.

— Ella ! m'accueille Judy. Nous étions prêts à commencer sans toi ! Apparemment, ton retard n'est pas dû au fait que tu aies pris du temps pour te pomponner pour nous ! éclate-t-elle de rire. Tu dois prendre soin de ta peau, petite sœur, ou tu finiras ridée comme un sharpei ! Regarde-moi ! Qui pourrait dire que je suis ton aînée ?

— Je vais la buter ! grogné-je entre mes dents, assez bas pour que seul Johan m'entende.

Jonas et Mary, les enfants de Ray, me sautent pratiquement dessus, ce qui parvient à me donner le sourire. Les deux gamins accrochés à mon cou, je m'installe à table.

Comme lorsque nous étions enfants, Judy monopolise la parole. Elle nous raconte à quel point sa vie est merveilleuse sous le soleil californien.

— Aaron est haut placé dans la meute, je vous l'ai déjà dit ? Il gère tout un tas de dossiers confidentiels. Je dois l'accompagner à de nombreux galas. Vous n'imaginez pas comme cela peut être compliqué de retenir tous ces noms et d'avoir le mot juste pour chacun.

Je ne l'écoute que d'une oreille, préférant jouer avec mes neveux. A plusieurs reprises, je me sers d'un cure-dent, comme d'une baguette magique. Je l'agite, sous la table, vers ma sœur, en murmurant "*Petrificus Totalus*"[20], ce qui fait beaucoup rire Jonas, grand fan d'Harry Potter[21].

Avant la venue de Judy, nous avons convenu, Ray et moi, que nous n'aborderions les sujets qui fâchent qu'une fois Jonas et Mary hors de la pièce. Du coup, après le repas, Silvia propose aux enfants d'aller prendre une glace chez Katlin, ce qu'ils acceptent avec entrain.

Ça y est ! Le moment des grandes révélations est arrivé. Tandis que Granny nous sert à tous une part de la tarte aux pommes qu'elle et Carole ont préparée hier soir, Johan et Ray me lancent des regards appuyés.

— Que se passe-t-il, Ella ? m'interroge Judy, un sourcil levé. Ray n'a jamais été très discret, et je vois bien qu'il essaie de te faire passer un message.

— Je… J'ai quelque chose à te dire, bégayé-je. Tu sais, j'ai… On m'a dit… Enfin…

— Crache le morceau, je ne suis pas là pour jouer aux devinettes.

— Jenesuispaslafilledepapa ! lâché-je sans prendre ma respiration.

---

20 Dans la saga Harry Potter, ce sort permet de pétrifier une autre personne.

21 Romans de J.K. Rowling adaptés au cinéma

Judy laisse tomber sa fourchette. J'avais envisagé plusieurs scénarios, la plupart la mettant en scène en train d'exprimer sa joie à l'idée de n'être liée qu'à moitié à ma petite personne. Dans aucun de ces scénarios, je ne l'imaginais prendre une gorgée d'eau, reposer son verre, et me demander calmement de tout lui expliquer.

Sans filtre, j'ouvre les vannes. Je lui raconte tout, de la découverte de l'infidélité de maman à mon enlèvement, en passant par la rencontre avec Gaël et Alana. Judy m'écoute, sans prononcer un mot, ce qui m'inquiète un peu. Sur ma lancée, je lui parle de la Prophétie, de la mort de Tobias et de l'accident de Cillian. Ici encore, je me rends compte que je parle à une vitesse hallucinante, ne marquant des pauses que pour oxygéner mes pauvres poumons.

— Euh… Voilà, terminé-je.

Gran, Jo, Carole et Ray fixent ma sœur, dans l'attente d'une quelconque réaction.

— Donc, siffle-t-elle en fronçant les sourcils, tu es en train de me dire que je ne suis plus ta seule et unique sœur ?

Je m'attendais à beaucoup de choses, mais pas à ça ! Je lui apprends que nous n'avons pas le même père, que j'ai été enlevée à cause d'une Prophétie dont nous ne connaissions pas l'existence, que des personnes ont été tuées ou gravement blessées… et ce qui semble perturber Judy, c'est que j'ai une autre sœur ?!

— Comme je te l'ai dit, elle s'appelle Alana, elle a vingt ans et…

— Ray ! m'interrompt-elle. As-tu déjà rencontré cette fille ? Qu'en penses-tu ?

— Elle est vraiment sympa, lui répond mon frère enjoué. Elle fréquente le fils de l'Alpha. Au début, nous nous sommes méfiés d'elle, à cause de son père, mais c'est une chouette fille. Elle a soutenu Cillian après l'accident et elle est très appréciée au village.

— Je vous vois demain, à la fête, s'exclame Judy en quittant soudainement la table. Je suis épuisée. Le décalage horaire… A plus tard.

Sur ces mots, elle nous tourne le dos et monte dans notre ancienne chambre.

— Euh… Il s'est passé quoi, là ? demande Johan

— Judy a toujours eu une manière bien à elle de gérer ses émotions, lui répond Granny en claquant sa langue contre son palais. Je lui parlerai tout à l'heure. Il vaut mieux lui laisser du temps pour digérer l'information.

— Alors, cette journée avec ta sœur ? m'interroge Jess. Hey oh ! Mon visage est plus haut. Tu sais, dit-il en prenant un air vexé, je ne suis pas qu'un corps.

Jess est marrant, lui aussi, à me poser des questions pendant qu'il enlève son tee-shirt de travail, maculé de tâches de graisse. Comment veut-il que je me concentre sur ce qu'il me dit alors que je ne peux détacher mon regard de la traînée de sueur qui glisse le long de ses tatouages en direction de son nombril.

Je me demande combien de temps va durer cette espèce de lune de miel que nous vivons pour l'instant. Allons-nous conserver cette envie constante d'être auprès de l'autre ? De se toucher ?

Penser à cela me renvoie à la Prophétie. Demain, j'aurai vingt-cinq ans; ce qui signifie que je serai en âge d'être présentée à la cérémonie de la Lune Bleue qui aura lieu en décembre. J'ai interrogé Daegan, avant son départ, concernant la suite des événements. Mais l'ancien Alpha n'a pas pu éclairer ma lanterne. Vu que la dernière cérémonie remonte à l'ascension du *Seann* actuel, il n'avait aucune idée de la procédure de préparation à la candidature.

Songer à ce potentiel avenir a le mérite de doucher mes ardeurs.

— J'ai finalement passé la journée en compagnie de Carole et Johan. Nous avons fait du shopping pour les jumeaux.

— Judy ne vous a pas accompagnés ?

— Je lui ai tout révélé et sa réaction a été pour le moins surprenante.

Jess se sert un jus de fruits tandis que je lui raconte ma journée en détails. S'il y a une chose que j'apprécie chez lui, c'est qu'il possède une faculté d'écoute extraordinaire. Je suppose que vivre entouré d'un Jim surexcité et d'un Cillian qui adore s'écouter a dû forger chez Jess cette capacité à écouter les autres calmement.

— Après tout ce que tu m'as dit à propos de Judy, je n'aurais jamais pensé qu'elle puisse être jalouse d'Alana.

— Tu crois qu'elle est jalouse ?

— D'après ce que tu viens de m'expliquer, vous avez tous vanté la gentillesse d'Alana. Pour une personne comme Judy, qui me rappelle beaucoup le Cillian d'avant, cela ne doit pas être évident à gérer de voir quelqu'un prendre sa place.

— Place qu'elle a laissée vacante volontairement, il y a des années de cela.

— Elle ne doit pas voir les choses de la même manière.

— Nous verrons bien. De toute façon, je suis incapable de réfléchir quand tu es dans cette tenue !

— Puis-je te proposer de me suivre sous la douche ?

— J'ai bien cru que tu n'allais jamais le demander !

Chapitre 22

Mise à l'écart des préparatifs de la fête, je passe la journée avec Alana au cabanon. Je fais découvrir à ma sœur les joies d'une journée de préparation entre filles. Masques à l'argile, épilation, manucure, maquillage, coiffure,... La panoplie complète ! J'ai envoyé un message à Judy pour l'inviter à se joindre à nous, mais je n'ai reçu aucune réponse. Alana, qui n'a jamais eu pour habitude de prendre soin d'elle, profite de ces moments.

— Tout se passe bien avec Cillian ? demandé-je en lui posant des rondelles de concombre sous les yeux.

— Oui, il est vraiment gentil. Et très courageux. Doc dit qu'il n'a jamais vu personne s'adapter aussi rapidement à une prothèse.

Il est vrai que Cillian fait preuve d'une détermination sans faille. Il est même venu courir avec nous lors de la dernière pleine lune. Il lui a fallu un peu de temps pour s'adapter à la course sur trois pattes, mais il a géré comme un chef. Il n'est certes plus le chasseur le plus rapide, mais il est tout de même parvenu à attraper une poule d'eau plutôt dodue.

Les instants que je passe avec Alana sont très agréables. Habituée à vivre en solitaire, elle ne ressent pas le besoin de jacasser comme de nombreuses filles de ma connaissance. Nous discutons, bien entendu, mais nous profitons aussi de moments de calme.

Une heure avant l'arrivée de Jess, notre chauffeur du jour, nous revêtons les robes que nous avons achetées pour l'occasion dans une petite boutique vintage de Dublin la semaine dernière.

— Tu es magnifique ! clame-t-on en chœur en s'observant l'une l'autre, avant d'éclater de rire.

Cillian nous attend, assis sur un banc, à l'extérieur de la salle. D'une démarche un peu raide, il se dirige vers nous pour accueillir sa belle et la serrer dans ses bras, avant de se tourner vers moi.

— Bon anniversaire !

— Merci. Il y a beaucoup de monde ?

— Le village au complet. Le quart de siècle de notre chère scribe… Tu penses bien que personne n'allait rater l'évènement !

Je m'accroche au bras de Jess et, ensemble, nous faisons notre grande entrée.

J'appréhendais cette soirée, je ne sais pas trop pourquoi d'ailleurs. C'est surtout la cérémonie de la lune qui définira mon avenir. Là, tout de suite, je dois profiter de l'occasion qui m'est donnée de fêter mon quart de siècle, entourée de mes amis et des membres de ma meute.

Une urne a été installée près de la sono; elle déborde d'enveloppes. Jim, qui s'est chargé des invitations, y avait précisé que ceux qui souhaitaient m'offrir un cadeau étaient invités à participer à la cagnotte qui servira à nous aider, Jess et moi, dans nos travaux d'aménagement. Il faut croire que le message a été entendu !

Je tente de passer du temps avec chacun des invités, mais ce n'est pas chose facile. Cillian avait raison, j'ai l'impression que tout le village a fait le déplacement. Enfin… presque. Je m'étonne de l'absence d'Ashley. Elle n'a pas pour habitude de manquer l'occasion de faire la fête ou, tout simplement, de pavaner en public. Kyran, lui, est présent. Il est accompagné d'une jolie brune que j'ai déjà croisée chez Katlin. J'évite de lui demander s'il a des nouvelles de son ex-plan sexe-petite amie. S'il essaie de tourner la page, autant ne pas remuer le couteau dans la plaie.

Après le repas gargantuesque, j'abdique et décide d'abandonner les mondanités et de profiter de ma soirée. J'ouvre le bal sur une valse, en compagnie de Granny. Je la laisse mener, comme lorsque j'étais enfant et qu'elle m'apprenait les diverses danses qu'elle jugeait utiles de connaitre pour une jeune femme convenable. Lorsqu'un air des Corrs[22] succède à Johann Strauss[23], je confie ma grand-mère à un vieux monsieur qui me paraît ravi de

---

22 Groupe pop-rock irlandais fondé en 1990

23 (1804-1849) Compositeur autrichien

prendre le relai. Mes amis me rejoignent alors sur la piste et nous dansons tous ensemble.

— Tu devrais discuter avec ta sœur, me glisse Alana à l'oreille.

Judy n'a pas bougé d'un pouce depuis son arrivée. Elle est toujours assise à table. Silvia, ma belle-sœur, tente apparemment d'engager la conversation, mais elle ne semble obtenir que de maigres retours. Je demande à Ray, assis au bar, de sauver sa compagne de cette situation malaisante et file m'asseoir face à Judy.

— Tu ne danses pas ?

— Je porte des talons et une robe qui coûte la peau des fesses. Je n'ai pas envie de la froisser.

Judy est si glaciale qu'elle me donne envie d'enfiler une petite laine.

— Ecoute, Jud', si tu as envie de rentrer chez Gran, je ne te retiens pas. Je vois bien que tu tires la tête. Tu n'es pas obligée d'être ici si tu n'en as pas envie. Je comprends bien que ce que je t'ai appris hier a dû te faire un choc, bon ou mauvais, mais tu n'as pas à te forcer à rester.

— Tu n'as plus besoin de moi, lance-t-elle en poignardant littéralement un bout de tarte oublié dans son assiette.

— Je ne comprends pas, je pensais que…

— Tu n'as jamais vraiment eu besoin de moi de toute manière. Quand nous étions enfants, tu avais Ray. C'était à lui que tu te confiais, auprès de lui que tu courrais te rassurer lorsque tu te sentais triste. Puis, je suis partie et tu n'as jamais cherché à me voir; même lorsque tu as déménagé aux États-Unis. Et, maintenant que tu as une nouvelle sœur qui vit près de toi et que tout le monde adore, tu n'auras plus jamais besoin de moi.

Je suis sous le choc. J'ai toujours cru que Judy ne m'aimait pas. Apparemment, je me trompais. Jess avait raison, Judy est jalouse d'Alana.

— Mais, enfin, Jud'... Tu es partie et je me suis adaptée. Je pensais même, en toute honnêteté, que tu serais heureuse d'apprendre que je n'étais que ta demi-sœur.

— Ne sois pas idiote ! Je me moque bien de tout cela. Tu es ma sœur. Peu m'importe que maman ait cocufié notre père avec le premier taré venu !

Prise d'un élan de spontanéité qui ne me ressemble pas, je me lève, fais le tour de la table, et offre à ma sœur un énorme câlin qui la déstabilise autant que je le suis moi-même par ses propos. Je ne m'attendais pas à entendre ces mots sortir de sa bouche.

— Allez, viens danser, insisté-je en lui tendant la main. Je te paierai le pressing si tu abîmes ta robe. Tu t'es toujours vantée d'être une pro de la country line dance[24]. Voyons voir ça !

Un léger sourire sur les lèvres, Judy finit par me suivre. Nous demandons à Jim, notre deejay du jour, de diffuser du Tracy Byrd[25], et nous nous répartissons en lignes.

---

24 Danse en ligne

25 Chanteur américain de country, né en 1966

Nous dansons jusqu'au bout de la nuit, et je me réjouis de voir Alana discuter avec Judy et Ray.

Après le second dessert - les Faoladh sont des gouffres sans fond -, au moment de servir le champagne, Johan monte sur une table pour lire un petit discours qu'il a préparé pour l'occasion. Alors que j'ai déjà les larmes aux yeux juste en l'écoutant raconter quelques anecdotes à mon sujet, il invite Carole à le rejoindre et, ensemble, ils me font la plus belle demande de toute ma vie. Jo avait évoqué l'idée en riant lorsqu'il m'a appris sa paternité à venir, mais c'est désormais officiel. Je serai la marraine de Thomas, l'un de leur jumeau. Les futurs parents en profitent également pour proposer à Gran d'être la marraine d'Evalyne, le second bébé, ce qu'elle accepte avec joie.

Je quitte la salle aux petites heures, les pieds en compote et le cœur gonflé d'amour, pour rejoindre notre petit nid, à Jess et moi.

Une meute qui m'accepte telle que je suis, une famille à nouveau soudée, un homme merveilleux, un futur filleul, un travail en or… Ma vie ne pourrait être plus parfaite qu'en cet instant.

PARTIE 3

La Rogha

« Nous, les Faoladh, ressentons les effets de la pleine lune plusieurs heures avant que l'astre n'illumine la nuit.

La Lune Bleue ne fait pas exception, au contraire... »

Chapitre 23

Les semaines s'enchaînent à une vitesse affolante ! Judy est restée quelques jours au village avant de retrouver sa petite famille en Californie. Durant son séjour, nous avons passé énormément de temps ensemble, pour la plus grande joie de Granny. Jamais je n'aurais cru me sentir un jour si proche de ma sœur aînée.

Entre la préparation des cours et les heures passées sur mes sujets de recherche, mon boulot au Trinity College me prend énormément de temps. Chaque jour, une fois rentrée au village après ma journée de travail, je mets un point d'honneur à passer voir Gran et à consacrer au moins une heure à mon rôle de scribe. Mes journées sont donc bien remplies.

Le soir, je retrouve Jess chez nous. Les travaux de construction ont débuté et la propriété n'est plus qu'un vaste chantier. D'ici moins d'un an, la maison sera terminée et Jess a fait modifier les plans pour prévoir une annexe qui pourrait me servir de boutique si mon projet d'herboristerie se mettait en place.

— Ôte immédiatement tes chaussures ! hurlé-je comme une possédée en entendant Jess pousser la porte.

— Bonjour à toi aussi, amour de mon cœur, soleil de ma vie ! ironise-t-il. Quel accueil fracassant !

— Je viens de passer une heure à nettoyer. Avec les travaux, la poussière s'infiltre partout. Pas besoin d'ajouter de la graisse de moteur et de la boue ! Alors, à partir d'aujourd'hui, plus personne ne mettra un pied ici sans avoir enfilé des chaussons d'intérieur !

En râlant dans sa barbe, Jess se déchausse et enfile les chaussons que j'ai achetés pour lui cet après-midi.

— Et je suppose que la seule paire disponible en quarante-cinq était cette charmante chose pelucheuse munie d'oreilles ?

— Bien entendu, sourié-je en observant mon homme, d'ordinaire si viril, se déplacer avec ses chaussons lapins aux pieds.

J'adore cette nouvelle vie. Même mes tocs sont comme endormis. Je les ai quasiment tous perdus. L'un des seuls qu'il me reste, pour l'instant, est celui de vérification de la fermeture des portes et fenêtres. Logique, quand on sait que mon géniteur rôde toujours quelque part et qu'il a pour projet de me voir devenir *Seann*. Mais je ne m'emballe pas… Je suis consciente que mes tocs peuvent resurgir dans ma vie à tout moment… comme Cahal d'ailleurs.

Ce soir, nous dînons seuls au cabanon. Gran et Jo ont été invités dans la famille de Carole, et l'Alpha devait assister à une réunion importante à laquelle nous n'avons pas été conviés. Pas grave… Nous sommes invités pratiquement tous les soirs dans nos familles respectives et cela nous fait du bien de nous retrouver seuls tous les deux.

Une fois nos ventres bien remplis, nous décidons de poursuivre le visionnage de Breaking Bad[26]. J'avoue ne pas avoir particulièrement accroché à cette série, mais Jess adore. Alors, je me blottis contre lui, et je joue sur mon smartphone tout en suivant les aventures de Walter White[27] d'un œil distrait. De toute manière, il est rare que nous parvenions à terminer un épisode. L'un de nous deux finit toujours par aguicher l'autre… La lune de miel n'est toujours pas terminée. D'ailleurs, je viens d'achever un niveau de mon jeu et je me sens d'humeur coquine. L'air de rien, je me colle un peu plus à Jess et l'embrasse dans le cou. Ce dernier se lève tellement vite qu'il manque de m'envoyer au sol !

— Quelqu'un vient de franchir les barrières de la propriété ! s'exclame-t-il, ses yeux luisant d'un éclat ambré.

J'étais si concentrée sur Jess que je n'ai pas entendu la sonnerie d'alarme annonçant un visiteur. Jess a pris soin de faire installer un système de caméras à reconnaissance thermique tout autour du domaine. Par réflexe de protection, Jess me place dans son dos. Ses muscles tendus se relâchent lorsqu'il reconnaît l'odeur de son oncle.

— C'est bon, c'est Kaylan.

---

26 Série télévisée AMC créée par V.Gilligan en 2008

27 Personnage principal de la série Breaking Bad, interprété par B.Cranston

Je me rends compte que ce stress soudain m'a fait retenir ma respiration depuis bien trop longtemps, réflexe stupide pour une Faoladh dotée d'un odorat surdéveloppé.

— Tu n'enfilerais pas un truc un peu plus… habillé ? me suggère Jess, un sourire ourlant ses lèvres.

Merde ! Je ne porte que mon boxer et un débardeur, plus que décolleté, qui montre un peu trop les deux présents dont m'a généreusement dotée Dame Nature. Je m'empresse donc d'attraper un pantalon de jogging et un sweat appartenant à Jess.

Kaylan se présente à notre porte, quelques secondes plus tard, accompagné de Kyran. Ils restent à l'extérieur; ce qui m'arrange car leurs bottes sont trempées.

— Que nous vaut l'honneur d'une visite si tardive ? Si nous avions su que nous attendions des invités, nous aurions pensé à prévoir un petit dessert.

Si Jess doit le respect à son Alpha, il distille dans son ton une juste dose de sarcasme afin de lui faire comprendre qu'il n'est plus vraiment le bienvenu à cette heure.

— Je ne suis pas ici pour une visite de courtoisie, Jessamy ! lui rétorque notre chef. Je sors, à l'instant, d'un entretien en visioconférence avec notre *Seann*. Je tenais à vous avertir que la cérémonie de la Lune Bleue aura lieu le vingt-huit décembre.

— Le *Seann* sera présent ? demandé-je d'une voix fluette qui ne me ressemble pas.

— Six meutes, à travers le monde, présentent un candidat cette année. Il ne peut assister à toutes les cérémonies et enverra donc un émissaire pour le représenter.

— Six candidats ? s'étonne Jess. Est-ce habituel ?

— Il n'y avait pas eu de candidats depuis une vingtaine d'années je pense. Et, même là, aucun n'avait été choisi par la Lune.

Choisi par la Lune… Je trouve ça trop bizarre ! J'éprouve des difficultés à visualiser la chose. J'imagine un halo lumineux, venant de la Lune, m'englobant toute entière alors que je plane à un mètre du sol. Je doute que cela se passe ainsi, mais il faut avouer que ce serait hyper classe !

— Ella, es-tu toujours avec nous, mon enfant ?

Oups ! J'étais encore déconnectée.

— Oui, oui, désolée. J'étais en train de me dire que si aucun candidat n'avait été choisi à l'époque, je ne vois pas pourquoi je serais choisie, moi.

— Tu n'éprouves donc aucune envie de t'élever au rang de *Seann* ? intervient Kyran, ouvrant la bouche pour la première fois depuis son arrivée.

— Grand Dieu, non ! Ma vie est très bien telle qu'elle est aujourd'hui !

— Merci à vous deux d'avoir fait le déplacement, conclut Jess froidement. Avec ta permission, mon oncle, nous en reparlerons demain.

Kaylan hoche la tête et suit Kyran à l'extérieur. Avant que la porte ne se referme sur eux, l'Alpha glisse une dernière phrase dans mon esprit.

— *J'espère pour toi que ton vœu se réalisera et que tu ne seras pas choisie. Cependant, il te faut te préparer à toute éventualité.*

Je me doutais que la cérémonie était pour bientôt, mais en connaître la date précise m'ajoute un coup de pression supplémentaire. A Jess aussi, assurément, vu qu'il se referme sur lui-même et ne m'adresse pratiquement plus la parole jusqu'au générique de fin. Une fois l'épisode terminé, il éteint la lumière et s'allonge, toujours silencieux.

J'effectue une tentative de rapprochement qui se solde par un échec. Alors que j'approche ma joue du petit creux sur son épaule, il se tourne d'un coup pour me présenter son dos. Ma première réaction est de me retourner, moi aussi et de bouder, mais je me dis qu'après tout, je n'ai rien fait de mal et qu'il faudra bien que l'un de nous deux soit adulte et crève l'abcès.

— Je peux savoir ce qu'il t'arrive ? grondé-je en me redressant sur mes coudes.

— Je ne veux pas que tu deviennes *Seann*, souffle-t-il. Je ne veux pas de cette vie là. Je veux une vie simple, ici, avec toi. Je n'ai aucune envie de vivre entouré de gardes. Je te veux pour moi seul !

Oh… Il ne m'en veut pas, il est juste…triste.

— Je désire la même chose.

Je force Jess à se tourner vers moi. Il se redresse, lui aussi, et me fixe de ses yeux couleur émeraude.

— Je vais te faire une promesse, dis-je en plantant mon regard droit dans le sien. Kaylan a dit qu'il y avait toujours au moins deux candidats. Si, par malchance, je suis choisie lors de la cérémonie, je te promets de tout mettre en œuvre pour ne pas devenir le prochain *Seann*. J'échouerai aux tests, je me coucherai s'il y a un combat. Ma vie est ici, avec Jo, avec Gran, avec toi… Je jure de tout faire pour que rien ne change.

— Alors, dit-il en me faisant basculer sur le dos, laisse-moi te fournir un argument de plus en faveur de Madadh.

Durant les trente minutes suivantes, Jess s'attelle à renforcer l'image positive que j'ai des lieux et de ses habitants. Autant dire qu'il serait un merveilleux guide touristique !

Chapitre 24

Même si les Faoladh ne croient pas en un Dieu spécifique, ils raffolent des festivités de Noël. Gran ayant toujours fait partie du comité des fêtes de Madadh, elle a fini par me convaincre d'y entrer également. Bon, en vrai, ce comité n'est constitué que de nous deux, de Maria, et de Norah, la grand-mère de Kyran… Rien de bien folichon… Ces dames étaient on ne peut plus réjouies d'accueillir un regard neuf au sein de leur groupe.

Au début du mois de décembre, j'ai ainsi eu le privilège de les accompagner dans leur tournée d'organisation de Little Christmas. En Irlande, la coutume veut que, durant la période de Little Christmas qui s'étale du douze au vingt-quatre décembre, chacun se consacre à la décoration de sa maison. Chaque année, Gran, Norah et Maria prennent le temps de se rendre chez chacun des habitants de Madadh afin de s'assurer que le village sera décoré comme il se doit. Sympa, non ? Pas pour moi !

Si j'ai perdu ce besoin compulsif de me laver les mains en rentrant à la maison, mon toc[28] se manifeste toujours lorsque je pénètre dans un endroit nouveau et, bien entendu, peu de foyers m'étaient connus avant cette joyeuse promenade en compagnie du comité. Bilan de la journée : les mains les plus propres à des kilomètres à la ronde, une peau si irritée qu'elle nécessitera un tube complet de crème réparatrice… et la cerise sur le gâteau… une Ella obligée d'escorter trois dames d'âge mûr titubantes et complètement pompettes. Bien sûr… Il aurait été malpoli de leur part de refuser le petit verre traditionnel proposé dans *chaque* famille visitée ! Norah n'a d'ailleurs pas manqué de faire remarquer à ma grand-mère que je ne me pliais pas aux coutumes locales. Je ne peux pas l'encadrer celle-là ! Comme si terminer ronde comme une barrique allait m'aider à m'intégrer !

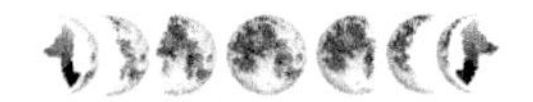

— Tu es prête, Boston ?

Jess a conservé l'habitude de me surnommer ainsi. Entre nous, pas de "bébé", "chaton" ou encore de "petit cœur". Beaucoup diront que ce n'est pas un surnom particulièrement mignon au sein d'un couple, mais pas moi. Lorsqu'il m'appelle ainsi, je nous revois, le soir de notre rencontre, dans le jardin de l'Alpha, et je ne peux m'empêcher de sourire en réalisant le chemin que nous avons parcouru depuis.

— Je suis presque prête.

---

28 Trouble obsessionnel compulsif

Mensonge. Je sors à peine de la douche. J'ai intérêt à m'activer ! Une autre tradition irlandaise consiste à passer la veille de Noël au Pub avec amis et famille. Nous avons donc rendez-vous avec Jo, Carole, Jim et les autres au Great Western pour y assister tous ensemble à un match des Waterford GAA, l'équipe de hurling[29] favorite de Jess. S'il loupe le moindre point, il va tirer la tête toute la soirée.

Je parviens à me composer une tête correcte en un temps record et nous rejoignons nos amis pile à temps pour le coup d'envoi. Tandis que Jess, Cillian et Jo s'agglutinent au bar afin d'être proches de l'écran, Alana, Carole, Jim et moi dégotons une table et nous y installons.

— Tu ne regardes pas le match ? interrogé-je mon jeune beau-frère.

— Je déteste le hurling et le sport en général. Je ne comprends pas l'intérêt de mater des mecs en short se passer une balle. Je suis l'intellectuel de la famille, moi, Mesdames ! ajoute-t-il en levant le menton.

— En parlant de sport, Johan m'a dit que tu pratiquais la boxe à Boston. Tu ne souhaites pas reprendre ?

La question que vient de me poser Carole, je me la pose depuis plusieurs semaines. Un soir, en rentrant du boulot, je suis passée devant le Trinity Boxing Club. Depuis ce jour, je ne cesse d'y penser. J'ai toujours aimé boxer et, même si j'ai plutôt tendance à me dénigrer en général, je dois admettre que je suis plutôt bonne dans ma catégorie. J'en ai parlé à Jess et il m'encourage à m'y remettre. Je suis heureuse de vivre avec un homme qui ne

---

[29] Sport collectif irlandais se jouant avec une crosse

se sent pas menacé par une femme qui pratique ce genre de sport de contact. Malheureusement, l'ombre de la Prophétie plane au-dessus de moi et m'empêche de me projeter vers l'avant.

— Je reprendrai peut-être en janvier, réponds-je en me plongeant dans mon verre de Strongbow[30].

Alana détourne la conversation en nous questionnant au sujet des pâtés traditionnels servis au pub pour l'occasion. Elle n'a jamais eu l'opportunité d'en goûter auparavant, et nous nous amusons à lui faire deviner les différents ingrédients qui les composent.

Durant la mi-temps, nos hommes se joignent à nous le temps d'une Guinness[31] avant de retourner jouer les supporters chevronnés.

Avec Jim, Carole et Alana, nous passons une super soirée. Nous croisons pas mal de têtes connues et certaines s'arrêtent quelques instants à notre table pour échanger quelques mots. Un peu avant minuit, constatant que les jambes de la pauvre Carole ont doublé de volume - une des joies de la grossesse -, je lui propose de quitter la soirée. Jim décide de rentrer avec nous, tandis qu'Alana, Jess, Cillian et Jo préfèrent prendre un dernier verre. Jess propose que je passe la nuit chez Gran, dans mon ancienne chambre. Il n'aime pas me savoir seule au cabanon.

— Je serai rassuré de te savoir au village, argumente-t-il. De toute manière, vu l'état dans lequel sont Jo et

---

30 Cidre sec

31 Bière (stout) irlandaise

Cillian, je vais devoir les ramener. Je te rejoindrai chez Darina.

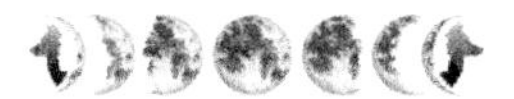

Gran n'est pas encore au lit lorsque Carole et moi rentrons à la maison. Vu que sa cécité l'empêche désormais de regarder la télévision, Johan l'a initiée aux livres audio. Depuis lors, elle en écoute au moins trois par semaine. Elle adore les récits fantastiques, avec une préférence prononcée pour ceux qui traitent des loups-garous.

— C'est une bonne chose que tu passes la nuit ici, m'accueille-t-elle en m'embrassant sur le front.

— Oh Gran, ta réaction me touche. Je sais que je dois te manquer, mais nous continuons à nous voir tous les jours.

— Oh, ce n'est pas cela. Enfin, oui, bien sûr que ta présence me manque, ma chérie. Mais je suis surtout contente que tu sois là pour nous aider demain matin. Il y aura pas mal de travail avec le repas de Noël à préparer !

Me voilà réquisitionnée pour le lendemain ! Je discute quelques instants avec ma grand-mère avant de l'escorter jusqu'à son lit. A travers la porte de l'ancienne chambre de Ray, j'entends Carole ronfler. La pauvre doit être lessivée. Une grossesse gémellaire normale doit déjà être épuisante, mais cela doit l'être encore plus lorsque les bébés sont de petits Faoladh qui demandent une quantité d'énergie énorme pour leur bon développement !

— Bonne nuit, Gran. Je t'aime.

— Bonne nuit, ma chérie. N'oublie pas de programmer un réveil. Si tu n'es pas dans la cuisine à dix heures, prête à m'aider, je viendrai te réveiller.

Durant ma douche, la sonnerie annonçant l'arrivée de messages sur mon smartphone n'a cessé de retentir. Je me hâte d'enfiler un pyjama bien épais et cours presque jusqu'au lit pour me réchauffer. Une fois au chaud, sous la couette, je prends le temps d'examiner mes notifications.

"Bordel ! C'est dingue ! Je suis un homme marié et je vais être papa ! C'est grâce à toi. Si je n'étais pas venu à Madadh, tout ça ne serait jamais arrivé ! Est-ce que je t'ai déjà dit merci ? Je ne t'ai jamais dit merci. Alors, merci. T'es la meilleure !"

Ahh… Ces fameux messages que l'on envoie quand on est complètement saoul… Jo n'a d'ailleurs pas manqué de me remercier, de me déclarer son amitié et de me garantir qu'il surveillait mon homme pour moi dans ses six autres messages.

J'ai également reçu un message venant de Jess : une photo de groupe prise, vraisemblablement, par le barman, accompagnée d'un court texte.

"Tout se passe bien. J'essaie de décoller Cillian et Jo du karaoké. Je devrais rentrer avant minuit. Ne m'attends pas si tu es fatiguée. Je t'aime."

Un sourire niais apparaît, malgré moi, sur mon visage. J'ai vraiment tiré le gros lot avec Jess. Il est gentil, patient, protecteur et, il faut l'avouer, le plus bel homme que j'ai rencontré dans ma vie. Même après plusieurs mois passés ensemble, le vert translucide de ses yeux me fascine toujours autant.

J'avoue que les quelques verres d'alcool que j'ai ingurgités m'ont échauffé les sens, et que je ne dirais pas non à un câlin du soir. Je décide donc d'attendre Jess. Je passe le temps avec un ou deux épisodes de la Chronique des Bridgerton[32]. Le beau René-Jean Page[33] ne m'aide pas le moins du monde à apaiser ma libido ! Ce qui y parvient très bien, par contre, c'est de voir le nom de Logan s'afficher dans la barre de notifications. Mon ex m'a envoyé un message sur Facebook[34].

> "**Joyeux Noël. Il est minuit et je ne parviens pas à effacer ton image de mon esprit. Je repense à cette dernière nuit passée ensemble à Boston. Lorsque je t'ai regardée sortir de l'eau et t'avancer vers moi. Enfin bref. Si, toi aussi, tu penses à moi, fais-moi signe.**"

C'est tout de même dingue ! Quand nous sortions ensemble, Logan n'en avait rien à faire de moi. Il venait me voir une ou deux fois par semaine, jouait les lovers et terminait dans mon lit. Ensuite, c'était le silence radio durant des jours. Par contre, depuis que je suis sortie de sa vie, il revient à la charge, environ une fois par mois, tel un boomerang particulièrement coriace. Son dernier

---

32 Série télévisée basée sur les romans éponymes de J.Quinn

33 Acteur britannique, né en 1988

34 Réseau social

message remonte à mon anniversaire. J'avais eu droit à une flopée d'excuses et, bien entendu, à une déclaration. Il n'a donc toujours pas compris qu'aucun espoir n'était permis pour nous deux et qu'il devait tourner la page ?

Après le mariage de Jo, j'étais convaincue qu'Ashley et lui étaient ensemble dans une relation longue-distance et qu'elle finirait par le rejoindre aux Etats-Unis. Ils auraient formé un beau couple ces deux-là… Un charmant duo de pervers narcissiques ! Mais Ashley vit toujours ici et Logan persiste à tenter de me reconquérir. Pourtant, on ne peut pas dire que je l'y encourage. Je l'ai évité comme la peste le jour du mariage et je m'oblige à ne jamais répondre à ses messages, même si j'avoue que parfois, une minuscule partie de moi à envie de voir ce qu'il découlerait d'un échange avec lui.

Jess n'étant toujours pas rentré, et Logan ayant douché mon enthousiasme, je finis par m'allonger et fermer les yeux. Une grosse journée m'attend demain.

Chapitre 25

— Debout là-dedans ! Même Johan est parvenu à se lever, me sermonne Granny en claquant sa langue contre son palais. Et son corps contient plus d'alcool que les bouteilles de Poteen artisanale que fabriquait mon père !

— Désolée, Gran. J'ai veillé tard pour attendre Jess et j'ai oublié de programmer un réveil.

— Ton Jess est aux fourneaux depuis deux bonnes heures. Ray et Silvia sont là, eux aussi, ils s'occupent du ménage. Habille-toi. J'ai besoin que tu ailles en ville avec Johan effectuer quelques achats.

— Jo ne peut pas y aller seul ? râlé-je comme lorsque j'avais sept ans et que Gran me demandait de ranger ma chambre.

— Tu dois conduire. Ton ami doit avoir plus de bière que de globules rouges dans les veines. S'il se fait contrôler, il finira au cachot, et je n'aurai jamais ce dont j'ai besoin à temps pour la fête.

Ma grand-mère et son sens aigu des priorités…

— Ok, j'arrive.

Trente minutes plus tard, me voilà en voiture, en direction de Dublin, en compagnie de Jo. Mon meilleur ami a le teint verdâtre. Malgré le froid hivernal, il a ouvert sa fenêtre et passe la tête à l'extérieur tel un jeune labrador. Je ne m'en plains pas trop car, au moins, cela m'évite d'être asphyxiée par l'odeur immonde des relents d'alcool qui s'échappent de sa bouche à chaque expiration.

— Je ne comprends pas pourquoi Gran a insisté pour que tu m'accompagnes. Tu as besoin de te reposer, pas d'un trajet en voiture et d'une virée shopping.

— Elle ne veut pas que tu te promènes seule, hoquète-t-il. Tu sais… Cahal… La Prophétie.

— C'est vrai que, dans ton état, tu serais capable de jouer le garde du corps, ironisé-je.

— Ferme-la et évite de te prendre pour une pilote de rallye. J'ai envie de gerber à chaque tournant.

— Garde la tête en dehors de la voiture, Médor ! Si tu dégobilles à l'intérieur, je te garantis que tu perdras toute capacité à procréer de nouveau !

Après deux arrêts vomito forcés, nous arrivons à destination. Jo se sent un peu mieux et nous passons la fin de la matinée à courir d'un magasin à l'autre afin de répondre aux besoins de Gran. Nous en profitons pour discuter un peu tous les deux, les occasions de nous retrouver en tête à tête se faisant de plus en plus rares.

— Pas trop stressée par la cérémonie ? me questionne-t-il sur la route du retour.

— J'espère ne pas être choisie. D'ailleurs, je ne sais même pas ce que ça veut dire ! m'emporté-je soudain. Pourquoi n'ai-je pas le choix, hein ? Je me fiche d'être *Seann*, je laisse volontiers ma place aux autres ! C'est trop demander d'avoir la vie facile, pour une fois ?

— Avec un peu de chance, rien ne se passera; tu pourras alors reprendre le cours de ta vie et oublier cette Prophétie.

— Avec un peu de chance ?! Tu rigoles ?! On parle de moi là… On parle de la fille qui a trébuché devant tout le monde le jour de la cérémonie des diplômes après s'être pris les pieds dans sa toge. Un oiseau a déféqué sur ma veste lors de mon premier jour en tant qu'enseignante. Le soir de ma rencontre avec Logan, je me suis cassé un bout de dent en croquant dans un petit four ! Je continue ? Je peux te citer de nombreux autres exemples. La chance et moi, nous ne sommes pas très copines.

Jo ne tente pas de me rassurer. Au contraire, il rit sous cape, se remémorant sans aucun doute l'épisode du petit four. Il me connait depuis assez d'années pour avoir assisté à plusieurs épisodes traumatisants de ma courte vie et savoir que j'ai raison.

— Ne pensons plus à tout ça, au moins pour aujourd'hui. Cela fait une semaine que Darina me parle de son fameux *plum pudding*[35] ! Profitons de cette fête de Noël tous ensemble.

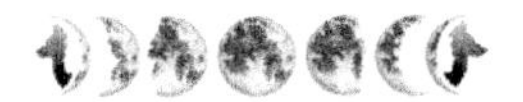

Ray, Silvia, Jonas, Mary, Johan, Carole, Jess et moi sommes réunis à la table de Gran. Le dîner est une réussite. Les enfants ne lâchent pas Jess d'une semelle. Jonas s'amuse à lui sauter dessus pour tenter de le mettre à terre tandis que Mary tente de décrypter tous ses tatouages visibles. J'ai bien essayé de détourner l'attention des petits avec mes pitreries habituelles, mais rien à faire… Ils n'ont d'yeux que pour mon compagnon, ce qui ne paraît pas lui déplaire le moins du monde.

Avant le dessert, Gran propose que nous téléphonions à Judy afin de lui souhaiter un joyeux Noël. Ray, adepte des nouvelles technologies, parvient à connecter son téléphone à l'écran plat et nous discutons durant un bon moment en visio avec ma sœur et sa petite famille. Jonas et Mary font promettre à Judy de leur amener leur cousine très bientôt. En principe, ma sœur devrait nous rendre visite au printemps, avec sa petite tribu cette fois.

Entre le *plum pudding* et les *mince pies*[36] au rhum, Gran m'entraîne à l'étage sous un faux prétexte qui ne trompe personne. Elle s'assoit sur son lit et m'invite à prendre place à ses côtés.

---

[35] Dessert traditionnel irlandais

[36] Tartelette sucrée

— Que se passe-t-il ? m'inquiété-je. Quelque chose ne va pas ?

— Non, ne te tracasse pas, ma chérie. Je me porte comme un charme. Je souhaitais simplement que nous discutions de la cérémonie et de la Prophétie.

— Je pensais que tu m'avais dit tout ce que tu savais sur le sujet.

— Je veux surtout savoir comment tu te sens par rapport à tout ça ?

— J'en veux énormément à papa et maman, laché-je sans même me rendre compte des mots qui s'échappent de ma bouche.

Je réalise ce que je viens de lui avouer et plaque une main sur mes lèvres. Gran braque son regard voilé vers moi. Parfois, j'ai l'impression qu'elle voit encore. Peut-être est-ce le cas, mais d'une toute autre manière.

— Désolée, Gran. Je ne sais pas pourquoi j'ai dit ça, m'excusé-je d'une voix chevrotante.

— Pourquoi en vouloir à tes parents ?

J'en ai déjà trop dit, je ne peux plus reculer. Je décide de laisser sortir toute cette rancœur que je garde en moi depuis que Cahal m'a appris la vérité au sujet de ma mère.

— J'en veux à maman d'avoir trompé son mari avec un psychopathe, d'être tombée enceinte et de lui avoir couru après durant toutes ces années comme une pauvre fille désespérée. Si elle était restée fidèle, rien de tout cela ne serait arrivé.

— Et en ce qui concerne Ronan ?

— Il aurait dû se rendre compte que quelque chose n'allait pas. Comment a-t-il pu ne jamais réaliser que je n'étais pas sa fille ? éclaté-je en sanglots. On sent ces choses-là, non ?

Gran m'entoure de ses bras et se met à me bercer doucement. Comme à chaque fois que je perds pied, sentir son odeur, sa chaleur contre moi, m'aide à m'apaiser.

— Tu sais, je n'en veux pas à ta mère, murmure-t-elle à mon oreille. Si elle n'avait pas connu Cahal, tu ne serais pas là. Je suis si fière de toi, ma petite-fille, je l'ai toujours été. Quant à ton père, et je parle bien ici de Ronan, il t'a aimée au premier regard. Il n'avait nullement besoin de se poser des questions à ton sujet, son amour pour toi était inconditionnel, et cela n'a pas changé quand il a appris que tu n'étais pas sa fille biologique. Je comprends que tu sois en colère et que tu ne veuilles pas de cette Prophétie, mais tu ne peux rien y changer, hélas.

Je reste blottie contre Granny. Je pleure pour évacuer toutes ces questions et ces frustrations que je ressens; je pleure jusqu'à ce que mes larmes se tarissent. Alors, je me redresse et embrasse ma grand-mère sur la joue.

— Merci d'être là pour moi depuis toujours.

— Tu vas mieux ?

— Je sais ce que j'ai à faire, sourié-je. J'avais juste besoin de relâcher la pression. Allons retrouver notre famille, j'en connais un qui ne résistera plus très longtemps avant de se jeter sur les cadeaux, et je ne parle pas de Jonas !

Nous retournons au salon. Johan est assis au sol, avec les enfants, à côté de la montagne de cadeaux disposés sous le sapin.

— Ah beh c'est pas trop tôt ! bougonne-t-il en nous voyant arriver. Vous ne pensez pas aux petits ? Ils en ont marre d'attendre, ils veulent ouvrir les paquets.

— Donne le feu vert, supplie Ray en prenant la main de Gran. Cela fait quinze minutes que Johan nous tourne autour tel un rapace !

En riant, ma grand-mère sonne le moment de la distribution des présents. Assise sur les genoux de Jess, j'observe les membres de ma famille avec tendresse.

Après deux nuits passées chez Gran, Jess et moi sommes heureux de retrouver notre petit nid. Contrairement à lui, je suis en congé durant les fêtes et j'en profite pour traîner au lit. Je savoure ce plaisir intense de flemmarder sans avoir Gran ou Jo qui débarque dans ma chambre pour me forcer à quitter la couette.

Mais c'était sans compter sur mon meilleur ami qui, une heure après le départ de Jess, déclenche les alarmes et se présente à ma porte. Dans une tentative désespérée de poursuivre ma séance de glandage, je me cache sous les draps.

— Je sais que tu es là, feignasse ! hurle-t-il depuis l'extérieur. Je sens ton odeur, et pas que… Je sens ce que tu as fait toute la nuit, espèce de sale petite dépravée, ajoute-t-il en riant.

Je me traîne hors du lit, enfile un peignoir, et ouvre à mon visiteur indésirable en prenant soin de lui offrir mon regard le plus meurtrier.

— Jaloux de ne plus pouvoir autant t'envoyer en l'air depuis que Madame est enceinte ? grogné-je d'une voix rauque.

— Pousse-toi et laisse-moi entrer, vilaine fille ! J'ai un potin !

— Un potin qui ne pouvait pas attendre l'heure du déjeuner ?

Jo pose devant moi un sachet rempli de viennoiseries et un café chaud de chez Katlin. Je me mets à saliver et me précipite à table pour croquer dans un délicieux croissant.

— Che ch'uis tout ouïe, tenté-je d'articuler tout en mâchant.

— Ashley a demandé à Kaylan l'autorisation de déménager. Jim m'a appelé ce matin pour me le dire.

Quelles pipelettes ces deux-là ! De véritables commères !

— Elle ch'en va où ?

— Arrête de parler la bouche pleine, ce n'est pas sexy pour un sou ! Ouvre bien tes oreilles… C'est là que ça devient intéressant ! Elle souhaite un transfert aux Etats-Unis !

Je m'étrangle et recrache un bout de pain sur Johan. Dégoûté, il époussette son tee-shirt en râlant.

— Les Etats-Unis ? Tu crois qu'elle va rejoindre Logan à Boston ?

— J'ai mené ma petite enquête et il semblerait que Logan soit toujours officiellement célibataire.

J'essuie mes mains remplies de miettes sur mon peignoir et tends mon smartphone à Jo.

— Regarde ce qu'il m'a envoyé pour Noël.

— Et je vois que ce n'est pas le seul message que tu as reçu ! s'exclame-t-il en scrollant le fil de conversation. Pourquoi ne m'as-tu rien dit ?

— Parce que je me fiche de ses messages, je ne lui réponds jamais. Mais, avoue que c'est bizarre qu'il continue à m'écrire s'il vit une histoire avec Ashley !

Jo se saisit d'un pain brioché et nous tentons d'émettre des hypothèses concernant le départ d'Ashley. Je l'invite à demander à Carole d'investiguer, mais il m'annonce que cette dernière n'a quasiment plus de nouvelles de son amie depuis des semaines.

Je n'ai jamais porté Ashley dans mon cœur, mais son comportement m'interpelle. Elle largue Kyran pour un inconnu, flirte avec Logan, s'éloigne de Carole et demande son transfert… Bizarre. Si le fameux gars pour lequel elle a quitté Kyran venait de Boston, je suppose qu'elle n'aurait pas dragué Logan lors de sa venue à Madadh. Ou alors, elle est encore plus tordue que je ne le pensais !

Trois coups frappés à la porte nous sortent de nos réflexions. Etant donné que je porte toujours mon pyjama, c'est Jo qui va ouvrir. Il échange quelques mots avec un homme dont je ne reconnais pas la voix avant de refermer la porte et de me tendre une enveloppe cachetée.

— Qui était-ce ? demandé-je.

— Un émissaire du *Seann*, apparemment. Il m'a demandé de te remettre ceci.

Prudemment, je me saisis de l'enveloppe comme si elle était prête à exploser entre mes doigts. Je la tourne dans tous les sens avant de me décider à l'ouvrir.

— Alors ? s'impatiente mon ami.

— Hum… C'est le courrier officiel m'invitant à la cérémonie de la Lune Bleue.

— Très formel pour un truc censé être mystérieux. A Poudlard[37], ils envoient des hiboux; c'est tout de même plus classe !

— Je suis presque déçue, ironisé-je. Je m'étais préparée à être enlevée dans mon sommeil par un groupuscule cagoulé qui m'aurait emmenée dans un lieu tenu secret.

— Très société secrète ton truc. Tu as trop regardé *The Skulls*[38], ma vieille !

---

37 Ecole de sorcellerie – in Harry Potter

38 Film de R.Cohen, sorti en 2000

— Que veux-tu, je craque pour Joshua Jackson[39] depuis toujours !

Si je ris avec Jo, cela ne m'empêche pas d'avoir la boule au ventre. Je n'aurais pas dû ingurgiter autant de viennoiseries; je sens que je vais vomir.

— Bon, je peux savoir ce que ça dit ou bien tu es soumise au secret ?

— Je m'en balance du secret ! grondé-je. On m'oblige à me plier à un rituel prophétique, alors j'en parle si je veux !

A haute voix, je lis le contenu de la lettre. En résumé, je suis conviée, ainsi que mon Alpha et un témoin de mon choix, à la cérémonie de la Lune Bleue qui aura lieu ce vingt-huit décembre. L'émissaire du *Seann* se chargera du rituel. Une carte a été jointe au courrier pour nous indiquer le lieu de la cérémonie. Bien entendu, cela va se dérouler au beau milieu des bois. Quel cliché ! S'ils me refilent une de ces immondes toges comme on en voit dans les films sataniques, je pars en courant !

— Jess sera ton témoin ?

— S'il est d'accord, oui.

---

[39] Acteur canadien, né en 1978

Chapitre 26

Le phénomène que l'on appelle Lune Bleue a lieu environ une fois par an, soit lorsque la lune se fait pleine deux fois en moins de vingt-neuf jours, soit lorsqu'une saison compte quatre soirs de pleine lune. Nous, les Faoladh, ressentons les effets de la pleine lune plusieurs heures avant que l'astre n'illumine la nuit. La Lune Bleue ne fait pas exception, au contraire.

Jess et moi n'avons pratiquement pas dormi de la nuit. Nos émotions sont exacerbées, nos loups exultent à l'idée d'être bientôt libérés. Entre le stress de la cérémonie à venir et notre libido en ébullition, impossible de fermer l'œil. Nous avons passé la nuit à discuter et à faire l'amour comme si nous souhaitions nous imprégner l'un de l'autre.

Personne, dans mon entourage, ne sachant réellement ce qu'il se passera si je deviens candidate, je prends le temps de passer voir mes amis les plus proches, juste au cas où… Jess m'accompagne; il devait travailler mais il a réussi à se faire remplacer par un collègue. Impossible pour moi d'imaginer passer cette journée sans lui !

— J'espère que tu ne seras pas choisie ! rage Alana. Non seulement tu pourrais rester avec nous, mais cela donnerait une bonne leçon à Père !

Cillian caresse doucement le dos de ma sœur. Il est vrai que cela me ferait beaucoup rire de me dire que Cahal a fourni tant d'efforts pour rien. Cela m'amène à me demander si ce dernier a prévu un quelconque stratagème pour assister à la cérémonie ou, du moins, être informé directement du dénouement de celle-ci.

Jim, que j'ai toujours connu apaisé et souriant, enfonce soudain son poing dans le mur avec hargne.

— Kaylan devrait pouvoir empêcher ça ! crache-t-il. A quoi bon être un Alpha si on ne peut protéger les siens ?

— Tu sais que mon père n'a aucun pouvoir sur les décisions du *Seann*, répond Cillian.

— Si tu deviens *Seann*, ajoute Jim en se tournant vers moi, j'espère que tu bousculeras les règles ! C'est injuste que l'on ne puisse pas t'accompagner à la cérémonie. On sera là, à courir dans les bois, pendant que ton destin se jouera à quelques kilomètres de nous !

— Je voudrais que vous soyez près de moi, soufflé-je en posant ma paume sur la joue de mon beau-frère. Si jamais je dois partir, ajouté-je à son oreille pour n'être entendue que de lui, promets-moi de veiller sur Jess et de l'empêcher de faire un truc stupide.

Les yeux remplis de larmes, Jim accepte ma demande par un hochement de tête.

Je passe la matinée chez l'Alpha. Afin de nous remonter le moral, Cillian nous régale d'anecdotes sur sa rééducation et son nouveau travail. Le fils de l'Alpha a accepté de seconder mon frère en tant que trésorier et émissaire de la meute, ces deux tâches étant compliquées à gérer pour un seul homme. J'aime énormément le nouveau Cillian, et j'aime le savoir avec Alana. Dire que j'étais folle de lui durant toute mon adolescence, et peut-être même les quelques années qui ont suivi ! Et maintenant, nous voilà amis et liés par notre histoire commune. Nous faisons désormais partie d'une grande famille.

Lorsque sonne midi, Jess et moi quittons nos amis. Gran nous a invités pour le déjeuner, ainsi que Ray et sa petite tribu.

— Jess nous a montré le plan que tu as reçu dans la lettre, m'explique Johan. Avec Ray et les autres, nous avons prévu d'aller courir au plus près de la frontière fixée par l'émissaire du *Seann*. Maria m'a fabriqué une sacoche que je pourrai garder sur moi sous ma forme lupine. J'aurai mon téléphone si vous avez besoin de nous.

— Merci, vous êtes tous adorables. Et toi, Carole, tu resteras avec Gran et les enfants ?

Lorsqu'une Faoladh tombe enceinte, elle perd sa capacité à muter durant le temps de sa grossesse. C'est d'ailleurs comme cela que Carole a compris qu'elle attendait un enfant. Beaucoup plus fiable qu'un test de grossesse ! Depuis qu'elle porte la vie, la compagne de Jo tient compagnie à Gran les soirs de pleine lune. Cette nuit, Jonas et Mary resteront avec ces dernières.

— Oui, nous attendrons de vos nouvelles. Prévenez-nous dès que vous en saurez plus !

Avant de quitter la maison qui m'a vue grandir, je prends un moment en privé avec chaque membre de ma famille. Je n'ai pas envie de parler d'adieux, mais cela y ressemble drôlement. C'est avec Jo que les choses sont les plus compliquées. Nous sommes si proches depuis notre rencontre, qu'il est difficile pour lui d'imaginer que je puisse le quitter.

— Quoi qu'il arrive, on se revoit vite, hein ? sanglote-t-il en me serrant contre lui.

Mon meilleur ami a beau ressembler à un mâle alpha, il est aussi sensible qu'une ado pré pubère.

— Rien ne nous dit que je devrais partir si je suis choisie. Et, même si c'est le cas, je te promets de revenir. Je ne deviendrai pas la prochaine *Seann*.

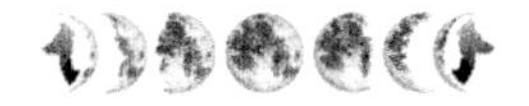

A quinze heures, Kaylan passe nous prendre, Jess et moi, pour nous conduire au cœur de la forêt, là où la cérémonie est censée se dérouler. Dans la voiture, le silence règne.

Le soleil se couche vers dix-sept heures en Irlande, en plein hiver, et nous commençons à nous maîtriser difficilement. Je croise mon reflet dans le rétroviseur central et je constate que l'ambre a envahi mes yeux. Il en est de même pour Jess. Tout ce stress devient compliqué à gérer.

L'Alpha arrête la voiture à l'orée du bois. Nous n'avons aucune idée du déroulement des choses et nous nous forçons à demeurer humains. Dans le coffre, je m'empare d'un sac dans lequel je glisse mon smartphone. Avant de muter, nous y déposerons nos vêtements.

Nous nous enfonçons un peu plus profondément parmi les arbres. De temps à autres, nous humons l'air afin de nous assurer qu'aucun invité surprise ne sera de la partie. A un moment, nous repérons la trace olfactive de Jim. Comme promis, nos amis *changeront* au plus proche de la frontière définie sur le plan et autorisée par l'émissaire.

Après plusieurs minutes de marche, nous débarquons dans une clairière. J'ai l'impression de me retrouver dans un film. Je tourne d'ailleurs sur moi-même à la recherche de drôles de personnes vêtues de noir portant un crâne de bélier en guise de couvre-chef. Oui, je sais, c'est un peu cliché… Au centre de la clairière, se trouve une espèce de brasero enflammé, autour duquel plusieurs poteaux de bois se dressent. Je serre la main de Jess un peu plus fort.

Kaylan, Jess et moi patientons en silence. Dix bonnes minutes s'écoulent avant que quelqu'un apparaisse entre les arbres et se dirige vers nous. Loin d'avoir le look "Merlin l'Enchanteur"[40], cet homme me rappelle plutôt les traders de la bourse new yorkaise. En costume - cravate à la Men In Black[41], l'émissaire du *Seann* s'avance et dépose une mallette sur l'un des rondins devant nous. Ce qui me trouble, c'est que ce n'est pas un Faoladh qui se tient face à nous, mais bien un humain.

— Les émissaires sont humains ? murmuré-je à l'oreille de l'Alpha.

---

40 Long-métrage d'animation Disney, 1963

41 Film de B.Sonnenfeld, 1997

— Je savais que des humains étaient au service du *Seann*, mais je n'imaginais pas qu'ils jouaient le rôle d'émissaires.

En tout cas, cet homme n'a pas froid aux yeux. Il se trouve seul, au beau milieu d'une forêt, un soir de pleine lune, avec trois loups-garous particulièrement nerveux. Comme s'il avait lu dans mes pensées, l'émissaire me sourit, en sortant de sa mallette un shocker électrique de taille impressionnante.

— Non pas que je ne vous fasse pas confiance, nous précise le nouveau venu, mais je préfère assurer mes arrières.

Interloquée, j'arrime mon regard à celui de Jess. J'aimerais tant pouvoir me plonger dans ses beaux yeux verts, mais le loup en lui est déjà bien trop frustré de ne pas encore avoir été autorisé à prendre les commandes, et ses prunelles ne sont plus tout à fait humaines.

— Emissaire, s'exclame notre chef de meute. Pourriez-vous nous éclairer sur le déroulement des choses ?

— Oh, rien de bien compliqué. Je vais simplement vous demander à tous de muter. Ensuite, la louve marquée se présentera au centre du cercle et nous attendrons quelques instants afin de voir si quelque chose se passe.

Waouh… Je m'attendais à plus de… folklore. Quoique, trois Faoladh au centre d'une clairière, avec un humain, attendant un geste de la lune, c'est déjà assez bizarre. Nul besoin d'en rajouter !

Kaylan, qui devait être nudiste dans une autre vie, commence à se déshabiller sans même un regard vers l'humain qui baisse les yeux en souriant. Le physique de l'Alpha ne semble pas le laisser indifférent. Quant à moi, je m'éloigne avec Jess afin de rejoindre le couvert des arbres. Une fois hors de la vue de l'émissaire, nous enlevons nos vestes.

— Es-tu prête ? demande-t-il en passant lentement son index sur ma lèvre inférieure.

Son geste provoque en moi des frissons qui se répandent jusqu'entre mes cuisses. Saleté de libido lunaire ! Je ne lui réponds pas et me contente de l'embrasser tout en détachant sa ceinture. Il veut jouer… Je peux jouer ! Mon cerveau me hurle que ce n'est pas le moment de batifoler. Kaylan risque de nous entendre, de nous sentir, mais ma louve me fait comprendre qu'il n'y a pas de meilleur moment, justement.

Jess ne se fait pas prier. Nous ôtons nos vêtements tout en nous embrassant langoureusement, et il me soulève pour venir coller mon dos à un arbre. J'entoure ses hanches de mes cuisses et colle mon intimité à son membre déjà dressé. Nul besoin de préliminaires; nous n'en avons pas le temps, et je suis toute disposée à l'accueillir. Notre étreinte est sauvage et rapide. De mes griffes déjà sorties, je lui lacère le dos, et il vient en moi en un râle sonore.

— Je t'aime, déclare-t-il en me reposant délicatement sur le sol.

— Je t'aime aussi.

Après un dernier baiser, nous mutons et rejoignons Kaylan qui ne manque pas de nous sermonner gentiment via le lien. Je suis un peu honteuse de savoir que l'oncle de Jess était si proche alors que nous nous envoyions en l'air, mais Jess et moi éprouvions un besoin trop intense d'être au plus proche l'un de l'autre. Notre avenir est trop incertain pour faire taire nos instincts.

L'émissaire ne nous accorde aucun regard. Il tient son smartphone dans sa main et semble attendre un quelconque feu vert. Au moins vingt minutes passent et nos loups commencent à tourner en rond. Le besoin de courir et de chasser est fortement ancré dans nos gènes et va de pair avec les mutations, du moins, pour la plupart d'entre nous. Personnellement, je laisse la chasse à ceux qui sont doués pour cela.

Enfin, une sonnerie annonce l'arrivée d'une notification sur le téléphone de l'émissaire et il s'approche du centre du cercle, là où se dresse le brasero.

— Miss Lynch, pourriez-vous vous avancer et venir vous placer face à moi ?

Je m'exécute, même si mon envie première est de partir en courant et de rejoindre ma famille et mes amis. Serais-je considérée comme une déserteuse si je cédais à cette pulsion ? Que m'arriverait-il si je tentais d'échapper à cette cérémonie stupide ? Dans ma tête, Kaylan et Jess m'envoient des mots d'encouragement.

— Très bien. Maintenant, je vais vous demander de fixer l'astre lunaire et de pousser un hurlement.

L'émissaire allume la caméra de son smartphone et se met à me filmer tandis que je lève les yeux vers le ciel et que je me mets à hurler, un peu gênée de la situation. Je me surprends à compter plusieurs fois dans ma tête; le stress fait resurgir en moi ce toc disparu depuis plusieurs semaines.

Lorsque je cesse de hurler, seul le silence de la nuit me répond. Aucun halo lumineux ne m'entoure, aucune étincelle ne jaillit de mes yeux… Rien.

Dans mon esprit, j'entends les voix de mes amis. Eux aussi s'interrogent.

— *C'est normal que rien ne se passe ?*

— *Je n'en ai aucune idée, Jess. L'humain semble s'impatienter. Je suppose qu'Ella n'a pas été choisie.*

L'émissaire se racle la gorge, sans doute prêt à nous congédier, lorsque je me mets à ressentir de drôles de picotements dans mes pattes.

— *Merde !* rugit Jess.

Un éclair m'aveugle; je ne parviens pas à distinguer la source de ce rayon de lumière. Quelqu'un vient-il de me tirer dessus ? Cahal peut-être ?

— *Ça vient d'elle ! De la marque !* hurle la voix de celui que j'aime dans ma tête.

Soudain, la lumière perd en intensité.

— Ella Lynch, proclame haut et fort l'humain. Par le Grand *Seann* et le pouvoir de la Lune, je vous déclare officiellement candidate à la succession de notre Maître à tous.

Comme pour appuyer ses dires, l'émissaire sort de sa mallette un miroir qu'il place face à moi. Le reflet que celui-ci me renvoie me trouble au plus haut point. Cette marque que j'ai toujours adorée, celle qui me rendait si spéciale lorsque j'étais enfant, scintille dans la nuit comme une étoile, durant plusieurs secondes encore, avant de s'éteindre doucement.

Je reste là, à fixer l'objet, jusqu'à ce que l'envoyé du *Seann* le range. Mes pattes me portent difficilement; je tremble. Mon cerveau ne veut pas comprendre ce qu'il se passe. Derrière moi, Kaylan a repris forme humaine.

— Quelle est la suite ? interroge-t-il l'émissaire.

— Miss Lynch va devoir m'accompagner. Elle logera dans l'une des résidences de notre *Seann*, avec les autres candidats, jusqu'au jour de la *Rogha*.

— Son témoin peut-il l'accompagner ?

— Non, elle vient seule. Dans une semaine, vous pourrez envoyer l'émissaire de votre meute. Vous recevrez un billet d'avion, ainsi que l'adresse de la résidence d'ici cinq jours ouvrables. Notre médecin vous enverra demain, par mail, un certificat médical couvrant l'absence de la candidate à son travail pour la durée de l'évaluation. Si elle devait périr lors de la *Rogha*, une pension conséquente serait versée à sa famille; les détails vous seront fournis ultérieurement.

J'entends les paroles de l'émissaire, mais je peine à les interpréter. Moi… dans une résidence… seule… certificat… l'émissaire de la meute… *Rogha*… pension… mort… Les mots se bousculent dans ma tête. Je me réfugie contre Jess et me blottis contre son pelage.

— Pourra-t-elle au moins conserver son smartphone afin que nous puissions continuer de la joindre au besoin ?

— Oui, bien entendu.

Jess donne un coup de langue sur mon museau.

— *Ne t'inquiète pas,* me rassure-t-il. *Tout va bien se passer. Nous avions envisagé la possibilité de ton départ. On va gérer ça ! Tu comptes toujours laisser ta place à un autre ? Ne pas devenir* Seann *?*

— *Je vais revenir, je te le promets*, sangloté-je.

Lentement, Jess et moi gagnons la forêt pour muter à nouveau. Il m'embrasse tendrement et dépose une envolée de baisers sur mon visage et au creux mon cou.

— Reviens-moi, d'accord ?

— Et toi, attends-moi.

Chapitre 27

— Désolé pour ce départ précipité, s'excuse l'humain alors que nous roulons à bord d'une berline noire aux vitres teintées. Notre timing est serré et nous ne pouvons pas nous permettre de manquer notre vol.

— Vous auriez pu me laisser le temps de faire mes adieux à ma famille.... et d'emporter quelques vêtements.

— Ne vous inquiétez pas pour votre garde-robe; vous trouverez tout ce qu'il vous faut sur place. Si vous désirez que certaines choses vous soient livrées, il suffira de dresser une liste et votre valet fera le nécessaire. En ce qui concerne votre famille et vos amis, ils pourront être présents le jour de la *Rogha*.

— Un valet ? Genre Alfred[42] dans Batman[43] ?

---

[42] Majordome de la famille Wayne (Batman)

[43] Personnage de fiction – Univers DC Comics

Ma remarque a le mérite de faire sourire l'émissaire. Il me gratifie d'un clin d'œil et glisse quelques mots à l'oreille du chauffeur, humain lui aussi. La batterie de mon téléphone est chargée à bloc, mais je n'ai pas emporté de chargeur. J'espère en trouver un sur place. J'envoie un message à chacun de mes proches. Je tente d'être la plus rassurante possible et promets à tous que nous nous reverrons très vite. Ils doivent encore être sous forme lupine et ne me répondront que d'ici plusieurs heures. Les soirs de pleine lune, nos loups ont besoin de se dépenser. La louve en moi doit d'ailleurs être particulièrement frustrée de n'avoir été libérée que durant quelques minutes.

— Pourquoi vos yeux ont-ils conservé cette couleur étrange ? m'interroge l'humain.

— Je ne suis pas restée louve assez longtemps et je dois lutter pour demeurer humaine. Puis-je vous poser une question… euh.. ?

— John, appelez-moi John. Que désirez-vous savoir ?

John… John Smith je suppose ? Cela irait à merveille avec son look à la Matrix[44].

— Pourquoi travaillez-vous pour des Faoladh ? N'est-ce pas… dangereux pour vous ? De connaître notre secret ? Avez-vous droit à une espèce de prime de risque ?

Mister Matrix éclate d'un rire sonore avant de réajuster sa chemise.

---

44 Film de science-fiction de Les Wachowski, 1999

— Le salaire n'est pas mirobolant, non. Il n'est pas minable non plus, mais ce n'est pas l'argent qui m'attire dans ce travail.

D'un moulinet de la main, je l'encourage à poursuivre. J'ai envie de connaître les arguments qui peuvent pousser un simple humain à bosser au milieu de loups-garous capables de lui briser la nuque d'une seule main sur un accès de colère. J'imagine que devoir conserver les secrets de notre espèce ne doit pas être évident au quotidien. Apprendre que des créatures issues de l'imaginaire vivent parmi les humains et ne pouvoir en parler à personne… Ce doit être hyper frustrant.

— Chaque année, le *Seann* choisit son employé humain le plus dévoué et lui offre la morsure.

Heureusement pour John, je viens de terminer ma bouteille d'eau et n'ai donc aucun liquide à lui cracher au visage d'étonnement. La morsure ?! Le *Seann* possède la capacité de créer de nouveaux loups ? Pourquoi ne me dit-on jamais rien ?! Est-ce que Gran est au courant ?

— A voir votre tête, je crois comprendre que vous n'étiez pas au courant pour la morsure. Il est vrai que ce genre d'information a tendance à demeurer secrète pour les non-initiés.

Au risque de passer pour une imbécile inculte, je prends le risque de la sincérité.

— Je ne savais pas qu'il était possible de devenir Faoladh, je croyais qu'il n'existait que des loups de naissance.

— Seul le *Seann* peut offrir la morsure, m'explique-t-il. Pour y survivre, nous devons avoir, au sein de notre arbre généalogique, une ascendance Faoladh, même éloignée. Et encore, cela ne garantit en rien que la transformation se passera correctement. Tous les employés humains du Maître ont du sang Faoladh qui coule dans leurs veines; jamais le Maître n'engagerait de simples humains.

En voilà un qui ne se prend pas pour de la crotte !

— Je pensais que les enfants issus d'une liaison entre un Faoladh et un humain ne survivaient pas.

— C'est le cas, la plupart du temps. Seuls les plus forts survivent.

— Pourquoi désirer la morsure alors que vous pourriez y laisser la vie ?

— Nous avons chacun nos raisons, répond-il en se tournant vers la vitre.

La discussion est close et l'émissaire ne prononce plus aucun mot jusqu'à notre arrivée à l'aéroport.

— Où allons-nous ? demandé-je en pénétrant dans l'aéroport bondé.

Je ne suis pas très emballée à l'idée de prendre l'avion, encore moins quand je sais ma louve si nerveuse. Même après plusieurs vols, la peur de me retrouver à bord de l'une de ces boîtes de conserve volantes ne m'enchante guère.

— En Australie, dans la région du Queensland. Le *Seann* possède plusieurs résidences un peu partout dans le monde, mais il a choisi celle-ci pour la *Rogha* car c'est la plus isolée de toutes.

Vingt heures de vol ! Sans anxiolytiques et sans Jess ou Jo pour me rassurer ?! Je vais mourir ! J'ai besoin de me laver les mains… tout de suite !

Malgré la mine contrariée de Mister Matrix, je file aux toilettes et me lave trois fois les mains. Bon sang, comment vais-je faire pour tenir ? Satisfaire mes compulsions ne parvient pas à m'apaiser et j'éclate en sanglots face au miroir.

— Vous allez bien, mademoiselle ?

Une jeune femme d'une vingtaine d'années vient de pénétrer dans les toilettes et pose sur moi un regard compatissant. Elle me tend un mouchoir et patiente auprès de moi, sans rien dire.

— Merci, reniflé-je bruyamment. Juste une petite crise d'angoisse. J'ai oublié mes cachets à la maison et je stresse à l'idée de prendre l'avion.

— Si ce n'est que cela, je peux vous dépanner. J'éprouve moi-même une peur panique dès que je pose le pied dans un aéroport.

La jeune femme me tend une plaquette de Lexomil[45].

— Prenez, mais faites attention à ne pas en abuser, c'est assez fort.

---

45 Anxiolytique

— Vous n'imaginez pas à quel point votre geste compte pour moi. Combien je vous dois ?

— Rien, disons que vous êtes ma bonne action du jour. Je mets le karma de mon côté en prévision du vol.

Je remercie encore une fois ma sauveuse. Il existe donc toujours en ce monde des personnes gentilles et désintéressées. Je me dis que, tout compte fait, je ne suis peut-être pas si malchanceuse que cela. Quelle était la probabilité de tomber, dans les toilettes, sur une personne aimable ayant des calmants sur elle ? Cette pensée me rebooste un peu.

J'envoie un message à Jess pour l'informer que je pars pour l'Australie et que mon téléphone sera éteint durant le vol. Il me répond dans la seconde, me disant de ne pas m'inquiéter.

— Vous êtes de retour parmi nous ? Ou bien comptez-vous nous chanter une énième chanson ? Je suis convaincu que les autres passagers désirent un rappel.

Oh non ! J'ai recommencé ! J'ai divagué à cause des médicaments ! John semble mi-agacé, mi-amusé.

— Je vous en prie, dites-moi que je n'ai fait que chanter !

— Soyez rassurée, vous êtes sagement restée assise à côté de moi. Mais vous chantiez dans votre sommeil. Permettez-moi de vous dire qu'aucune carrière de diva ne vous attend.

— Merci, vous êtes trop sympa, John ! Dans combien de temps arriverons-nous à destination ?

— Une dizaine d'heures. Comptez-vous reprendre l'une de vos gélules ?

— Non, je crois que je gère.

Je place les écouteurs sur mes oreilles et lance, sur l'écran de mon siège, un film du catalogue, mais je m'ennuie vite. Mon compagnon de voyage tapote sur le clavier de son ordinateur portable. En y regardant de plus près, je constate qu'il rédige son rapport concernant la cérémonie de la Lune Bleue.

— Dites-moi, êtes-vous en droit de m'expliquer ce qui m'attend durant les jours à venir ? l'interrogé-je.

— Je peux vous dire ce que je sais, répond-il en refermant son ordinateur. La cérémonie de la *Rogha* aura lieu le trente janvier, quatre jours après la prochaine pleine lune. En attendant, vous serez logée à la résidence avec les autres candidats. On vous y préparera à assurer la fonction de Chef de toutes les meutes.

— Combien y a-t-il de candidats cette année ?

— Vous êtes trois. Nous espérons que notre nouveau *Seann* se trouve parmi vous. Le Maître se fait vieux et éprouve l'envie de passer la main.

— Où ira-t-il s'il est détrôné ?

— Il pourra réintégrer sa meute d'origine ou en choisir une autre.

— Conservera-t-il ses pouvoirs ?

— Bien sûr, impossible de revenir en arrière.

Je ne cesse de m'interroger. Comment le *Seann* obtient-il des pouvoirs supplémentaires ? Ok, je suis une fille qui se transforme en louve les soirs de pleine lune… Ok, je possède une marque bizarre qui scintille… Ok, les anges et les enchanteresses existent… Mais comment une personne peut-elle booster ses capacités à ce point ? Y-a-t-il un rituel spécial ? Une potion magique ?

John étant à nouveau en train de compléter son rapport, je suppose qu'il m'a appris tout ce qu'il savait sur le sujet ou que j'ai buggé suffisamment longtemps pour qu'il pense la conversation terminée. Nous sommes donc trois à avoir été choisis. C'est tout bon pour moi… cela diminue les probabilités que je sois élue *Seann.* Je m'arrangerai avec les deux autres pour leur laisser la place. Ils en seront certainement ravis. Je me demande si Cahal a été informé de l'issue de la cérémonie d'hier soir. Si oui, sera-t-il présent à la *Rogha* ? Connaissant le bonhomme, il est sans doute déjà en route pour l'Australie, dût-il s'y rendre à la nage ! Comment fait-il pour toujours avoir une longueur d'avance sur nous ? Après tout, qu'il vienne ! Je serai ravie de croiser son regard au moment où je laisserai ma place à un autre. Dans tes dents, cher papa !

Une charmante hôtesse de l'air circule dans l'allée centrale. Elle vend de quoi se restaurer, mais également des livres de mots croisés et des romans. Je me laisse tenter par un bouquin[46] à la couverture intrigante : une pierre précieuse qui me rappelle le regard de celui que j'aime.

---

[46] Référence à Lux, Tome 1 : Obsidienne, Jennifer L. Armentrout

Chapitre 28

Prise dans l'histoire de Kat et Daemon[47], je ne vois pas le temps passer et me surprends à regretter que le vol touche déjà à sa fin. Je me promets de terminer ce premier tome dès ce soir et de demander à mon.. euh… valet de commander les tomes suivants. Cela m'occupera durant mon séjour en Australie.

Je parviens à quitter l'appareil sans avoir muté lors de l'atterrissage, ce qui est un véritable exploit, le pilote ayant pris un malin plaisir à s'y reprendre à deux fois, la piste n'étant soi-disant pas dégagée ! Les jambes tremblantes et le cœur au bord des lèvres, je suis Mister Matrix jusqu'à la sortie où l'un de mes congénères nous attend.

---

47 Personnages de la saga Lux - Jennifer L. Armentrout

— Ma mission s'arrête ici, m'annonce John. Je vous présente Jayden, votre valet. Il se chargera de vous et de votre sécurité. Prenez garde, Mademoiselle Lynch. Le rang de *Seann* est envié de beaucoup. Ne quittez jamais la résidence sans Jayden. Au plaisir de vous servir un jour.

Sur ces mots, Mister Matrix s'engouffre à nouveau dans l'aéroport et me laisse aux bons soins de mon valet. Le prénommé Jayden est un guerrier confirmé, cela se voit de suite. Il doit mesurer dans les un mètre quatre-vingt-dix. Sa carrure est impressionnante et il possède encore plus de tatouages que Jess !

Lorsque je m'approche de lui et lui tends la main, il la regarde d'un air dégoûté et se contente de me saluer d'un hochement de tête.

— Soyez la bienvenue, Ella. Vous ne m'en voudrez pas de faire l'impasse sur la poignée de main; il n'y a pas meilleur moyen pour se choper une gastro ou une grippe.

Hummm… Jayden est-il simplement hypocondriaque ou bien souffre-t-il du même handicap que moi ?

— Aucun problème. J'avoue que je ne dirais pas non à une douche. Vingt heures dans un avion après avoir muté en pleine forêt, je ne peux pas dire que je me sens aussi fraîche que la rosée du matin.

Jayden sourit et de jolies fossettes se creusent sur ses joues. Il m'invite à le suivre jusqu'à un véhicule tout-terrain dans lequel il m'aide à monter. Quand il s'installe derrière le volant, mes soupçons se confirment. Mon valet vérifie trois fois que sa ceinture est bien bouclée avant de toucher trois fois le pommeau de vitesse. Génial ! Un copain de tocs !

— Le *Seann* possède quatre propriétés en Australie. Pour plus de sécurité, nous avons choisi la maison la plus isolée. Elle se trouve du côté de Daintree, le long de la Daintree River. Après toutes ces années sans élus, nous craignons des attaques. Mieux vaut prendre un maximum de précautions.

Daintree… La rivière machin-chose… Il pourrait aussi bien me parler une langue étrangère. Mes notions en géographie sont plus que limitées. Si je suis capable de reconnaitre une plante à l'aspect de ses feuilles ou à son odeur, je suis incapable de replacer l'Australie sur une carte muette du Monde. On ne peut pas être bon dans tous les domaines !

Alors que nous approchons de notre destination finale, je prends enfin le temps d'informer Jess que je suis arrivée à bon port, mais je ne parviens pas à capter le réseau.

— Je peux emprunter votre téléphone ? Le mien ne parvient pas à se connecter.

— Dans le coin, il n'y a que les téléphones-satellites qui captent un signal. Il y en a un à la résidence, à utiliser en cas d'urgence. On fonctionne à l'ancienne ici : du bon vieux courrier écrit à la main.

Génial… Me voilà coupée du monde… revenue à l'âge de pierre. J'espère qu'ils ont un abonnement à un fournisseur de vidéos à la demande ou je vais devenir dingue !

Lorsque l'on me parlait de résidence, j'imaginais une jolie villa avec piscine chauffée. S'il y en a une, elle est bien camouflée derrière le mur d'enceinte de trois mètres de haut et les fils barbelés. Nous filons droit sur un immense portail qui s'ouvre pour nous laisser passer. Dans notre véhicule tout-terrain, j'ai l'impression de passer la porte de Jurassic Park[48] !

— J'ai dépensé sans compter, murmuré-je.

— Vous n'êtes pas la première à la faire, celle-là ! sourit Jayden en me gratifiant d'une tape amicale plutôt musclée sur la cuisse.

Je ne parviens plus à parler, je suis ébahie par ce que nous trouvons derrière le portail. Le seul mot qui me vient est : "oasis". A l'extérieur, la végétation était luxuriante, même un peu trop. A l'intérieur, rien de comparable. Le jardinier a réalisé un travail de dingue ! Des arbres fruitiers et des fleurs de toutes les couleurs encadrent une gigantesque maison en bois surélevée, construite sur deux étages. Le rez-de-chaussée est vitré dans sa plus grande partie et, sans même avoir pénétré à l'intérieur, je peux déjà affirmer que l'ensemble a été décoré avec goût.

— C'est ici que vous allez passer le mois à venir. Vos émissaires vous rejoindront la semaine prochaine. Vous voyez l'annexe ? demande-t-il en m'indiquant un second bâtiment, un peu moins imposant que le premier, c'est là que je logerai avec les deux autres valets et l'équipe chargée de la sécurité des lieux.

48 Film de Steven Spielberg, 1993

Jayden arrête la voiture le long d'un enclos où quatre vaches broutent tranquillement. D'un pas décidé, il me guide à l'intérieur de la maison. Apparemment, nous sommes les premiers à arriver.

— Soyez la bienvenue, Miss Lynch, m'accueille une dame rondelette. Je suis Rose, la gouvernante. Voici votre talkie-walkie, il n'y a que cela qui fonctionne ici. Je vous ai noté les fréquences auxquelles vous pouvez nous contacter, Jayden, la garde et moi.

— Rose va vous montrer votre chambre. Si vous en avez l'occasion, dressez la liste des choses dont vous pourriez avoir besoin. Je repasserai tout à l'heure.

Jayden m'offre une révérence digne d'un film hollywoodien avant de quitter les lieux. La gouvernante me propose alors un rapide tour du propriétaire avant de me conduire à ma chambre. Je lui demande tout d'abord de m'indiquer la salle de bain. Comme à chaque fois que je pénètre dans un endroit nouveau, j'ai besoin de satisfaire mon toc.

La maison est encore plus spacieuse une fois à l'intérieur. Le rez-de-chaussée comprend une salle d'eau, deux immenses salons, une salle à manger pouvant accueillir au moins vingt personnes, la cuisine, ainsi que deux bureaux fermés à clé. A l'étage, huit chambres dignes des plus grands hôtels sont réparties de part en part d'un hall de nuit.

— Chaque chambre comprend sa propre salle de bain, m'informe Rose en ouvrant la porte de la seconde chambre, celle qui m'est réservée. Votre dressing contient plusieurs tenues qui devraient vous convenir. Nous nous sommes basés sur les mensurations mentionnées dans votre dossier.

— Mon dossier ? Et qui donc vous a fourni mes mensurations ? m'emporté-je quelque peu.

— Votre dossier médical, ma chère. Désolée de vous l'apprendre, mais il n'existe aucune confidentialité lorsque la demande émane du *Seann*.

J'espère qu'ils se sont basés sur les mesures de ma dernière visite médicale et pas sur celles que j'inscris à chaque consultation chez Doc. Vu que je ne manque jamais de m'enlever quelques kilos, je risque d'être légèrement boudinée dans mes pantalons.

— Je vous laisse vous installer. Les autres ne devraient plus tarder.

— Rose ! l'interpelé-je avant qu'elle ne disparaisse dans l'escalier. Puis-je utiliser le téléphone-satellite pour prévenir mes amis que je vais bien ?

— Désolée, Mademoiselle. Le téléphone se trouve dans l'annexe réservée à la sécurité. Mais je suis certaine que Jayden ne manquera pas de rassurer votre Alpha au plus vite.

Même si tout est splendide ici, je me sens prisonnière. Deux périodes de captivité en moins d'un an, je vais rendre jaloux les plus grands criminels du pays. Je pense à mes amis et à ma famille, ça doit les rendre dingues de ne pas pouvoir me contacter. Eux aussi ont dû surmonter le traumatisme lié à mon enlèvement, et les voilà de nouveau sans nouvelles de moi.

J'entends des pas dans le hall de nuit, mais je décide de reporter les présentations à plus tard. Je préfère laisser à chacun le temps de s'accoutumer à l'endroit. Après tout, même s'ils doivent certainement désirer prendre la place du Chef de toutes les meutes, il ne doit pas être facile pour eux non plus d'avoir dû quitter les leurs si rapidement. En attendant que sonne l'heure de rencontrer les autres élus - cela me fait toujours bizarre d'utiliser ce mot - je m'installe sur le lit avec mon bouquin.

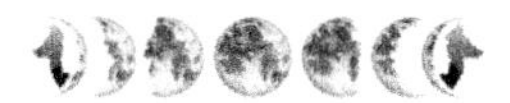

Je sursaute lorsque mon talkie-walkie se met à grésiller. La voix de Rose, du moins je le suppose, nous invite à la rejoindre dans la salle à manger pour le dîner. Chose rare, je n'ai pas faim. Cela doit être dû au décalage horaire de neuf heures entre l'Australie et l'Irlande.

Je passe la tête dans le couloir et constate que les deux autres candidats se trouvent déjà dans l'escalier. Je me hâte d'enfiler une paire de baskets et de les rejoindre à la salle à manger.

Debout à l'entrée de la pièce, Rose se charge de nous installer. Elle me place entre mes deux compagnons de fortune, face à Jayden, lui-même entouré de deux montagnes de muscles.

A ma droite, le jeune homme semble plutôt à l'aise. A ma gauche, je parviens à peine à distinguer les traits de la jeune femme. Si elle le pouvait, elle rentrerait sa tête dans son corps, telle une tortue qui se sent menacée.

— Soyez les bienvenus à la demeure du Maître, s'exclame une Rose souriante. Vous allez tous cohabiter ici durant le mois à venir et je suis là pour que votre séjour soit le plus agréable possible. Vos valets, ici présents, poursuit-elle en indiquant les trois colosses d'un geste de la main, vous serviront de Protecteurs. Ils auront également la charge de vous fournir ce dont vous aurez besoin. Curtis, notre Guide, nous rejoindra pour le dessert. Avant de débuter notre repas, je propose que chaque candidat se présente brièvement aux autres afin de briser la glace.

Génial, un tour de table. Je détestais déjà cela à l'école. Mes étudiants sont d'ailleurs toujours ravis d'apprendre que je leur épargne cette épreuve lors du premier cours.

Heureusement pour moi, je ne suis pas la première à me présenter. Ce privilège revient à ma timide voisine.

— Miss Lin, je vous laisse la parole.

Tremblante, la jeune femme se lève. Les épaules voutées, la tête basse, elle n'ose regarder que son valet.

— Je m'appelle Hideko Lin, murmure-t-elle de sa voix fluette. Je fais partie de la meute de Qingdao, en Chine. Je suis institutrice maternelle.

Hideko est plutôt petite et de constitution mince. Elle a de longs cheveux raides, couleur noir de jais, et les yeux marron. Ses traits sont doux et fins. Je sais qu'il ne faut pas se fier aux apparences, mais elle ne me paraît pas taillée pour le job. Cela n'arrange pas mes affaires, mon but étant d'être éliminée la première et de les laisser, elle et mon voisin de droite, se disputer la couronne.

Quand Hideko se rassoit, aussi rapidement que son corps le lui permet, Rose me fait signe de prendre la parole à mon tour. Comme la timide asiatique l'a fait avant moi, je me lève. Mais contrairement à elle, je prends le temps de planter mon regard dans celui de chaque convive présent autour de la table. Mon côté humain me dit que ce n'est pas une bonne idée de me montrer forte alors que je souhaite me coucher au combat, mais ma louve désire faire comprendre à ses adversaires qu'elle est loin d'être faible. Après tout, je ne connais pas ces gens. S'il prend l'envie à l'un d'entre eux de m'éliminer avant la *Rogha*, je préfère leur montrer que la tâche sera ardue. Je veux me coucher face à mon adversaire, pas mourir poignardée dans mon lit.

— Bonjour à tous, je m'appelle Ella… Ella Lynch. J'ai le privilège d'être la scribe de la meute de Madadh, en Irlande. Je suis également professeure au Trinity College.

Mon voisin n'attend même pas que mes fesses aient regagné leur siège. Il se lève, m'adresse un clin d'œil amusé, et se présente en ne me quittant pas des yeux.

— Riley Pedersen. Ancien membre de la meute d'Austin, Texas, j'ai rejoint il y a peu la meute de Boston. Il faut croire que la Lune Bleue aime les enseignants car je suis également prof… Prof de sport exactement, au lycée international.

Riley fait donc partie de l'ancienne meute de Johan, celle avec laquelle je partais courir les soirs de pleine lune, celle qui m'avait adoptée ces dernières années. Son arrivée doit être récente car je n'ai jamais eu l'occasion de faire sa connaissance. Par contre, vu les regards qu'il me lance, il doit avoir déjà entendu parler de moi. Peut-être connaît-il Logan ? Ashley ? Dans les deux cas, si ce sont eux qui lui ont parlé de moi, il ne doit pas me tenir en haute estime.

Riley, contrairement à Hideko, a clairement le physique de l'emploi. Il doit approcher le mètre quatre-vingt-quinze et son tee-shirt moulant laisse deviner des abdominaux en béton armé. Il faut avouer qu'il est plutôt beau gosse avec sa peau couleur chocolat et ses beaux yeux hazel à dominante marron. Rasé de près, les cheveux courts, il doit avoir un succès fou. Il semble être un candidat sérieux.

— Bien… Bien… Passons au repas, propose la gouvernante. Je vous ai concocté une tourte à la viande et au vin rouge, vous m'en direz des nouvelles !

Chapitre 29

Rose est une cuisinière douée; le repas est délicieux. Riley et moi conversons avec nos valets de nos besoins respectifs, mais Hideko demeure muette. Jayden prend note de mes désidératas. Il me rassure également en m'informant qu'il est parvenu à contacter Kaylan et qu'il l'a informé de nos problèmes de réseau. Au moins, Jess ne se fera pas des films à propos de mon silence.

Une fois nos assiettes vides, je me lève afin d'aider Rose à débarrasser la table. Elle insiste pour le faire seule, mais je m'obstine; Gran ne m'a pas élevée à garder les pieds sous la table. Tandis que je remplis le lave-vaisselle, j'entends la porte d'entrée claquer. Rose me paraît soudain tendue.

— Le Guide est arrivé, m'informe-t-elle. Venez, ma chère. Il n'est pas bon de faire attendre ce cher Curtis.

La gouvernante me pousse presque jusqu'à ma chaise. Elle souhaite sans doute vouloir cacher au dénommé Curtis le coup de main que je lui ai donné. Je regagne ma place au moment où le nouveau venu fait son entrée dans la pièce. Comme un seul homme, les trois valets se lèvent et se mettent au garde-à-vous. Riley en fait autant et me pince le bras pour m'indiquer que je dois suivre le mouvement.

— C'est le bras droit du *Seann*, glisse-t-il à mon oreille. Et c'est loin d'être un marrant.

Je suis surprise que Riley me donne un conseil. Nous sommes censés nous affronter pour le poste, pas nous entraider. Il devrait me laisser me faire réprimander.

Je tapote à mon tour l'épaule d'Hideko. La pauvre fille a l'air totalement déconnectée. Elle tourne vers moi de grands yeux étonnés avant de se lever, comme un automate.

— Guide, s'incline Rose. Permettez-moi de vous présenter les élus. Voici Hideko, Ella et Riley.

Curtis, le Guide, n'accorde pas la moindre marque d'attention à la gouvernante. Il la snobe même carrément… Il s'avance et s'installe à table, à la place du maître de maison. Rose file en cuisine lui chercher un verre de vin avant de s'éclipser à nouveau.

Curtis a beau être un vieil homme, il se dégage de lui une aura puissante. Nous avons tout intérêt à ne pas nous le mettre à dos, cela ne fait aucun doute. Il me fait un peu penser à un pirate, avec ses longs cheveux blancs coiffés en catogan et la profonde cicatrice qui part de la commissure de ses lèvres et remonte jusqu'à son oreille. Cette marque, qui déforme ses traits, me rappelle le sourire du Joker[49]. La plaie devait être trop profonde pour que son loup puisse la guérir totalement.

— Pour ceux qui ne me connaissent pas, je me nomme Curtis, lance le nouvel arrivant. Je suis le conseiller de notre bien aimé Chef. Je suis également connu sous le titre de Guide, et c'est ainsi que vous m'appellerez.

Ça, c'est de la présentation qui en jette.

— Mon rôle est de vous former à prendre la suite de mon Maître et ami. Ainsi, si l'un de vous survit à la *Rogha*, il sera en mesure d'assurer la fonction de Chef de toutes les meutes.

Survit ? Comment ça, survit ? Je ne compte ni me battre, ni mourir.

— Excusez-moi, soufflé-je en levant la main comme une collégienne. Lorsque vous évoquez la survie, voulez-vous dire que seul le nouveau *Seann* s'en sortira vivant ?

Curtis m'adresse un regard torve qui transperce mon âme.

— Pas forcément, petite fille, crache-t-il. Il est possible de quitter l'arène vivant. Mais j'ose espérer que vous vous battrez jusqu'au bout afin de ne pas jeter le déshonneur sur votre famille !

J'ai envie de lui répondre que, vu le passif de ma famille, je me fiche comme de ma première chaussette d'ajouter un soupçon de déshonneur à l'arbre généalogique, mais je me contente de hocher la tête et de détourner le regard. Cet homme provoque en moi une

---

49 Personnage issu de la saga Batman

sensation intense de malaise. Sa voix glisse sur ma peau tel du venin de serpent.

— Guide, l'interpelle Riley, détournant ainsi l'attention sur lui. Nous sommes tous impatients de connaître le programme des jours à venir. Pourriez-vous nous éclairer ?

Pas besoin d'être Prix Nobel pour prédire que Riley sera le petit chouchou du prof. Curtis, après l'avoir observé de haut en bas, le gratifie d'un sourire appréciateur qui fait trembler sa cicatrice, ce qui lui donne un air encore plus féroce.

— J'aime cette mentalité de gagnant, mon garçon ! Chaque après-midi, je viendrai vous voir pour vous aider à vous perfectionner. Vous apprendrez, à mes côtés, les dessous de la politique Faoladh. Il y aura également des évaluations hebdomadaires de vos aptitudes au combat; un Chef doit être capable de se battre, ajoute-t-il en se tournant vers Hideko. Les faibles n'ont pas leur place ici.

Ma voisine se renferme encore plus sur elle-même. Si elle le pouvait, elle disparaîtrait sous les lames du plancher.

— Je m'interroge également à propos de la *Rogha*, poursuit Riley.

Le regard du vieil homme s'illumine.

— La *Rogha* est une grande fête ! Tous les Alphas se réunissent autour de l'arène. Vos familles seront présentes, elles aussi. Vous combattrez alors pour prouver votre valeur. Le dernier debout, s'il y en a un, prendra la place du *Seann* et recevra le don sacré !

Tous réunis pour voir quelqu'un mourir… Il faudrait qu'il revoie sa notion d'un jour de fête ! En voilà un qui ne devait pas avoir beaucoup de camarades présents à ses fêtes d'anniversaire ! Curtis aurait sans doute apprécié vivre à l'époque des exécutions publiques.

— Guide, souffle Rose discrètement. Votre chauffeur vous attend.

— Je vous laisse à votre repas ! J'étais simplement passé vous saluer. Je suis attendu autre part. Nous nous reverrons dans deux jours. Avec un peu d'avance, je vous souhaite à tous une belle année ! Puisse-t-elle être synonyme de vigueur au combat et de renouveau !

Après avoir dégusté la tarte aux abricots préparée par Rose, nous regagnons nos chambres respectives. Nous souffrons tous du décalage horaire et avons un grand besoin de sommeil. Cependant, une fois allongée, impossible d'empêcher mon cerveau de cogiter.

Tout d'abord, je me repasse le scénario de la soirée. Hideko n'a pas l'air d'avoir plus envie que moi de se trouver ici. Mais, qui sait, peut-être est-ce une manière de cacher ses véritables capacités ? De feindre la faiblesse pour détourner notre attention de sa personne ? En boxe, c'est une tactique souvent utilisée pour déstabiliser l'adversaire. J'ai déjà eu l'occasion d'affronter des filles qui n'avaient l'air de rien et qui, finalement, étaient pourvues d'une puissance impressionnante.

L'attitude de Riley me pose également question… Au contraire d'Hideko, il semble tout à fait à l'aise dans cette situation. Mais, s'il souhaite devenir le *Seann*, pourquoi m'avoir rendu service tout à l'heure ? Pourquoi se montrer sympathique envers moi ? Il aurait été dans son intérêt de me laisser commettre un impair face au Guide...

Je n'ai qu'une envie : parler à Jess. S'il était présent, il m'aiderait à analyser la situation. Un mois loin de lui… J'espère que, lorsque Ray me rejoindra en tant qu'émissaire de la meute, il aura trouvé un moyen de garder le contact avec Madadh.

J'éteins la lumière et ferme les yeux. Merde… J'ai oublié de vérifier la fermeture des fenêtres. Je lutte un moment contre moi-même en tentant de compter les moutons, mais impossible de penser à autre chose qu'à cette fichue fenêtre ! Ce n'est pas le moment rêvé pour tenter le sort en n'écoutant pas cette petite voix dans ma tête, porte-parole de mes tocs ! En râlant, je sors du lit et satisfais ma compulsion.

— Quoi de prévu aujourd'hui, jolie Rose ? minaude Riley en plantant sa fourchette dans une saucisse juteuse.

La gouvernante, qui nous a préparé un petit déjeuner de champions, rougit. Riley sait jouer de ses charmes et Rose, même si elle pourrait être sa grand-mère, se laisse séduire.

— Vos valets ont gagné la ville afin de se procurer ce dont vous avez besoin, et le Guide ne reviendra que demain soir. Profitez de cette journée de repos pour faire connaissance les uns avec les autres, suggère-t-elle en posant sa main sur l'épaule du bel afro-américain.

Ce dernier nous propose de partir à la découverte du complexe. J'accepte, heureuse de sortir prendre l'air. Hideko se montre hésitante mais nous insistons, curieux d'en apprendre plus sur elle. La jeune femme finit par se laisse convaincre.

Alors que nous nous apprêtons à pousser la porte, Rose nous met en garde. Elle nous informe que les murs qui entourent la propriété sont électrifiés et que des gardes sont placés aux quatre coins du domaine. En gros, elle nous rappelle gentiment qu'il serait inutile de tenter de quitter les lieux sans autorisation.

Quand on parvient à occulter les énormes murs de béton couverts de fils barbelés, il faut avouer que l'endroit est paradisiaque. Et l'avantage d'être entourés de murs, c'est que cela limite fortement les invasions de bestioles indésirables, et Dieu sait qu'il y en a sur ce continent ! Araignées disproportionnées, crocodiles, dingos, serpents venimeux… Trop d'animaux peuvent vous éliminer en moins de dix minutes par ici. Si je suis amatrice de boxe, je n'ai aucune envie de pratiquer la chose avec un kangourou géant !

— C'est agaçant, non ? grommelle Riley.

— Quoi donc ?

— Hideko… Elle reste six mètres derrière nous. Je trouve ça franchement désagréable !

Perdue dans la contemplation du travail effectué par les paysagistes du domaine, j'avais presque oublié la présence de l'élue asiatique. Je me retourne et constate qu'en effet elle nous suit de loin, la tête baissée vers le sol. A-t-elle peur de nous ?

— Elle doit avoir compris que tu nous entraînes dans un coin sombre pour nous assassiner, plaisanté-je. Elle se tient prête à fuir.

— De nous trois, elle est celle qui répond le plus aux critères de la parfaite psychopathe. Observatrice, silencieuse, asociale,... Elle est peut-être en train de mettre un plan en place pour se débarrasser de nous.

Marcher en regardant derrière soi n'a jamais réussi à personne et je trébuche sur une branche tombée au sol. Riley éclate de rire lorsque je m'étale au sol.

— Tu vois, se moque-t-il, son premier piège a eu raison de toi !

Plutôt que de m'aider à me relever, Riley s'assoit à côté de moi. Hideko hésite un instant avant de nous rejoindre et de s'agenouiller, à distance raisonnable de nous. Riley et moi prenons le parti d'agir comme si elle n'était pas là et de la laisser venir à nous à son rythme.

— Quand as-tu rejoint la meute de Boston ? interrogé-je mon compagnon.

— Tu vas te dire que je suis un cliché vivant, mais j'ai quitté le Texas après une séparation, il y a un peu plus de deux mois. Mon mec m'a quitté et j'avais envie d'une nouvelle vie. J'ai envoyé des demandes d'adhésion à plusieurs meutes du pays, et c'est Boston qui m'a semblé être la meilleure option pour moi.

— Tu es gay ? m'étonné-je à haute voix. J'aurais juré le contraire !

Riley s'esclaffe. Au moins, je ne l'ai pas vexé. Je dois arrêter de fréquenter Jim, sa spontanéité doit être contagieuse.

— Désolée, m'excusé-je. Je n'aurais pas dû dire ça. Mais, j'ai eu l'impression que tu me draguais tout à l'heure et tu as joué de tes charmes auprès de Rose. Enfin, tu vois, je…

— Ne t'inquiète pas, je préfère une remarque maladroite à des commérages discrets. En fait, je ne suis pas gay à proprement parler. En fait, je suis pansexuel.

— Pansexu-quoi ?

— Je ne fais pas de différences entre les sexes et les genres. J'aime la personne, et tu me sembles être une très chouette personne, dit-il en haussant les sourcils de manière suggestive.

— Une très chouette personne casée, précisé-je.

Dans la bonne humeur, nous nous racontons nos vies. Nous parlons surtout du métier d'enseignant et partageons les meilleures anecdotes vécues avec nos élèves. Hideko, si elle ne participe toujours pas à la conversation, ose enfin nous regarder du coin de l'œil. Je la surprends même à sourire à plusieurs reprises.

— Sois honnête. T'a-t-on parlé de moi à Boston ?

— J'ai déjà entendu parler de toi, mais je ne savais pas que tu serais ici. Les Alphas n'échangent pas entre eux concernant les *marqués* qu'ils présentent à la Lune Bleue.

— Est-ce que je corresponds au portrait que l'on t'a dressé de moi ?

— Honnêtement, je ne sais pas grand-chose de toi. Ton nom a surtout été évoqué dans des conversations concernant Johan, le fils d'Erwin. Cependant, je suppose que si tu me poses la question, c'est qu'il y avait des dossiers croustillants, non ?

— Pas vraiment. Mais la séparation avec mon ex n'a pas été une partie de plaisir, et Ashley ne me porte pas dans son cœur.

— Qui est Ashley ?

— Une nouvelle arrivée chez vous. Grande… Rousse… Super belle… Super prétentieuse…

— Je n'ai pas eu le plaisir de croiser cette jeune femme, mais tu me vends du rêve ! C'est bizarre que je ne la connaisse pas; les nouveaux arrivants sont toujours présentés à la meute de manière officielle le soir de pleine lune suivant leur arrivée.

Ashley est plutôt du genre à se faire remarquer, elle n'aurait pas loupé une occasion de parader face à son nouveau public. C'est louche… A moins qu'elle ne soit pas encore arrivée à Boston ? Peut-être a-t-elle profité de son départ pour prendre quelques jours de vacances ? Et, qui sait, peut-être que Jo et moi avons fait fausse route et qu'elle a choisi une autre meute. Il en existe des dizaines aux Etats-Unis.

— J'ai hâte de voir les émissaires arriver, soupire Riley. Je trouve ça dur d'être coupé de toute source de communication avec la meute.

— Ils nous ont bien eus sur ce coup là. Pas de réseau, un téléphone satellite que nous ne pouvons pas utiliser… Je serai heureuse de voir débarquer mon frère. Ray est l'émissaire de Madadh. A moins que ce soit Cillian, son assistant, qui prenne sa place.

— Cool que tu puisses voir ton frère. Je ne sais pas lequel de nos trois émissaires ils choisiront de m'envoyer.

— Trois ? Il n'y avait que Jada quand j'ai quitté Boston.

— Elle prend sa retraite et a demandé à former son successeur. L'Alpha a nommé deux nouveaux émissaires pour prendre sa suite.

A presque soixante-quinze ans, je comprends que Jada souhaite passer le relais.

— Qui sont les heureux élus ?

— Il y a tout d'abord Oliver.

— Le chargé de communication de la meute ? Choix logique. Egocentrique mais efficace. Et le second ?

— Logan; il a déjà été choisi pour représenter le pays au Congrès des Alphas, paraît-il. Tu dois le connaître, il est de la famille d'Erwin si j'ai bien tout suivi.

— Oui, pesté-je. Je le connais.

Chapitre 30

— Ne vous a-t-on donc rien appris ? hurle le Guide.

En deux jours de formation avec Curtis, je l'ai entendu crier cette phrase une dizaine de fois. Le Guide n'a de cesse de déplorer notre manque de connaissances concernant les rouages politiques des meutes. En résumé, selon lui, nos Alphas respectifs sont des abrutis qui ne parviennent pas à doser les informations à distiller ou non au sein de la population. Toujours d'après ce cher Guide, les Alphas dissimulent à leurs clans les véritables pouvoirs du *Seann* par peur de perdre leur propre autorité.

Dans un sens, je me demande s'il a tort. Après tout, la seule chose que l'on nous dit à propos du *Seann* en tant que loups lambda est qu'il est le Chef de toutes les meutes. Jamais on ne nous explique qu'il est capable de *donner* la morsure ou encore de communiquer avec n'importe quelle meute par la voie de la pensée. Seul le cercle proche de l'Alpha est au courant des véritables capacités du Grand Maître.

Les premières leçons du Guide consistent à nous apprendre la hiérarchie Faoladh et les rôles de chacun. Moi qui pensais, lorsque j'étais enfant, que le *Seann* n'était qu'une simple figure d'autorité sans aucun pouvoir décisionnaire, je me trompais lourdement. Chef de toutes les meutes, maître des Alphas, sa parole ne peut être contestée par personne. Il détient l'autorité suprême.

Lorsque Curtis nous dresse la liste des pouvoirs obtenus par le *Seann* lors de la cérémonie du don sacré, Hideko lève timidement la main. C'est la première fois qu'elle demande la parole. D'ordinaire, elle se contente de répondre de la manière la plus brève possible aux questions qui lui sont posées.

— Ne restez pas la main levée comme une enfant de quatre ans ! crache Curtis. Posez votre question !

Ce gars-là n'a jamais dû obtenir le moindre diplôme pédagogique. Il pourrait écrire un bouquin sur l'art de brider et brimer ses étudiants en dix leçons.

— Gui…Guide, bafouille-t-elle, le *Seann* obtient-il ses pouvoirs de la lune ?

— Ne soyez pas stupide !

— Mais… La Lune Bleue nous a…

— Vous confondez tout ! s'emporte notre formateur. Je ne sais par quelle magie la lune parvient à influer nos mutations, ni pourquoi vos marques étincellent à la lune lorsque vous atteignez l'âge de vingt-cinq ans. Ce sont des phénomènes surnaturels inexpliqués comme il y en a tant d'autres. Le don sacré, c'est autre chose, et personne, excepté le *Seann* ou son représentant direct n'a le droit de révéler le déroulement de la cérémonie.

La pauvre Hideko se referme comme une huître, ce qui a le don d'énerver encore un peu plus le Guide.

— Vos babillages incessants m'ennuient ! Avant de mettre fin à notre séance du jour, j'ai envie de tester votre résistance. Rejoignez-moi dans dix minutes derrière l'annexe des valets, sous forme lupine ! Il est temps de me montrer ce dont vous êtes capables !

Curtis claque la porte de la résidence et se dirige vers l'endroit qu'il vient de nous indiquer.

— On ferait mieux de se bouger les fesses, lance Riley en déboutonnant sa chemise.

Hideko commence à se dévêtir, elle aussi. Timide mais pas pudique…

N'étant toujours pas une grande fan du strip-tease en public, je file tout droit dans ma chambre et procède à la mutation.

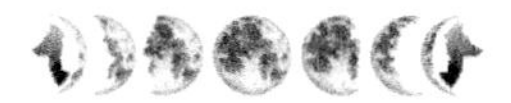

Avant que les dix minutes qu'il nous a accordées ne soient écoulées, nos trois loups se dressent face au Guide. Je m'étonne de constater que nos marques se situent à des endroits différents. La marque de la louve noire d'Hideko se situe sur sa poitrine tandis que le grand loup marron de Riley voit un Croissant de Lune blanc s'étaler sur sa cuisse. Je tente d'entrer en contact avec Riley par la pensée mais je ne trouve que du vide. Même si nous sommes liés par la Prophétie, nous ne faisons pas partie de la même meute.

Le Guide tourne autour de nous tel un vautour. J'ai l'impression de me trouver au marché aux bestiaux. Compte-t-il soulever nos babines afin de vérifier si notre dentition est saine ? Je retiens ma louve qui a une folle envie de lui grogner dessus. La pauvre est déjà assez frustrée de n'avoir pu profiter de la dernière pleine lune, il devient compliqué de maîtriser ses pulsions.

— Nous ferons avec, siffle le vieil homme entre ses dents. Je vais vous chronométrer sur ces épreuves; le but sera d'améliorer votre temps au fil des semaines. Nous commencerons par Riley.

Ce qu'il appelle une épreuve n'est rien de plus qu'un parcours d'agility comme on en trouve chez tous les dresseurs canins. Il nous prend pour des bichons maltais ou quoi ?

Après le passage du loup brun vient mon tour. Je décide de ne pas tout donner du premier coup. Ainsi, je suis certaine d'améliorer mon score la prochaine fois. Ray et moi adorions nous lancer des défis lorsque nous étions enfants. J'ai toujours été rapide et agile et je franchis les différents obstacles avec aisance. Je saute, je rampe, je glisse... Je feins de mal me réceptionner à la fin, histoire de ne pas paraître trop à l'aise. Le Guide ne m'adresse pas les mêmes félicitations qu'à Riley, mais il ne me rabaisse pas non plus; il se contente de noter mon temps sur une feuille.

Quand vient le tour de la louve noire, c'est une véritable catastrophe. Je n'ai jamais rencontré quelqu'un d'aussi gauche. Ne l'a-t-on jamais entraînée lorsqu'elle vivait au sein de sa meute ? Un chiot boiteux ferait mieux qu'elle ! Elle franchit les deux premiers obstacles tant bien que mal et j'en viens même à me demander si elle fait exprès d'être si lente. Toutefois, quand elle tombe du troisième obstacle et que sa patte se brise, je ravale ma théorie. Hideko est simplement faible.

Riley se précipite vers elle pour l'aider mais il est stoppé dans son élan par la voix puissante du Guide qui lui ordonne de ne pas intervenir. Notre formateur s'avance vers la louve noire dont les geignements de douleur me brisent le cœur. Il s'accroupit à ses côtés et, de ses mains, remet les os d'Hideko en place, avant de se relever et de cracher sur le sol, juste à côté du corps meurtri de la jeune femme.

— Sais-tu ce qu'est la sélection naturelle, pauvre chose ? Comment as-tu fait pour survivre jusqu'à aujourd'hui ? Tu déshonores ta famille et ta meute !

Sur ces mots, Curtis se dirige vers sa voiture et s'y installe en hélant son chauffeur qui s'empresse de prendre son poste.

Riley reprend forme humaine et soulève la louve noire dans ses bras. Elle s'est évanouie. Malgré le poids de celle-ci, il ne semble pas avoir de difficultés à la porter jusqu'à l'intérieur. De mon côté, je regarde le véhicule du Guide s'éloigner. Une pulsion m'ordonne de le poursuivre et de lui faire payer son manque d'humanité, et je dois lutter avec moi-même pour demeurer là, immobile.

— Elle va bien ?

— Elle était toujours inconsciente quand j'ai passé le relais à son valet. Il va s'occuper d'elle.

— Je trouve ça dingue que Curtis la traite de cette manière alors qu'elle deviendra peut-être bientôt sa supérieure !

— Il quittera son poste en même temps que le *Seann*, m'explique Riley. Le nouveau Chef choisira lui-même son bras droit. Curtis n'a donc plus rien à perdre.

Après le dîner, je monte voir Hideko qui n'a pas quitté sa chambre depuis le départ du Guide. J'ai demandé à Rose de préparer un plateau à son intention.

Je la trouve seule, assise sur son lit. Elle me fait signe d'entrer; son visage est livide et ses yeux cernés de noir.

— Tu vas mieux ? Ton bras ?

— Il a raison, chuchote-t-elle. Je déshonore ma lignée. Ma survie n'est due qu'à une succession de coups de chance. Je ne devrais pas être ici.

— Ne te laisse pas déstabiliser. C'est son rôle de nous pousser dans nos retranchements. A toi de lui prouver qu'il a tort te concernant.

Hideko tend les mains pour se saisir du plateau et me remercie d'un hochement de tête silencieux. Elle a les larmes aux yeux. Moi qui ne suis pas tactile, j'ai envie de la serrer dans mes bras, mais je sens que ce geste serait déplacé. Après tout, nous ne nous connaissons pas vraiment. Ne voyant plus trop quoi dire face au mutisme dans lequel elle se renferme petit à petit, je quitte la pièce.

Au beau milieu de la nuit, je suis réveillée par un bruit sourd. Je jaillis du lit, pensant à une attaque. Je jette un regard circulaire autour de moi, m'attendant à trouver Cahal, une seringue à la main.

Quand je réalise que je suis bien seule et que le bruit vient de l'extérieur, je me précipite hors de ma chambre. Dans le hall de nuit, je retrouve Riley et Rose. La gouvernante est enveloppée dans un peignoir fuchsia à frous-frous, tandis que Riley n'est vêtu que d'un simple boxer qui le met particulièrement en valeur. Je me morigène mentalement pour avoir maté ses parfaites tablettes de chocolat de manière trop appuyée, mais une petite voix en moi me rappelle que ce n'est pas parce qu'on est au régime qu'il est interdit de regarder le menu.

— C'était quoi ce bruit ? demande Riley, détournant ainsi mon attention de son corps de Dieu grec.

Une ampoule s'allume dans ma tête comme dans ces dessins animés que je regardais étant enfant.

— Hideko ! m'exclamé-je.

Nous tentons d'appeler cette dernière à plusieurs reprises, mais elle ne vient pas nous ouvrir. Tandis que Rose appelle un responsable de la sécurité via son talkie-walkie, Riley décide d'enfoncer la porte. Cela pourrait presque sembler héroïque s'il n'était pas à moitié nu, ce qui donne un petit aspect ridicule et surréaliste à la scène.

Ce qui nous attend à l'intérieur de la pièce balaie le petit sourire qui s'était formé sur mes lèvres tandis que j'imaginais déjà donner à Riley un surnom ridicule du genre *slipman* ou *le sauveur tout nu*. J'ai envie de hurler mais aucun son ne sort de ma bouche. Hideko est morte; elle s'est pendue. Un humain aurait couru vers elle pour tenter de la décrocher, mais nous sommes des Faoladh et l'odeur de la mort nous percute aussi fort que l'image de la jeune asiatique qui se balance au bout d'une corde formée de ses draps, les yeux ouverts, la nuque brisée.

— Et il n'en resta plus que deux[50], murmure Riley en quittant la pièce. Viens, Ella, nous ne pouvons plus rien pour elle.

Le valet de la défunte Hideko se charge de vider sa chambre. Deux gardes de sécurité ont déjà emporté le corps. Quant à moi, je ne parviens pas à me rendormir. D'une certaine manière, je me sens responsable. Si j'avais insisté pour discuter avec elle… Si nous avions envisagé ensemble les options qui s'offraient à elle… Et si, et si, et si…

Riley, assis au salon avec moi, fixe le mur d'un air absent.

— L'honneur est une valeur essentielle dans les pays asiatiques, déclare-t-il d'une voix éteinte. Encore plus chez les Faoladh… Hideko n'aurait pas abandonné le combat et le *Seann* ne nous aurait pas permis de l'épargner. Elle aurait lutté jusqu'au bout, même en étant sûre d'y laisser la vie.

— Est-ce une raison suffisante pour se donner la mort ? Le suicide est-il une alternative raisonnable ?

— Les samouraïs mettaient fin à leurs jours lorsqu'ils se sentaient déshonorés. Sans doute a-t-elle voulu en faire autant.

Cela me révolte qu'une jeune femme, dans la force de l'âge, se sente obligée de quitter ce monde, simplement pour éviter d'être une tare pour sa famille ! Ses parents lui

---

[50] Référence au roman d'Agatha Christie, Ils étaient dix, 1940

en auraient-ils voulu si elle avait courbé l'échine face à plus fort qu'elle afin d'éviter une issue fatale ?

Je ne peux m'empêcher de penser à ma propre situation. Que diront mes proches lorsqu'ils me verront me coucher lors de la *Rogha* ? Seront-ils heureux que je survive ou déçus par cet acte de soumission ? Jess veut que je survive, Johan également. C'est suffisant pour moi. J'espère simplement que Gran et le reste de la meute ne me regarderont pas différemment après cela.

Riley s'est endormi dans le canapé et je peine à garder les yeux ouverts. La montée d'adrénaline ressentie à la découverte du corps retombe peu à peu, et la fatigue l'emporte sur la réflexion. Il n'est que quatre heures et il me reste quelques heures de sommeil à grappiller. En haut des marches qui mènent à l'étage, je marque un arrêt. Tout est redevenu silencieux. La porte de la chambre d'Hideko est ouverte et je ne peux m'empêcher de jeter un œil à l'intérieur. Ses effets personnels ont disparu, les draps ont été changés; tout laisse à penser qu'Hideko n'a jamais mis les pieds dans cette chambre, comme si elle n'avait jamais existé. Nous ne sommes finalement que peu de choses…

Allongée sur mon lit, je fixe le mur. Dans mon esprit, la phrase prononcée par Riley me hante. "*Et il n'en resta plus que deux*". Cette référence à la comptine présente dans ce roman d'Agatha Christie que j'aime tant tourne en boucle dans ma tête. Bientôt, il n'en restera plus qu'un…

Tourmentée par de sombres pensées, je finis par rejoindre les bras de Morphée.

Chapitre 31

Nous espérions que le suicide de notre homologue asiatique calmerait le Guide mais il n'en est rien, bien au contraire ! Loin de compatir ou de culpabiliser au sujet de la mort de son élève, notre formateur semble plutôt en colère. Curtis se montre de plus en plus exigeant envers Riley et moi-même. Je suis certaine qu'il est déçu. Ce vieux sadique aurait préféré voir Hideko mourir dans l'arène. Cela ne m'étonne guère qu'il soit un ami proche du *Seann.* Il montre la même appétence que lui concernant les mises à mort en public.

Je suis heureuse, au milieu de tout cela, d'avoir rencontré Riley. Il a toujours le mot pour rire et m'aide énormément à relativiser ce que nous vivons. Si j'étais tombée sur un énième connard, j'aurais déjà pété les plombs depuis plusieurs jours.

Riley et moi passons la majeure partie de notre temps libre ensemble. Il m'initie à la pratique du yoga, et moi, je lui apprends quelques rudiments de boxe. Tout cela dans une ambiance saine et bienveillante. Je sais qu'il me trouve à son goût - lui-même possède un physique plus qu'attrayant, il me faut bien l'admettre - mais Riley est un homme de valeur et il respecte ma relation avec Jess. Il n'existe aucune forme d'ambiguïté entre nous.

— C'est bon, je t'accorde la palme de la vie la plus bizarre ! s'esclaffe-t-il. Je ne peux pas concurrencer un enlèvement ! Finalement, elle n'est pas si mal ma petite routine !

Je viens de raconter à Riley une partie de mon histoire. Je ne le connais que depuis quelques jours, mais je me sens à l'aise avec lui. De toute manière, dans moins d'un mois, il deviendra le *Seann* et je retournerai à ma vie à Madadh.

— Après ce que tu viens de me dire, je suppose que tu n'as pas très envie que Logan serve d'émissaire à la meute ?

— Je n'en sais rien. D'un côté, je serais rassurée de voir arriver une tête connue. D'un autre, je n'ai pas envie qu'il se fasse des films ou, à l'inverse, qu'il se montre hostile envers moi. Il n'y aura plus jamais rien entre nous et je ne suis pas certaine qu'il ait intégré ce fait.

— Nous serons fixés demain. Pour ma part, je suis impatient de rencontrer ton frère ! Tu m'as tellement parlé de lui. De plus, s'il est aussi mignon que toi, sa visite ne pourra être qu'agréable.

— Ray est marié !

— Ma petite Ella… Un mec qui se dandinait sur du Christina Aguilera[51] en étant ado ne peut être totalement hétéro ! Mais, ajoute-t-il en levant les mains en signe de reddition, je jure de ne rien tenter. Les hommes mariés, ce n'est pas mon truc.

Cet après-midi, le Guide nous a annoncé que les émissaires arriveraient demain matin. Nous commencions à nous impatienter, le délai d'une semaine étant déjà dépassé depuis trois jours.

A cette première bonne nouvelle s'ajoute l'absence de Curtis durant les cinq prochains jours. Notre formateur a été appelé auprès du *Seann* afin de l'aider à organiser la *Rogha*. Bon débarras ! Le vieil homme réveille en moi des instincts meurtriers que je ne me connaissais pas. Non seulement il nous traite comme si nous étions les individus les plus stupides de la terre, mais il nous pousse à être de plus en plus agressifs lors des combats d'entraînements. Il ne nous autorise à nous arrêter de nous battre que lorsque l'un de nous se met à saigner.

Peu importe… La joie de revoir mon frère et d'avoir des nouvelles des miens balaie la haine que j'éprouve envers le vieil homme.

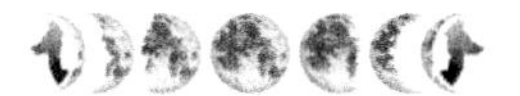

Je me lève aux aurores. Riley et Rose dorment encore à poings fermés; je les entends respirer profondément lorsque je me faufile dans le hall de nuit. Sans bruit, je sors de la maison après avoir enfilé une tenue de sport; une petite course à pied me fera du bien. Entre les entraînements au combat et les séances d'initiation avec

[51] Chanteuse américaine, née en 1980

Riley, mon envie de reprendre la boxe se fait de plus en plus présente. Quand toute cette histoire sera derrière moi, je me promets de m'inscrire dans un club !

Lorsque je rentre, apaisée et en sueur, Rose est aux fourneaux. Je file sous la douche, cette petite course matinale m'a laissée en nage. Depuis mon arrivée ici, j'ai laissé de côté le maquillage et le brushing; pas besoin de se pomponner quand on sait que l'on va se faire malmener à l'entraînement. Mais aujourd'hui, j'ai envie de me faire belle pour mon frère. Je prends donc le temps de me lisser les cheveux et d'appliquer un trait d'eye-liner sur mes paupières. N'ayant pas de séance avec Curtis aujourd'hui, je laisse tomber l'habituel jogging au profit d'un jeans et d'un chemisier turquoise. J'observe fièrement mon reflet dans le miroir. Cela me fait du bien de me sentir jolie.

— Waouh ! s'exclame Riley lorsqu'il me croise dans le hall de nuit. Bonjour charmante créature ! Qui êtes-vous et qu'avez-vous fait d'Ella ?

— Ne t'emballe pas mon coco ! Tout ça n'est pas pour toi ! plaisanté-je.

— Sans rire, tu es très belle ! Tu l'es toujours, mais j'ai plutôt l'habitude de te voir en tenue de sport, les cheveux collés sur le front par la transpiration.

— Très marrant !

— Mais tellement vrai !

Je tire la langue à Riley comme le ferait une gamine de trois ans et l'entraîne vers l'escalier. Je regrette un instant que Johan ne soit pas l'émissaire de Madadh. Riley et lui auraient formé un duo de choc. Ils partagent le même genre d'humour. Ce doit être pour cela que je me suis si rapidement attachée à mon nouvel ami.

Après avoir pris notre petit-déjeuner, nous nous asseyons sur les marches du perron, tels deux toutous impatients du retour de leur maître. Heureusement pour nous, l'attente est de courte durée. Un énorme véhicule tout-terrain blindé franchit le portail et s'arrête devant la maison. Le chauffeur - un humain, Mister Matrix peut-être ? - s'en extrait pour venir ouvrir la portière passager. La première personne à en sortir est Jayden, mon valet. Je trouve cela un peu bizarre mais je me dis qu'il a sans doute été chargé d'accueillir mon frère. Comme il fallait s'en douter, c'est Logan qui paraît en second devant nous avant de fermer la portière derrière lui. Quand je vois la voiture redémarrer dans un nuage de poussières, je ne comprends pas ce qu'il se passe.

Riley me lance un regard interrogateur avant de s'avancer vers Logan pour le saluer. Jayden, l'air embêté, s'approche de moi en se mordant l'intérieur de la joue.

— Où est mon frère ? grogné-je.

— Il y a eu un problème. J'en suis navré mais votre frère n'a pas reçu l'autorisation de vous rejoindre.

Riley et Logan, désormais à ma hauteur, suivent la conversation en silence.

— Pourquoi ? Logan est bien là, alors pourquoi pas mon frère ?

— Le Guide a émis des réserves quant à la venue d'un membre de votre famille. Il trouve que cela pourrait vous détourner de votre objectif.

Curtis a de la chance d'avoir quitté le pays. Si je l'avais eu, là, face à moi, à la place de Jayden, je ne sais pas ce que j'aurais pu faire à ce salaud ! Lui enlever les yeux à l'aide d'une petite cuillère me semble un scénario tout à fait acceptable !

— Pourquoi ne pas avoir envoyé Cillian, alors ? Le second émissaire ne fait pas partie de ma famille.

— Si j'ai bien compris, le second émissaire a une liaison avec votre demi-sœur et vous a…fréquentée, il y a quelques années. Le Guide a donc écarté cette solution également. Cependant, votre Alpha a souhaité porter l'affaire à l'attention du *Seann*. Elle sera donc débattue au conseil demain soir. Si la demande de votre meute est acceptée, votre émissaire recevra l'autorisation de vous retrouver ici.

Génial ! Donc, même si Cillian reçoit l'accord du *Seann* et de son stupide meilleur copain pervers, il n'arrivera ici que dans trois jours ! Irritée au plus haut point, je tourne les talons et file dans ma chambre sans un regard pour Logan.

Une heure plus tard, ce dernier frappe à ma porte.

— Entre.

Je lève les yeux vers le nouvel arrivant et ne peux m'empêcher d'être troublée de me retrouver seule avec lui. Je crois que cela n'était plus arrivé depuis cette fameuse nuit de pleine lune au cours de laquelle je m'étais laissée aller avec lui à mes instincts primaires. Ce souvenir fait rosir mes joues. Je voudrais pouvoir dire que Logan m'est totalement indifférent, mais il reste un très bel homme et je ne peux effacer notre passé commun d'un claquement de doigt.

— Je voulais simplement m'assurer que tu allais bien. J'ai bien compris, par ton silence face à mes messages, que tu ne souhaitais plus entendre parler de moi, mais je me suis dit que tu aurais peut-être besoin de parler à un visage connu.

Je souris en me disant que, finalement, je n'aurais jamais autant discuté avec Logan que depuis notre séparation. Ce mec était un fantôme durant notre relation, et maintenant, il est partout !

— Ce n'est pas que je souhaite te rayer de ma vie, le rassuré-je. C'est juste que je ne veux pas que tu te fasses de fausses idées à propos de nous. Je suis avec Jess maintenant et…

— J'ai saisi, pas de problèmes, me coupe-t-il. Et si nous profitions de cette occasion qui nous est donnée pour tenter de redevenir amis ?

— Nous n'avons jamais été amis, Logan. Nous avons *sauté* cette étape.

— Raison de plus ! Il y a un début à tout ! Allez, viens ! dit-il en me prenant la main. Riley m'a prévu une petite balade à la découverte du domaine. Tu nous accompagnes !

Après tout, mieux vaut prendre l'air que de demeurer ici à pleurer sur mon sort en maudissant le Guide !

Assis sur l'herbe encore humide de rosée matinale, Riley, Logan et moi profitons du soleil. Il fait chaud à cette période de l'année en Australie. Je profite de ce moment de calme pour interroger Logan sur son nouveau rôle d'émissaire. Il nous explique que Jada était censée rejoindre Riley mais qu'il a dû la remplacer au pied levé après qu'elle se soit blessée gravement au cours de la dernière pleine lune. Elle aurait apparemment été attaquée par une bête sauvage.

— T'a-t-on fourni des informations concernant les jours à venir ? lui demande Riley.

— Pas vraiment non. Par contre, je peux vous dire que personne, excepté votre entourage proche, n'est au courant que vous faites partie des élus. Pour le reste de vos meutes, vous êtes en mission pour vos Alphas respectifs. Le *Seann* a insisté pour que la Prophétie ne soit connue que par un petit groupe de personnes. Pareil pour la *Rogha*. Vos Alphas ont dû établir une liste de dix personnes autorisées à faire le voyage. En dehors de ce cercle restreint, seuls les Alphas et émissaires des différentes meutes pourront être présents.

— Et comment vont-ils justifier le fait que, du jour au lendemain, l'un de nous prenne la place du *Seann* ?

— Aucune idée.

— Ce ne sera pas mon problème, confessé-je.

— Que veux-tu dire par là ? demande Riley en me scrutant de son regard hazel. Tu ne comptes par me faire le même coup qu'Hideko, rassure-moi !

— Non, ne t'inquiète pas. Je ne te l'ai pas encore dit, mais je pense pouvoir être honnête avec toi. Je ne compte pas me battre pour prendre la place du *Seann*, je ne veux pas de cette vie. Si tu es d'accord, nous pourrions donner le change quelques instants lors de l'affrontement, et ensuite, je t'offrirai ma gorge en signe de soumission.

— Tu ne peux pas faire cela ! s'emporte Logan.

Riley et moi nous tournons vers lui, interloqués. Logan semble se rendre compte que sa réaction est démesurée et il tente de modérer son propos.

— Je veux dire que ce ne serait pas correct, bégaye-t-il. Riley ne doit pas avoir envie de gagner de cette manière.

— Je suivrai ton plan, m'assure Riley en me tendant sa main pour que je la serre, signant symboliquement le pacte que nous venons d'établir. Je comprends que tu ne souhaites pas prendre la place du chef de toutes les meutes, et je n'ai, de mon côté, aucune envie que notre affrontement tourne au carnage. Nous sommes tous deux très forts et aucun de nous ne sortirait indemne du combat. Je t'apprécie et je ne souhaite pas que la *Rogha* se termine dans un bain de sang.

Je me sens soulagée. J'avais peur que Riley, dans un excès de fierté, refuse de me laisser me coucher si facilement. Mais, lui et moi sommes devenus amis au fil des jours et aucun de nous ne désire faire du mal à l'autre.

— Excusez-moi, lance Logan en se relevant. Je suis épuisé du voyage. Le décalage horaire, sans doute. Je vous retrouve ce soir au dîner.

— Pourquoi a-t-il réagi ainsi à ton avis ? m'interroge Riley tandis que nous regardons Logan s'éloigner en direction de la maison.

— Aucune idée. Peut-être a-t-il envie de me voir me faire tabasser ? ironisé-je.

— Perso, je suis rassuré. Primo, parce que je n'étais pas trop fan du principe de l'ultime survivant. Secundo, parce que je suis sûr que tu m'aurais botté les fesses avec tes techniques à la Joe Frazier[52] !

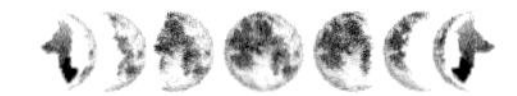

Après avoir passé la journée à profiter du soleil, nous rentrons sur ordre de notre gouvernante. Rose a préparé le dîner et elle bat le rappel via le talkie-walkie.

Ce soir, Jayden et Max, nos valets, se joignent à nous. Ce n'est pas tous les jours le cas. La plupart du temps, ils prennent leurs repas dans le bâtiment annexe avec l'équipe de surveillance, mais aujourd'hui, ils ont décidé de faire plus ample connaissance avec Logan. Voir la chaise destinée à mon frère restée libre me fend le cœur.

Logan a retrouvé le sourire. Il est au centre de la discussion, ce qui doit participer à rétablir sa bonne humeur. Logan aime parler de Logan.

A chaque fois que nos regards se croisent, il m'adresse un clin d'œil ou un sourire. Je ne suis pas tout à fait certaine qu'il ait compris que je n'étais plus intéressée. Le fait que je me sois offerte à lui alors que nous étions séparés ne doit pas l'aider à capter que j'ai définitivement

---

[52] (1944-2011) Champion de boxe américain

tourné la page… Saleté de pleine lune ! Saletés d'hormones en ébullition !

A la fin du dîner, lorsque Logan me propose de prendre un dernier verre avec lui sur la terrasse, j'y vois une opportunité de mettre, encore une fois, les points sur les i.

— Je m'excuse de ma réaction de tout à l'heure, débute-t-il. Je ne sais pas ce qui m'a pris.

— Tu es un loup. La proposition que j'ai faite à Riley ne va pas de pair avec l'orgueil exacerbé des membres de notre espèce.

— C'est sans doute cela. J'ai été con ! La seule chose que je souhaite, c'est que tu t'en sortes vivante. Le reste n'a aucune importance.

Un signal de danger se met à clignoter en rouge dans mon esprit quand Logan s'approche et me prend la main. Au risque de le vexer, je recule d'un pas.

— Que se passe-t-il, Logan ? Je ne te comprends pas. Pourquoi continuer à me courir après alors que tu sais que tout est fini ? J'ai quitté le pays. Je suis en couple avec un autre. J'ai débuté une nouvelle vie et je ne reviendrai pas en arrière. Tu as toujours eu beaucoup de succès avec les filles et je suis loin de correspondre à la vision que tu te fais de la femme parfaite. Pourquoi t'accrocher à moi alors que notre relation n'était qu'un vaste mensonge ?

Je prononce ma tirade sans une once de rancœur ou d'agressivité, ce dont je me félicite. Je pose simplement une question basée sur des faits.

— Tout le monde a le droit de changer, non ? Je te tenais pour acquise et c'était une énorme erreur. J'étais un gamin, mais j'ai mûri. Ne veux-tu pas entendre que j'ai réalisé que c'est toi que je veux ?

— Et Ashley dans tout ça ?

— La rouquine qui m'a sauté dessus au mariage de Jo ? Je voulais te rendre jalouse, voilà tout. J'ai passé la nuit avec elle et j'ai rejoint les autres à l'hôtel au petit matin. Je ne l'ai pas revue depuis.

Bizarre. Le mystère autour du départ d'Ashley s'épaissit. Où donc est-elle allée si elle n'a pas rejoint Boston ? Cela me tuerait de l'avouer à haute voix, mais je commence à m'inquiéter à son sujet.

— Peu importe. Je suis amoureuse de Jess. Il est trop tard.

— Je comprends, souffle-t-il.

— Je dois te demander de me faire une promesse, même si cela te coûte car tu es en colère contre moi.

— Je ne suis pas en colère. J'ai simplement besoin de temps pour digérer l'information et parvenir à t'oublier.

J'ai envie de lui rappeler qu'il m'oubliait plutôt rapidement quand il s'agissait de me tromper avec toutes les greluches des environs, mais ce n'est pas le moment de me le mettre à dos.

— Promets-moi de ne parler à personne du plan que j'ai proposé à Riley. Jure-moi de garder le secret.

— Je t'en fais la promesse.

— Merci, Logan. Tu as changé… en bien.

Aux alentours de minuit, un bruit me sort du sommeil. J'espère qu'il annonce de moins sombres augures que la dernière fois… Je tends l'oreille. Quelqu'un est en train de marcher dans le hall et cette personne ne souhaite pas se faire remarquer. Comme je n'ai tiré aucune leçon des nombreux films d'horreur que j'ai regardés au cours de ma vie, je me lève et entrouvre la porte.

Logan descend les marches doucement. Il jette des coups d'œil autour de lui afin de s'assurer que personne ne le suit. Si j'ai retenu quelque chose de l'aventure "Cahal", c'est de camoufler mon odeur. Je m'empresse de sortir mon portefeuille de mon sac et en extrais le minuscule flacon contenant une préparation destinée à masquer mon empreinte olfactive. J'en ai préparé une grosse quantité après mon évasion de la ferme de Cahal, et chaque membre du clan en a reçu, juste au cas où. Une goutte au creux du cou suffira.

Quand je repère à nouveau Logan, il est déjà sur le perron. Tout en conservant une distance raisonnable, je le prends en filature. Ce dernier contourne la propriété et marche jusqu'au mur d'enceinte. Il semble alors attendre quelqu'un ou quelque chose. Tapie derrière un buisson épineux qui, je l'espère, n'abrite aucune bestiole tueuse d'homme, j'observe ma cible sans un bruit. Je laisse ma louve effleurer la surface de mon esprit et aiguiser mes sens.

Après plusieurs minutes, l'un des gardes de nuit s'approche de Logan. Il est évident que la rencontre des deux hommes est censée demeurer secrète. Ils chuchotent et le garde ne semble pas vouloir s'éterniser. Ils sont trop loin de moi pour que je les entende, mais je vois très clairement Logan glisser une enveloppe à son interlocuteur.

Je me hâte de rejoindre ma chambre avant que Logan ne se rende compte que je l'ai suivi. Assise sur mon lit, je réfléchis. Dois-je parler à Riley de ce que j'ai vu ? Directement interroger Logan, peut-être ? Que peut-il bien avoir donné au garde ? Un message pour l'extérieur ? Un pot de vin pour qu'il lui fournisse l'un ou l'autre objet ? Une faveur ? J'espère qu'il n'a pas trahi sa promesse en envoyant une missive au Guide dans le but de l'avertir de mon plan !

Impossible de fermer l'œil avec toutes ces questions qui me trottent dans la tête. Pour me changer les idées, j'entame le second tome de la saga que j'ai commencée dans l'avion. Après quelques pages, mes paupières deviennent lourdes et je parviens à m'endormir.

Chapitre 32

Au réveil, je reçois une nouvelle qui me permet d'oublier l'épisode d'hier soir. Jayden m'annonce que la demande de Kaylan a été acceptée et que Cillian est actuellement dans un avion pour l'Australie. Je suis folle de joie à la simple pensée de retrouver l'un de mes amis. Qui aurait pu dire qu'un jour, je serais heureuse à l'idée de revoir Cillian ? C'est fou comme les choses ont changé, je ne cesse de me le répéter. Cillian était l'amour de jeunesse qui m'avait brisé le cœur. Imaginer le croiser à nouveau sur ma route me donnait des frissons. Puis, je suis revenue à Madadh. Il y a eu ce rendez-vous atroce et le combat avec Jess. Quand je me suis retrouvée enfermée, dans cette cage, avec Cillian, je me suis demandé pourquoi la vie me punissait ainsi.

Aujourd'hui, Cillian est un autre homme et il fait le bonheur d'Alana. Si tout se passe bien, il devrait être ici demain matin. J'espère qu'il m'apportera de bonnes nouvelles concernant les miens. Voilà une journée qui commence bien ! D'humeur joyeuse, je propose à Riley de nous adonner à l'un de nos entraînements.

Nous sommes en train de répéter les mouvements de base de la boxe anglaise que je lui ai appris lorsque Logan nous rejoint au jardin.

— Prends garde à toi, Riley. J'ai déjà eu l'occasion de tester les compétences d'Ella et je peux t'assurer qu'elle a une sacrée droite !

Je note une légère touche de sarcasme dans sa voix. A moins que ce ne soit de la jalousie ?

— Nous ne combattons pas; je lui apprends simplement les positions d'attaque et de défense. Nous ne jouons pas dans la même catégorie, me justifié-je.

— Je peux me joindre à vous ?

— Nous en avons terminé avec la boxe aujourd'hui, répond Riley d'un ton sec. Mais tu peux nous rejoindre pour la suite. Le yoga ça t'intéresse ?

— Bien sûr, j'éprouve un grand besoin de détendre mes muscles.

Pour appuyer son propos, Logan ôte son haut et s'étire en massant ses abdominaux. Frimeur…

Prendre la position du chien tête en bas avec Logan dans mon dos ne me tente pas vraiment, mais je me vois mal m'éclipser sans raison. Comme s'il avait saisi l'ampleur de mon malaise, Riley ne nous montre que des positions qui ne nécessitent pas d'exhiber mes fesses à la face du monde.

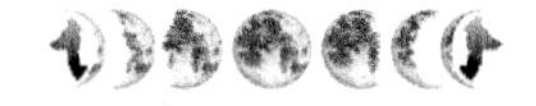

Je parviens à éviter Logan jusqu'au dîner. Malgré la mise au point d'hier soir, je reste mal à l'aise en sa présence. Cela m'ennuie un peu de délaisser Riley, mais je suis certaine qu'il comprend ma position. Il connait mon passé avec Logan et doit se douter que la situation est pesante pour moi. L'arrivée de Cillian devrait arranger les choses.

Je ne sais par quelle magie, Jayden est parvenu à me fournir tous les tomes de la saga entamée dans l'avion qui m'a amenée ici. On ne peut pourtant pas dire que les librairies courent les rues dans le coin… Je passe donc l'après-midi à lire, seule dans ma chambre. Cela ne me gêne pas; j'ai toujours été plutôt solitaire.

J'enchaine les chapitres, l'auteure prenant un malin plaisir à ménager le suspense au fil de la lecture. Je ne vois pas le temps passer et c'est le grésillement du talkie-walkie qui me ramène à l'instant présent. Comme tous les soirs, Rose nous convie au repas. Logan a dû se rendre compte que son attitude me mettait mal à l'aise car il parle presque essentiellement avec Max et Jayden, ne m'accordant que peu ou pas d'attention.

— Le Guide prolonge son séjour auprès du *Seann*, nous informe Rose. Plusieurs Alphas pinaillent quant au nombre des leurs pouvant être présents à la *Rogha*. Curtis doit s'assurer que tout sera parfait; c'est en quelque sorte sa tournée d'adieu.

Ouais… Bye bye le taré !

Riley et moi discutons de ceux que nous désignerions comme bras-droit si nous devenions *Seann*. Lui comme moi savons que la question ne se pose pas pour moi, mais nous devons tenir nos rôles jusqu'au bout si nous ne souhaitons pas que quelqu'un ait des soupçons.

A la nuit tombée, chacun rejoint ses quartiers. Jusqu'à l'heure du coucher, je laisse ma porte entrouverte, juste au cas où Logan déciderait d'une nouvelle escapade nocturne, mais rien ne se passe. Quand mes yeux desséchés par la fatigue et la lecture me supplient de m'endormir, je ferme la porte. Je vérifie que les fenêtres sont correctement verrouillées avant de me laisser emporter au royaume des songes.

J'ai dormi comme un bébé ! Impatiente de retrouver Cillian, je me hâte de me préparer. Ma louve m'avertit immédiatement qu'un membre de la meute a franchi le périmètre de la propriété. Je ne pensais pas qu'il était possible de repérer si rapidement l'un des miens. Lorsque l'odeur de Cillian se rapproche, je sors comme une furie de ma chambre et percute mon ami de plein fouet.

— Moi qui voulais te faire une surprise ! éclate-t-il de rire alors qu'il se retrouve sur les fesses.

— Je suis heureuse de te voir ! Merci d'avoir pris la place de Ray. Je sais que cela te coûte de t'éloigner d'Alana.

— Il semblerait que le destin souhaite que je sois, une fois encore, ton compagnon de captivité. Bien que cette prison dorée soit beaucoup plus spacieuse que la cage que nous partagions chez beau-papa, il me faut l'admettre !

Alertés par le vacarme, Riley et Logan sortent de leurs chambres, eux aussi. Je dois dire que mon ex ne semble pas ravi de me retrouver à quatre pattes au sol, à quelques centimètres du visage de Cillian. Sous l'œil espiègle de Riley qui se délecte de voir son émissaire aussi irrité par la situation, je me relève d'une manière tout sauf gracieuse et tends la main à Cillian.

— Debout, Long John Silver[53] ! le taquiné-je. Je te présente Riley, le candidat américain. Tu as déjà eu l'occasion de croiser Logan au mariage de Johan.

— Ah oui, le fameux Logan ! Comment se porte Ashley ? demande Cillian en accrochant le regard de mon ex.

— Figure-toi que j'ai déjà posé la question, rétorqué-je. Ashley n'a apparemment pas mis les pieds à Boston. Riley ne la connaît pas non plus, ajouté-je afin de donner plus de crédit à ma réponse.

— Tiens donc… Il faudra que j'en informe mon père.

Logan, qui n'a aucune envie de s'éterniser dans le couloir si j'en crois l'expression tendue sur son visage, propose à Riley de descendre prendre le petit-déjeuner. Impatiente de discuter seule à seule avec Cillian, je lui propose de nous composer un plateau repas et de nous installer dans ma chambre pour y être tranquilles.

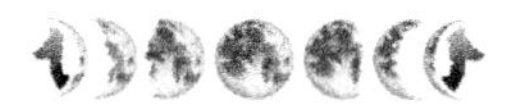

Lorsque je remonte, les bras chargés de victuailles, je trouve Cillian en train d'ôter sa prothèse.

---

53 Pirate unijambiste issu du roman de R.L.Stevenson, L'île au Trésor, 1883

— Ça ne t'ennuie pas ? Je l'ai portée durant tout le voyage et elle commence à me faire un peu souffrir.

— Aucun problème. Mets-toi à l'aise.

Je dépose le plateau au milieu du lit. Afin d'éviter de tâcher les draps, j'ai opté pour un petit déjeuner à base de viennoiseries. Rose nous propose toujours du sucré ainsi que du salé afin de satisfaire nos appétits féroces.

— Que c'est bon de manger un truc qui a du goût ! s'exclame mon ami en mordant à pleines dents dans un petit pain encore chaud. Les plats servis à bord de l'avion étaient dégueus !

— Comment vont les autres ? l'interrogé-je sans préambule.

— Doc a demandé à Carole de rester au calme pour garder les jumeaux au chaud le plus longtemps possible; il lui a interdit de faire le voyage pour assister à la *Rogha*. Darina a proposé de rester avec elle. Depuis qu'elle a perdu la vue, elle n'est plus très à l'aise à l'idée de voyager. A part ça, tout le monde va bien.

Je suis déçue que Granny ne fasse pas le déplacement, mais je comprends tout à fait. De toute manière, il n'y aura pas grand-chose à voir. Mieux vaut peut-être qu'elle n'entende pas les Alphas des autres meutes se moquer de moi lorsque je me soumettrai face à Riley.

— Jo, Jess, Fred, Ray et Kaylan seront présents. Les autres resteront à Madadh pour protéger le village au cas où; Jim n'était pas ravi de se voir mis à l'écart, mais il a des cours à rattraper. Alana voulait se joindre à eux, mais je lui ai demandé de rester avec ma tante. Avec son père en liberté, je préfère qu'elle soit en sûreté. S'il se pointe ici, je préfère qu'elle ne soit pas présente.

— Tu as bien fait. Je suis certaine que Cahal trouvera un moyen d'assister à la *Rogha*. Tout cela lui tient bien trop à cœur !

— Je suis d'accord avec toi ! Qui sait ? Ce sera peut-être pour nous une occasion de l'attraper et de le mettre définitivement hors d'état de nuire !

Pendant que Cillian se gave littéralement des petites douceurs préparées par Rose, je lis les lettres qu'il m'a apportées. Alana, Jo, Jess et Gran m'ont écrit. A plusieurs reprises, des larmes perlent au bout de mes cils, mais je les retiens. Les mots qu'ils m'ont rédigés me motivent et augmentent cette envie féroce que j'ai de les revoir rapidement ! La lettre la plus courte est celle de Jess, mais c'est aussi celle qui me touche le plus. Peut-être parce qu'il parle en *nous* et que cela démontre son envie d'avancer avec moi…

— Ce Riley est-il digne de confiance ? me questionne Cillian une fois rassasié.

— Je le pense, oui.

Je baisse la voix et expose à mon ami le plan que j'ai établi pour me sortir de cette fichue histoire de Prophétie sans risquer ma peau.

— Je te comprends. J'étais déjà apeuré à l'idée de prendre la place de mon père à la tête de la meute; je n'ose même pas imaginer la pression que tu dois ressentir. Qui d'autre est au courant de votre petite mise en scène ?

— Logan. Je ne sais pas ce qui m'a pris d'en parler devant lui. Il m'a promis de tenir sa langue, mais il agit bizarrement depuis ma confession.

Je raconte à Cillian la petite escapade nocturne de Logan. Nous émettons différentes hypothèses dont la plupart concernent un éventuel lien avec Ashley, mais aucune ne nous semble valable. S'il avait averti le Guide ou le *Seann*, ceux-ci se seraient déjà manifestés. Le mystère reste donc entier.

— Tenons-le à l'œil ! conclut-il. S'il a envoyé un message par l'intermédiaire du garde, il faudra bien qu'il obtienne une réponse.

Quand nous sortons enfin de notre cocon, nous trouvons Riley, seul, au salon.

— Tu viens courir avec nous ? lui proposé-je.

— Non, merci, je dois voir Max. J'ai besoin de deux ou trois trucs en ville, il doit passer chercher ma liste.

Cillian a envie de se dégourdir les pattes. C'est l'occasion pour moi de lui faire visiter la propriété. Nous mutons, chacun de notre côté, pour nous rejoindre face à l'enclos des vaches. J'éprouve toujours un pincement au cœur quand je vois le loup de Cillian claudiquer sur trois pattes. Tout ça par la faute de mon abruti de géniteur !

— *Je te suis ! Visitons cette prison dorée !*

Entendre sa voix dans ma tête, par le lien de meute, m'envoie une dose d'endorphines au cerveau. Soudain, je ne suis plus seule; ma meute est avec moi.

Nous longeons le mur d'enceinte avant de nous rapprocher des bâtiments principaux. Le terrain est assez vaste et doit couvrir environ deux hectares. Cela me fait un bien fou de courir avec Cillian. Même si Riley est un compagnon agréable, rien ne vaut ce lien de meute que l'on ressent auprès d'un membre du clan.

Soudain, je me fige. Je viens de repérer l'odeur de Logan.

— *Stop ! Logan approche !*

Par réflexe, nous nous tapissons derrière un buisson fleuri. L'odeur de la plante conjuguée à la direction contraire du vent devrait empêcher Logan de repérer nos effluves. C'est l'une des premières leçons que l'on nous apprend lorsque nous débutons l'apprentissage de la traque : ne jamais se retrouver dans le sens du vent, ralentir ses signes vitaux, et se fondre dans l'environnement.

Sous forme humaine, Logan s'approche de la porte d'enceinte, comme l'autre soir. Contrairement à la dernière fois, il paraît décontracté. Pourquoi n'a-t-il pas attendu qu'il fasse nuit, cette fois ?

— *Le garde approche*, remarqué-je.

Ce dernier serre la main de Logan et ils se mettent à discuter. Leur conversation dure à peine quelques minutes. J'en capte des bribes; ils parlent normalement, sans se cacher. Pour un œil extérieur, voilà deux hommes en train de sympathiser.

— *Regarde la main du garde !*

Cillian a vu juste. Au moment de se serrer la main à nouveau pour se séparer, le garde glisse quelque chose à Logan. De là où nous sommes, il nous est impossible de déterminer la nature de l'objet.

— *Attendons qu'il soit rentré,* proposé-je. *Il ne doit pas savoir que nous l'avons vu.*

Le garde reprend son poste à la vigie et Logan rentre tranquillement à la maison, les mains dans les poches.

— *Comment se prénomme ce garde ? Je vais demander à utiliser le téléphone-satellite et demander à mon père d'enquêter à son sujet.*

— *Je crois qu'il s'agit de Todd. Jayden lui a déjà parlé une fois en ma présence.*

Cillian et moi regagnons la terrasse où nous avons laissé nos vêtements et nous reprenons forme humaine. A l'intérieur de la bâtisse, Logan joue aux cartes avec Riley. J'ai envie de l'attraper par les pieds et de le secouer afin d'examiner le contenu de ses poches ! Au lieu de cela, je propose que Cillian et moi nous joignions à eux, ce qu'ils acceptent avec plaisir.

Comme le jour de l'arrivée de Logan, Rose organise un dîner gargantuesque auquel elle convie Jayden et Max. Les valets, intrigués par le handicap récent de Cillian, passent la soirée à le questionner sur la cause de celui-ci. Il est rare de croiser un Faoladh auquel il manque un membre. Souvent, soit nous nous en sortons tout entier, soit pas du tout… Mon ami qui, même s'il a changé, apprécie toujours autant être au centre de l'attention, ne se laisse pas prier et narre son histoire en y ajoutant une dose de romanesque. Cela m'amuse de constater à quel point il a conservé cette capacité à captiver son auditoire. Son père a eu une excellente idée en le nommant émissaire aux côtés de mon frère. La tchatche naturelle de Cillian ne pourra que lui être bénéfique dans sa fonction.

Le dîner se prolonge jusque tard. Je quitte la table avant les autres, épuisée par cette journée riche en émotions. Logan amorce un mouvement pour me suivre, mais il se ravise et se lance dans un débat animé avec Rose concernant une recette de bœuf mariné. Dommage, j'aurais peut-être pu l'amener à me parler de cet échange mystérieux entre lui et le garde.

Blottie sous la couette, je me replonge dans la lecture de mon livre. Je lis à peine deux chapitres avant de m'endormir.

Chapitre 33

Même si l'arrivée de Cillian et la compagnie de Riley égayent mes journées, le temps passé ici semble s'étirer à l'infini. Les jours défilent et se ressemblent. Nous prenons le petit-déjeuner et passons la matinée à discuter, mais les sujets commencent à s'épuiser. L'après-midi est rythmé par les cours dispensés par le Guide. Et même là, une routine s'est installée. Il tente de nous inculquer les bases théoriques nécessaires au rang de *Seann*, finit toujours par nous trouver stupides, et termine la séance en insistant pour que nous nous affrontions jusqu'à ce que l'un de nous se blesse.

Les distractions sont rares ici. Le téléviseur n'étant relié à aucune antenne ou service de télédistribution, nous devons nous contenter des Blu-rays que nous propose Rose; et autant dire que le choix est plus que limité et les goûts de la gouvernante bien différents des miens. Si je dois revoir, ne serait-ce qu'une seule fois, *Le Terminal*[54],

[54] Film de Steven Spielberg, 2004

je m'arrache les canines à l'aide d'une pince-monseigneur !

Concernant Logan, je n'en sais pas plus à propos de ces fameux échanges avec le garde. Je me suis sans doute monté la tête pour rien. Ce dernier s'est d'ailleurs calmé depuis l'arrivée de Cillian. Il n'a plus jamais eu un mot ou un geste tendancieux envers moi. Je dois même avouer qu'il se montre plutôt sympathique et qu'il fait preuve d'un humour que je ne lui connaissais pas.

Riley, fidèle à lui-même, prend les choses avec philosophie. Il suit son petit bonhomme de chemin ici sans se prendre la tête. Même les réflexions du Guide concernant notre QI qu'il juge inférieur à celui d'une poule ne l'atteignent pas. Il me dit de ne pas m'emporter, que tout cela n'est qu'un passage obligé et que nous en aurons bientôt terminé. Il attend simplement la *Rogha*.

A ce sujet, j'ai d'ailleurs pris le temps d'en rediscuter avec Riley. Nous avons peaufiné notre plan. Afin que le combat demeure crédible aux yeux des spectateurs et du *Seann*, nous allons faire en sorte que le public pense, en début de combat, que j'ai pris le dessus, avant que Riley ne renverse la situation et me place en position de soumission. Nous avons même répété certaines prises à la manière de catcheurs professionnels. Ainsi, tout le monde aura ce qu'il souhaite. Le public aura un spectacle à suspense, Riley deviendra le nouveau *Seann*, et moi, je rentrerai chez moi sans avoir trop eu l'air d'être une grosse nulle.

Cillian a eu l'occasion d'utiliser le téléphone-satellite et de joindre son père. Il pensait pouvoir contacter la meute à sa guise, mais le Guide a décrété que le téléphone devait être réservé aux urgences. Si Cillian a pu passer un appel, c'est uniquement grâce à Jayden qui a profité de l'absence de Curtis dans le bâtiment, pour faire entrer mon ami en douce et lui permettre de contacter Kaylan.

Les nouvelles de Madadh sont plutôt bonnes. A l'heure qu'il est, la délégation doit d'ailleurs se trouver dans l'avion qui les mènera en Australie. Mes amis seront logés non loin d'ici jusqu'au jour de la *Rogha* qui se déroulera à la fin de la semaine. Vivement ! Je n'ai qu'une hâte, c'est de retrouver mon clan !

A mon grand étonnement, Cahal n'a encore rien tenté, ni ici, ni au village. Il semble avoir disparu de nouveau des radars. Mais, je ne me fais pas trop d'illusion. Toute sa vie a été organisée autour de cette foutue marque; cela m'étonnerait qu'il rate l'occasion d'assister à la fête !

— Ce soir, vous vivrez votre dernière pleine lune en tant que simple Faoladh ! déclare Curtis d'un ton empreint de solennité.

Forcément… Pour lui, soit on devient *Seann*, soit on meurt dans l'honneur. Perso, je vais plutôt choisir la troisième possibilité : sauver mes petites fesses !

— C'est également notre dernière session d'entraînement. Organiser la *Rogha* demande un investissement sans limite et je pense être arrivé au bout de ce que je pouvais vous apprendre.

En voilà une bonne nouvelle ! Plus de Guide jusqu'au jour J !

Durant le reste de son laïus, je hoche la tête à la manière de ces petits chiens que l'on peut installer sur le tableau de bord de sa voiture. Je prends un air attentif, mais je ne l'écoute plus. Dans mon cerveau, un petit singe tourne en rond en jouant des cymbales.

— Dernière ligne droite ! s'exclame Riley en me gratifiant d'une légère tape sur l'épaule.

— Tu n'oublieras pas ta vieille amie Ella quand tu seras devenu le grand manitou ? plaisanté-je.

— Je t'aiderai même à faire disparaître des corps si tu en as besoin, me glisse-t-il à l'oreille en me gratifiant d'un clin d'œil complice. Tu n'auras qu'un mot à dire !

— J'espère ne jamais en arriver là, mais j'en prends bonne note !

Le soleil se couche et ma louve ne tient plus en place. J'appréhende un peu de la libérer avec Logan dans les parages. La dernière fois, j'ai totalement foiré ! Les circonstances étaient différentes, j'en conviens. Je pensais que Jess m'avait gommée de sa vie et qu'il s'était consolé dans les bras d'Ashley. Triste, déçue et en colère, j'avais fini par coucher avec Logan, au beau milieu de la forêt.

— Prête ? demande Riley en passant la tête dans l'encadrement de la porte de ma chambre.

— Je vous rejoins à l'extérieur.

Face au miroir de la salle de bain, je me déshabille. Mon corps a pas mal changé depuis la cérémonie de la Lune Bleue. Avec l'arrêt de la boxe, je m'étais ramollie. Ma morphologie étant ce qu'elle est, je prends directement du ventre quand j'arrête le sport. Même les Faoladh peuvent avoir des problèmes de poids. Mais, entre les combats orchestrés par Curtis, les entraînements avec Riley et mes courses matinales quasi quotidiennes, j'ai pris en muscles et ai remodelé mon corps.

Je sens que ma louve s'impatiente. Par la fenêtre, j'aperçois l'astre lunaire briller haut dans le ciel. J'ai l'impression qu'il m'appelle. Je laisse alors la chaleur m'envahir et mes os se réarranger. La mutation est rapide.

Avant de quitter la pièce, je pousse sur mes pattes arrières et me redresse pour observer à nouveau mon reflet. Cette marque que j'ai toujours adorée et qui se trouve être, aujourd'hui, à l'origine de tous mes problèmes, me nargue dans le miroir.

— *Tu fais quoi ?* râle Cillian dans ma tête. *On t'attend !*

Un hurlement déchire la nuit et résonne jusque dans mes entrailles. Je cours rejoindre mes compagnons et nous savourons ensemble la liberté que nous confère notre seconde forme. Même si je suis impatiente de rentrer à la maison, Riley va me manquer. J'espère que nous garderons contact malgré ses nouvelles obligations de *Seann.* Je lui mordille la patte, signe que je souhaite jouer avec lui. Nous nous bagarrons gentiment et Cillian se prête au jeu. En sécurité à l'intérieur de l'enceinte, nous profitons de cette nuit qui nous appartient.

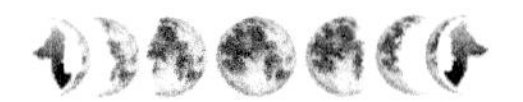

Une sonnerie stridente brise soudain la quiétude de la nuit. Logan, Riley, Cillian et moi cessons tout mouvement et tendons l'oreille. Au loin, nous entendons les gardes humains s'agiter.

En quelques foulées, nous gagnons la grande porte. Un homme a été tué. Sa gorge a été lacérée, il y a du sang partout. Nul doute qu'il s'agit là de l'acte d'un loup.

— Intrusion ! hurle un garde en brandissant une arme. Fouillez les environs !

— Élu, élue, nous interpelle un second garde avec déférence. Je vais devoir vous demander de regagner la résidence. Nous ne souhaitons pas qu'il vous arrive quoi que ce soit.

Mes compagnons et moi mettons fin à notre sortie nocturne et regagnons la maison. Rose, Jayden et Max sont rentrés, eux aussi. Tout le monde est sur le qui-vive. Cahal oserait-il s'introduire ici ?

— La maison a été fouillée, nous assure un membre de la sécurité. N'en sortez pas tant que l'alerte ne sera pas levée.

Logan, Cillian et Riley reprennent forme humaine au milieu du salon sous le regard gourmand de Rose. La gouvernante sait apprécier les bonnes choses.

Quant à moi, je monte dans ma chambre afin de procéder à la mutation et de prendre une douche. Lorsque je sors de la salle de bain, en sous-vêtements, les cheveux enroulés dans une serviette, je trouve Ashley, nue, allongée sur le lit, feuilletant un bouquin.

— Coucou, pétasse ! me salue-t-elle, une étincelle de folie dans le regard. Quoi ? Tu t'attendais à quelqu'un d'autre ?

Dans mon cerveau, les idées se bousculent. Que diable vient-elle faire ici ? Cette intrusion a-t-elle un rapport avec l'escapade nocturne de Logan ? Sont-ils complices ? Est-ce sa venue qu'il organisait avec le garde ?

— Bonsoir Ashley, rétorqué-je en tentant de conserver un calme relatif. Que me vaut l'honneur ?

— Tu sais que tu as gâché ma vie ? gronde-t-elle, les mâchoires serrées. Non, tu ne t'en rends même pas compte ! Jess et Cillian m'ont tourné le dos après des années d'amitié ! Tu m'as ridiculisée devant ma meute ! Et maintenant… lui ! Il ne pense qu'à toi, nuit et jour !

Il s'agit donc bien de Logan. J'analyse rapidement la situation. Mon talkie-walkie est sur le lit, à proximité des fesses de la rouquine. Je pourrais crier, mais je préfère tenter de régler la situation sans effusion de sang. Si les hommes de Curtis débarquent, ils lui colleront une balle entre les yeux sans réfléchir. Bien que je ne porte pas Ashley dans mon cœur, je préfère lui éviter la mort si je le peux. Elle a besoin d'un psy, pas d'un bourreau.

— Tu ne trouves pas un peu exagéré de te taper vingt heures de vol juste à cause d'un mec ? ironisé-je. Je te le laisse de bon cœur, seul Jess m'importe.

— Tu ne comprends rien ! s'emporte-t-elle. Tu as beau le rejeter, il n'a que ton prénom à la bouche. Il a tant attendu ce moment ! Si tu deviens *Seann*, il continuera à te courir après. Mais pas si tu meurs !

Ashley se lève et j'éprouve l'envie stupide de me cacher les yeux. La voir avancer vers moi, nue, me met mal à l'aise. En tout cas, je peux attester du fait qu'elle ne colore pas sa chevelure.

Le moment de gêne passé, je remarque que la rouquine tient dans sa main un couteau à cran d'arrêt et que ses griffes sont sorties. Elle s'avance vers moi et me tourne autour tel un rapace. Ashley est concentrée sur son objectif; elle est complètement folle !

— Ash' ! Réfléchis ! Sans mon aide, tu ne sortiras pas vivante du complexe ! Pense à Logan ! tenté-je de la ramener à la raison.

— Logan ? éclate-t-elle de rire avant de se ruer sur moi.

Au même moment, la porte de la chambre s'ouvre avec fracas sur mon ex. Logan fonce vers nous et je comprends que mon heure est venue. Impossible de les vaincre s'ils s'y mettent tous les deux. Je pousse un dernier hurlement étouffé par un crac sonore.

— Ella, tu vas bien ?

Surprise d'être encore en vie, j'ouvre les yeux sur un Logan inquiet qui m'examine sous toutes les coutures. Mon premier réflexe est de m'écarter de lui et de chercher Ashley des yeux. Cette dernière gît sur le sol, les yeux grands ouverts, sa tête formant un axe étrange avec son corps; Logan lui a brisé la nuque.

— Tu… tu l'as tuée ?

— Elle s'apprêtait à te faire du mal, non ? Je n'ai pas réfléchi, j'ai agi.

Cillian, Riley, nos valets, ainsi que la moitié de la garde de nuit débarquent dans ma chambre. En véritable gentleman, Logan me place derrière lui afin de camoufler mon corps à leurs yeux. Riley me tend alors un drap pour me couvrir, et mon sauveur du jour m'emmène dans sa chambre, afin de m'éloigner de la scène.

Assise sur le lit de Logan, à moitié-nue, je suis perdue. Je fixe mon ex, assis face à moi sur une chaise. Une ride d'inquiétude lui barre le front, et ses pupilles ont changé de couleur.

— Tu veux que j'appelle un médecin ? propose-t-il. Tu sembles en état de choc.

— Je… Je pensais que tu étais son complice. Après cet échange avec le garde… et ce qu'elle a dit.

— Comment cela ?

Je lui répète les propos d'Ashley, mais il ne semble rien y comprendre, lui non plus. Je poursuis en lui avouant que je l'ai suivi à deux reprises et que je sais qu'il est entré en contact avec l'un des gardes et que celui-ci lui a fourni quelque chose.

— Crois-le ou non, mais je n'ai rien à voir avec cette fille. J'ai couché avec elle le soir du mariage de Jo. Elle m'avait chauffé toute la soirée et j'étais en colère contre toi. J'y ai vu une occasion de te rendre jalouse, mais je ne l'ai jamais revue depuis. Et en ce qui concerne mon échange avec le garde, tu aurais dû simplement me poser la question. Je t'aurais répondu qu'il m'a fourni de la marijuana. Je dors mal depuis quelque temps et fumer m'aide à me détendre. Je ne pouvais pas pénétrer dans le complexe en ayant de l'herbe sur moi, j'ai donc fait appel à ce garde que j'ai connu lors de mes études.

— Je suis confuse, avoué-je. J'aurais dû te poser la question. Après ce que l'on a vécu ensemble, j'aurais dû t'en parler. Mais cela n'explique pas les propos d'Ashley.

Cillian frappe alors à la porte entrouverte.

— Enfile un truc, me demande-t-il après un regard inquisiteur lancé à Logan. Je pense avoir reconnu une odeur sur le corps d'Ashley, mais j'ai besoin que tu confirmes.

Logan me prête un jogging et je regagne ma chambre après m'être débarrassée de la serviette que je portais en turban. Le responsable de la sécurité a demandé à tout le monde de quitter l'étage. Seuls Cillian, Logan et moi avons été autorisés à rester.

— Concentre-toi, murmure mon ami. C'est subtil, mais dis-moi ce que tu en penses.

Stressée par les évènements et par les regards braqués sur moi, je ne parviens pas à me concentrer. Je décide donc de muter. Une fois sous ma forme lupine, je me sens de suite plus à l'aise avec la situation. Je m'avance et examine le corps d'Ashley. Renifler le corps sans vie d'une femme nue ne figure pas dans mon top dix des expériences à vivre au cours d'une vie, mais je me plie à l'exercice.

Non ! Impossible ! “*Tu as beau le rejeter, il n’a que ton prénom à la bouche. Il a tant attendu ce moment ! Si tu deviens Seann, il continuera à te courir après.*” Les paroles d’Ashley résonnent d’une manière nouvelle en moi. Tout s’éclaire ! Elle ne parlait pas de Logan, mais bien de mon géniteur !

Incapable de communiquer avec Cillian et Logan sous cette forme, je me hâte de *changer*.

— Alors ? me lance un Cillian livide lorsque je réapparais dans la pièce.

— Cahal ! Mais c’est impossible !

— C’est un peu dégueu à dire, mais l’odeur de cette ordure est surtout présente sur la poitrine d’Ashley et euh.. sur… enfin…tu vois quoi !

— Tu crois qu’elle couchait avec lui ? demandé-je écœurée.

— Cela expliquerait le discours qu’elle a tenu, intervient Logan.

Aucun enfant n’a envie d’imaginer ses parents en train de coucher ensemble. Alors, quand ton cinglé de géniteur s’envoie en l’air avec une jeune femme qui pourrait être ta sœur, c’est plutôt dur à avaler !

— C’était donc lui ce mec qu’elle avait rencontré, réfléchit Cillian à voix haute. Elle a dit partir à Etats-Unis pour noyer le poisson mais elle l’a rejoint et ils sont venus en Australie.

— Cahal doit se trouver non loin d’ici.

— En tout cas, pas au complexe. Ash' a agi seule. Ton père ne souhaite pas te voir morte, tu lui es bien trop précieuse.

Les hommes de Curtis nous demandent de sortir et emportent le corps d'Ashley hors du bâtiment. Vu la situation, Cillian reçoit la permission exceptionnelle de contacter Kaylan. A son retour, il me trouve en cuisine.

— Tu devrais aller te coucher. La soirée a été mouvementée.

— Je n'ai pas très envie de dormir. Ma chambre sent la mort.

— Ash' n'a eu que ce qu'elle méritait si tu veux mon avis ! Elle a tenté de vous séparer, Jess et toi, elle m'a monté contre vous, elle a brisé le cœur de Kyran et, comme si cela ne suffisait pas, elle s'envoyait en l'air avec celui à qui je dois ceci ! grogne-t-il en soulevant son moignon.

— Personne ne mérite la mort.

Bon, ok, Cahal fait exception.

— Allez, viens. Cette nuit, tu seras ma coloc !

Après avoir récupéré quelques effets personnels, je rejoins Cillian dans sa chambre.

— Tu remarqueras que, pour l'occasion, j'ai enfilé un pyjama, plaisante-t-il. Alana me tuerait si elle savait que j'ai dormi à poil avec toi.

— Merci, murmuré-je.

Cillian me sourit et m'invite à le rejoindre sous la couverture. Il s'endort en un temps record, peu perturbé par la mort de celle qu'il connaissait pourtant depuis toujours.

Si j'étais certaine que Cahal viendrait, en avoir la confirmation me provoque une migraine carabinée. Pourquoi avoir mêlé Ashley à tout cela ? Certainement pas uniquement pour le plaisir de s'envoyer une petite jeune… Elle devait, sans aucun doute, lui servir d'informatrice et lui relater mes moindres faits et gestes. Encore une fois, il a jeté son dévolu sur une jeune femme troublée et prête à tout pour lui.

J'ai la sensation de me trouver au centre d'un échiquier gigantesque. Mon géniteur est un as de la stratégie et il a toujours un coup d'avance. Il est toujours là où on ne l'attend pas.

La question essentielle étant : quel sera son prochain coup ?

Chapitre 34

— Ça pue encore la mort, me lamenté-je face à la porte entrouverte.

— Pourquoi ne t'installes-tu pas dans celle-ci ? m'interroge Cillian en pointant du doigt la chambre de feu-Hideko.

— Parce que la troisième élue y a mis fin à ses jours.

— C'est quoi cette baraque ? s'exclame-t-il. Le Bates Motel ?! Écoute, si tu veux, on échange nos chambres. Non pas que je sois dérangé par les multiples coups de coudes que j'ai reçus cette nuit ou par le fait que tu parles des langues inconnues en dormant, ricane-t-il, mais je ne suis pas certain que mon cousin serait ravi d'apprendre que nous partageons le même lit.

J'accepte la proposition et, avec l'aide de Jayden, nous déménageons nos affaires. M'occuper les mains permet à mon esprit de se focaliser sur autre chose que sur la venue de Jess.

Les délégations de Boston et de Madadh arrivent aujourd'hui et nous avons reçu l'autorisation de les inviter pour le dîner. Mon cœur bat si fort que j'ai par moment la sensation qu'il cherche à s'évader de ma poitrine pour rejoindre, par ses propres moyens, celui que j'aime.

— Quelle heure est-il ?

— Ell' ! C'est la troisième fois en vingt minutes que tu me poses la question. Achète-toi une montre, bordel !

— S'il s'agissait de la venue d'Alana, tu serais aussi impatient que je le suis !

J'ai tout essayé pour passer le temps : regarder un film, aider Rose aux fourneaux, lire un livre… mais je ne parviens pas à me concentrer. Riley a râlé car je parlais durant un moment crucial de *Full Metal Jacket*[55], Rose m'a éjectée de la cuisine prétextant que j'étais un danger pour les autres et pour moi-même, et je ne parvenais pas à me souvenir de la phrase que je venais de lire donc j'ai fini par balancer mon roman au travers de la pièce.

Agacés de me voir tourner en rond autour d'eux, Cillian, Logan et Riley m'ont finalement proposé une partie de UNO.

— Tu ne peux pas mettre un +2 sur mon +2 et prétendre que cela devient un +4 ! s'emporte Logan.

---

[55] Film de Stanley Kubrick, 1987

— Bien sûr que si ! répliqué-je. Tu n'es qu'un mauvais perdant !

— Où se trouvent ces fichues règles du jeu ? Et vous, vous la laissez faire ? C'est un complot ?

— Débrouille-toi, mec, ricane Riley.

— UNO ! m'exclamé-je.

Logan jette ses cartes sur la table et se lève, furieux d'avoir perdu la partie.

— Je sors prendre l'air !

Cillian, Riley et moi rions aux éclats et commençons une nouvelle partie.

— Rangez-moi tout ça, nous gronde Rose en avisant les cartes étalées sur la table. On vient de m'informer que les délégations s'apprêtent à franchir le mur d'enceinte. Ils sont actuellement au poste de contrôle.

— Allez-y, nous propose Cillian. Je vais rester ranger.

Riley et moi, impatients de revoir les membres de nos meutes respectives, courons vers la sortie. Logan, assis sur les marches, observe les voitures s'approcher du bâtiment principal. Je prends soin de ne pas me tenir trop près du futur *Seann* ou de mon ex-petit ami afin de ne pas éveiller la jalousie de Jess.

Ce dernier est le premier à sortir du véhicule. Il ôte ses lunettes de soleil d'une manière trop sexy, un peu comme Tom Cruise[56] dans Top Gun[57], et m'adresse son sourire le plus éclatant; sourire qui disparaît lorsque son regard se détourne de moi pour se poser sur Logan, assis à mes pieds.

— Encore toi ! gronde-t-il en se ruant sur mon ex.

Le pauvre Logan n'a pas le temps de réagir. En une fraction de seconde, il se retrouve plaqué au sol, Jess en train de l'étrangler. Le cousin de Jo ne doit sa survie qu'à l'intervention de Ray et Kaylan. Ceux-ci doivent batailler ferme pour parvenir à éloigner Jess de sa proie.

— Que fais-tu ici ? hurle-t-il tandis que Logan se masse la gorge et reprend son souffle.

— Oups ! glisse Cillian en se plaçant à ma hauteur. J'ai peut-être oublié de mentionner ce léger point de détail lors des entretiens avec Père.

Je secoue la tête, maudissant le cerveau masculin d'être si minuscule et l'égo Faoladh si démesuré. Je m'assure tout d'abord que Logan va bien, ce qui renforce la rage de Jess, avant de me planter face à ce dernier, les poings sur les hanches.

— Non, mais tu es dingue ? Logan est l'émissaire de la meute de Boston auprès de Riley, le deuxième élu. Tu veux créer un incident diplomatique ?

— Il est venu ici pour toi ! fulmine-t-il. Il traîne toujours dans tes pattes ! Et toi ! invective-t-il Cillian. Il

[56] Acteur américain, né en 1962

[57] Film d'action américain par Tony Scott - 1986

ne t'est jamais venu à l'esprit de nous prévenir que ce type était ici ?!

Comme toute femme, j'apprécie que l'on prenne soin de moi et que l'on ait envie de me protéger. Mais là, Jess va trop loin !

— Sans Logan, je serais peut-être morte, figure-toi ! hurlé-je, moi aussi. Ashley est venue ici, elle m'a attaquée et c'est lui qui l'a mise hors d'état de nuire. Tu devrais le remercier plutôt que de jouer les jaloux !

Jess arrête de se débattre et Kaylan le relâche.

— Maintenant, cinglé-je, je vais souhaiter la bienvenue aux membres de ma meute ! Évite de sauter à la gorge de qui que ce soit pendant que je salue mon meilleur ami et mon frère, tu seras gentil !

Je suis en colère contre Jess. Je comprends que la présence de Logan l'énerve mais de là à se comporter comme un primate dopé à la testostérone… Je lui en veux de gâcher nos retrouvailles ! Je me les étais imaginées romantiques; il en a fait une baston de rue !

Je salue Kaylan et Fred d'une poignée de main avant de me jeter dans les bras de Johan.

— Comment va Carole ? Mon filleul est toujours au chaud ?

— Super bien ! Elle se plaint de ressembler à un baleineau mais je la trouve plus magnifique que jamais.

Ray pousse Johan pour prendre sa place dans mes bras. Il m'embrasse sur le front comme il l'a toujours fait et me donne des nouvelles de Gran, de Silvia et des enfants. Je suis ravie d'apprendre que tout ce petit monde se porte bien et j'ai d'autant plus hâte de les revoir.

Vu que je souhaite laisser Jess mariner encore un peu, je rejoins Riley et prends le temps de saluer les membres de mon ancienne meute. Je suis en train de discuter avec Erwin, le père de Jo, quand je sens une présence familière dans mon dos.

— On peut se parler en tête à tête ? demande Jess d'un air penaud.

J'accepte d'un geste de la tête et l'invite à me suivre dans l'ancienne chambre de Cillian, qui est désormais la mienne.

— Je suis désolé, concède-t-il avec difficulté. Comprends-moi aussi… Ce mec, ton ex, précise-t-il, t'envoie des messages depuis des mois pour te reconquérir et je le trouve ici, avec toi. Ça me rend malade de savoir qu'il a passé tout ce temps à tes côtés alors que j'étais privé de ta présence ! Si cet abruti de Cillian m'avait au moins prévenu…

Mon cerveau me suggère de bouder encore un peu, pour le principe. Mon cœur m'ordonne de lui pardonner. Mes hormones me supplient de lui enlever ses vêtements. Devinez qui a remporté le combat ?

Le pauvre Jess ne comprend rien à ce qu'il se passe. Bien que cela m'étonnerait qu'il s'en plaigne, il se retrouve plaqué sur le lit en moins de temps qu'il ne faut pour le dire. Je lui saute littéralement dessus et lui offre un baiser enflammé. Tandis qu'il glisse ses mains sous mon haut, je presse mon bassin contre lui et me mets à onduler des hanches.

— Si tu continues comme cela, halète-t-il, je vais finir dans mon pantalon.

Je déboutonne son jeans et libère son érection. Je me débarrasse, moi aussi, de mes vêtements. Je suis si pressée que mes gestes sont maladroits. Jess se lève et m'aide à me départir des derniers bouts de tissu qui couvrent mon corps avant de glisser sa main entre mes cuisses.

— Je vais te mettre en colère plus souvent, me glisse-t-il à l'oreille tandis qu'il dépose une pluie de baisers au creux de mon cou.

— Tais-toi et montre-moi à quel point je t'ai manqué.

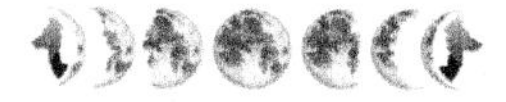

Je me trouve ici, sans nouvelles de Jess, depuis environ un mois. Si je laissais libre cours à ma libido, nous passerions le temps qui nous est imparti à faire l'amour, mais nous ne pouvons nous le permettre. Pas grave, ce n'est que partie remise !

Les membres de la délégation n'ayant droit qu'à quelques heures à nos côtés, Jess et moi nous octroyons un moment rien qu'à nous avant de rejoindre les autres. Rose nous en voudra certainement de manquer le repas, mais il y a assez de bouches à nourrir à la maison aujourd'hui pour qu'elle n'ait pas le temps de s'inquiéter de notre absence.

Jess souhaite que je lui raconte tout ce qui m'est arrivé depuis mon départ d'Irlande. Autant dire que je dois m'activer si nous ne voulons pas manquer le dessert. Rose me pardonnera peut-être de louper le *chicken parma*[58], mais elle me maudira sur plusieurs générations si je ne descends pas goûter le *lamington*[59] dont elle me parle depuis si longtemps et qu'elle réservait pour cette occasion.

— Ashley est morte... Je n'y ai pas cru quand Kaylan m'a convoqué après avoir parlé à Cillian. Je l'ai toujours trouvée particulière mais je n'aurais jamais cru qu'elle était perturbée à ce point-là. Et c'est Logan qui l'a tuée ? Je pensais que ces deux-là s'entendaient plutôt bien.

— J'en étais la première étonnée. J'étais pratiquement certaine que Logan et Ashley étaient complices quand je l'ai trouvée sur mon lit. Mais Logan a débarqué et lui a brisé le cou sans la moindre hésitation. Alors, soit il dit la vérité, soit il est encore plus fou qu'elle !

— Ashley et Cahal… Je me demande depuis combien de temps ils se fréquentaient. Je n'ai rien vu…

— Elle passait la moitié de son temps avec sa langue fourrée dans la bouche de Kyran. Et elle a couché avec Logan. Dans quel monde tordu cela pourrait te faire suspecter qu'elle était folle amoureuse du Protecteur de ton oncle ?

— Dans tous les cas, cela explique pourquoi Ashley t'a défiée. Elle a certainement agi sur ordre de Cahal puisqu'il voulait te pousser à quitter Madadh. Mais pourquoi ?

---

58 Mélange d'escalopes de veau à la milanaise et du parmigiana melanzane

59 Dessert australien traditionnel

— Peut-être a-t-il des complices aux Etats-Unis sur lesquels il peut compter ? Ou peut-être a-t-il eu peur que je finisse par découvrir la vérité avant qu'il ne puisse accomplir ses desseins ?

— Ou que tu sauves la vie de l'Alpha et contraries ainsi ses plans ? me sourit-il.

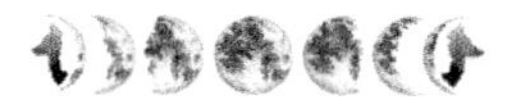

Nous descendons pile à temps pour prendre le dessert. L'ambiance est à la fête et les discussions sont animées. J'inspire à fond et m'imprègne de l'odeur de mes compagnons. Cela semblerait sans aucun doute plutôt bizarre à un humain lambda d'imaginer se réjouir à l'idée de sniffer ses amis, mais pour nous, les Faoladh, l'empreinte olfactive des personnes que nous aimons agit comme un antidépresseur.

— Rose ! Il va vous falloir m'avouer votre secret ! s'exclame Johan. Je n'ai jamais mangé de dessert aussi savoureux !

— Je ne parlerai que sous la torture, minaude la gouvernante en battant des cils.

L'image fugace de la vieille dame vêtue de cuir, se faisant fouetter par un jeune homme musclé s'impose à mon esprit. Vu le regard gourmand qu'elle réserve à mon meilleur ami, je ne serais pas surprise que la torture à laquelle elle a fait allusion se rapproche dangereusement de l'image que j'ai en tête.

Jess est impatient de discuter avec Riley. Je lui ai chanté les louanges de mon nouvel ami et j'ai hâte de le lui présenter. Comme je m'y attendais, le courant entre eux passe aussitôt. Avec Johan, ils forment un trio d'enfer. Je les laisse d'ailleurs discuter ensemble et en profite pour passer un moment avec mon frère. Beaucoup plus terre à terre que ses compagnons, il me pose des questions par rapport à la *Rogha* et à la manière dont j'aborde le combat. Il y a trop d'oreilles autour de nous pour que je lui confie mon plan mais j'en ai discuté avec Jess et lui ai fait promettre d'en informer nos amis lorsqu'ils auront quitté la maison et regagné leur hôtel.

Cela arrive bien trop rapidement à mon goût. Un peu avant vingt-deux heures, Erwin et Kaylan se lèvent, sonnant ainsi la fin de leur visite. Les "au revoir" sont plus faciles que la dernière fois car je sais que je reverrai mes amis après-demain. Ces derniers n'auront pas le droit de me parler avant la fin de la *Rogha*. De ce fait, chacun y va de son petit conseil au moment de me quitter. Kaylan profite de son pouvoir d'Alpha et se glisse dans ma tête avant de remonter dans la voiture qui les emmène à nouveau loin de moi.

— *Reste sur tes gardes. Cahal ne manquera pas l'occasion d'assister à ton grand moment. Sois forte, toute la meute est derrière toi, jeune scribe.*

Chapitre 35

La *Rogha* aura lieu demain. Etrangement, je me sens calme et apaisée. Je sais ce que j'ai à faire. Nous n'en avons plus reparlé avec Riley, mais je suis convaincue qu'il suivra le plan que nous avons établi.

Cillian et Logan passent la journée à l'extérieur du complexe. Le *Seann* a souhaité les rencontrer avant le jour J. Jayden et Max nous ont demandé, à Riley et moi, d'emballer nos affaires et de ne garder qu'une tenue pour la nuit. Nos effets personnels doivent être prêts à être rendus à nos familles en cas de décès. Ils nous ont même demandé d'écrire un bref testament sous forme de lettre d'adieu. Super motivant…

Avec Riley, nous passons pourtant une chouette journée. Nous pique-niquons au jardin, flemmardons devant un vieux film et mangeons un maximum de cochonneries.

— J'aimerais que l'on garde contact après tout ça. Je crois que tu es la première personne avec qui je me lie réellement d'amitié depuis que j'ai quitté le Texas.

Allongés dans l'herbe, nous contemplons les étoiles. Le ciel est dégagé et l'air est tiède. Il règne au complexe un silence reposant.

— Si tu as toujours du temps à m'accorder, plaisanté-je.

— Si tout se passe comme prévu, ça te dirait de devenir mon bras droit ?

— Waouh ! m'étranglé-je. Moi ? Ton bras droit ?

— Tu ne serais pas obligée de quitter ton village. En tant que *Seann*, je pourrai choisir de m'installer où bon me semble et je n'ai jamais visité l'Irlande. Ne dis rien tout de suite. Réfléchis. Tu pourrais peut-être en discuter avec Jess ?

— Je te promets d'y réfléchir sérieusement, soufflé-je en pensant aux implications d'un tel choix.

Rose interrompt notre conversation et nous ordonne plus ou moins d'aller nous coucher. Nous n'avons pas vu l'heure passer et il est déjà tard. Elle a raison de nous secouer un peu. Une longue journée nous attend demain !

J'ai eu beaucoup de réveils pourris dans ma vie, mais être réveillée par la voix de Curtis entre dans mon top dix ! Ce cher Guide tambourine à nos portes, hurlant joyeusement, tel un prédicateur, que le grand jour est arrivé. Riley et moi sortons dans le hall de nuit à la demande de notre formateur.

— Mes chers petits, clame-t-il d'un ton solennel, nous voilà arrivés au terme du voyage. Ce soir, l'un de vous prendra peut-être la suite de notre chef bien aimé. Je vous laisse trente minutes pour vous préparer, dit-il en nous tendant un sac de voyage à chacun. Voici vos tenues pour la journée. Je vous attends pour petit-déjeuner, hâtez-vous !

Curtis disparaît dans l'escalier, aussi rapidement que le ferait un jeune homme de vingt ans. Il est comme revigoré ! Cette journée agit sur lui comme une potion de jouvence.

— Est-ce que, toi aussi, tu es restée bloquée sur le fait qu'il nous appelle ses chers petits ? se moque Riley.

— Mais quelle heure est-il, bon sang ? J'ai l'impression de n'avoir dormi que quelques minutes !

— Sept heures.

— Pffff… Ne le faisons pas attendre. Pour une fois qu'il est de bonne humeur…

Je dépose le sac sur le lit. Il contient un mot, écrit de la main du *Seann* si j'en crois la signature, et une tenue que je suis priée de porter pour l'occasion. J'avoue que je suis rassurée lorsque je sors le vêtement de sa housse. Je m'étais imaginée une tenue minimaliste, un peu comme dans ce clip de Christina Aguilera que Ray avait enregistré sur MTV[60]. Il se le passait en boucle. Le titre

---

[60] Chaine de télévision spécialisée dans la diffusion de clips vidéos

de la chanson m'échappe… Ah oui ! Cela me revient ! *Dirrty* !

Heureusement, le Seann m'épargne le string en peau de bête. La tenue qu'il a choisie est composée d'un pantalon blanc en toile et d'une chemise à manches courtes assortie. La note qui l'accompagne précise que je dois me maquiller et me coiffer sans excentricité. J'opte donc pour un simple trait d'eyeliner qui rehaussera mon regard et, mes cheveux étant trop courts pour une queue de cheval, je tresse les mèches de devant avant de les attacher ensemble pour dégager mon visage.

Il m'est également demandé de déposer les effets personnels que je n'aurais pas encore confiés à mon valet dans une boite qui sera remise à mon Alpha. J'y glisse donc mon téléphone portable que j'avais conservé dans l'espoir qu'une barre de réseau n'apparaisse.

Avant de rejoindre Riley et Curtis, j'observe mon reflet dans le miroir.

— Allez, Ell' ! m'encouragé-je. Tout se passera comme prévu ! Cette nuit, tu rentres chez toi, ma vieille !

Comme moi, Riley est tout de blanc vêtu. Pour la première fois depuis notre rencontre avec le Guide, ce dernier ne nous regarde pas avec dégoût mais avec une espèce de nostalgie dans le regard.

— Mangez, ordonne-t-il. Ce repas sera le seul que vous prendrez aujourd'hui. Notre programme est chargé.

— Pouvez-vous nous en dire plus ? l'interroge Riley.

— Nous quitterons le domaine dans une heure afin de rejoindre vos émissaires à l'arène. Vous passerez le reste de la journée avec eux dans le local qui vous sera attribué. Utilisez ce temps comme il vous plaira : entraînement, méditation, sieste… Vous ne sortirez de cette pièce sécurisée qu'au moment de l'affrontement.

Sympa comme programme. Un unique repas, et plusieurs heures à attendre en isolement. Heureusement, j'aurai Cillian pour me tenir compagnie.

Mon cerveau ayant bien imprimé que mon corps ne sera nourri qu'une seule fois, je m'empiffre ! Sucré, salé… Tout y passe. J'espère ne pas vomir mes tripes au beau milieu du combat !

Lorsque Curtis sonne le départ, j'ai l'estomac rempli et douloureux. Un rot sonore m'échappe au moment où j'ouvre la bouche pour faire mes adieux à Rose. Riley éclate de rire, Curtis me fusille du regard, et moi, j'ai envie de partir en courant.

Le convoi qui nous escorte à l'arène n'a rien à envier au service de sécurité du président des Etats-Unis. Véhicules blindés, gardes armés jusqu'aux dents… rien n'a été laissé au hasard concernant notre sécurité. Si Cahal a prévu de tenter quoi que ce soit, il lui faudra faire preuve de toute la ruse dont il est capable.

Seuls quelques kilomètres nous séparent de notre destination et nous arrivons sur place en moins de dix minutes.

— Si vous souhaitez vous dire au revoir, c'est le moment, nous informe le garde assis à l'avant du véhicule. Vous serez séparés dès que je déverrouillerai les portes.

Riley et moi ne savons trop quoi nous dire. Nous savons parfaitement ce que chacun pense de l'autre; nous savons que la *Rogha* n'aura pas raison de nous. Je lui ai promis de lui faire visiter Madadh, de l'emmener manger une glace chez Katlin, de lui présenter Jim, Alana et Gran… Ce soir ne sonne pas le glas de notre amitié, il en marque le début, loin de ces murs. Malgré moi, une larme roule sur ma joue. Mon compagnon me prend la main et me sourit.

— On se revoit dans l'arène ?

— On se revoit dans l'arène !

PARTIE 4

Le nouveau Seann

« Louves ! Loups ! clame-t-il en levant les bras.

Que la Rogha commence ! »

Chapitre 36

Lorsque la portière s'ouvre et que je pose le pied hors du véhicule, un molosse me couvre la tête d'un sac en toile et m'entraîne, à l'aveugle, jusqu'à l'intérieur.

— Désolé, Miss Lynch, s'excuse-t-il en me libérant. Les identités des élus ont été tenues secrètes en dehors de leurs propres meutes. Nous ménageons le suspense jusqu'à votre arrivée dans l'arène.

Peu ravie de la manière de procéder, je détache mes cheveux avec rage. Ce rustre m'a totalement décoiffée ! Il s'excuse encore avant de me laisser seule dans la pièce.

Je tourne sur moi-même, l'ameublement est plutôt spartiate : un lit double, deux fauteuils et une étagère contenant quelques livres et un jeu de cartes.

Après avoir tourné en rond quelques secondes, je m'installe sur le lit. Je pourrais en profiter pour récupérer quelques heures de sommeil mais je suis trop nerveuse pour cela.

Après des minutes qui me semblent des heures, la porte s'ouvre sur Cillian. Enfin un peu de compagnie !

— Comment te sens-tu ?

— Comme une lionne en cage. Je commence franchement à en avoir ras la casquette d'être limitée dans mes déplacements !

— Regarde ce que je t'amène ! lance-t-il d'un ton mystérieux.

Cillian sort, de derrière son dos, une boîte rectangulaire d'environ quinze centimètres sur cinq.

— Logan et moi avons reçu une boîte chacun, m'explique-t-il. Nous avons eu l'autorisation de la remplir avec ce que nous jugions adéquat et de l'amener.

— Sans contrôle ?

— Sans contrôle ! Truc de dingue, non ?

— Fais voir ! dis-je en lui arrachant l'objet des mains.

Tout en me demandant ce que Logan a bien pu mettre dans la boîte de Riley, je m'empresse d'ouvrir celle que Cillian a préparée à mon intention.

— Du chocolat ? éclaté-je de rire.

— J'ai appris que l'on ne nous servirait pas de repas. Je ne voulais pas passer la journée avec une louve nerveuse et affamée. J'assure mes arrières !

— Bien vu ! Et cette fiole, que contient-elle ? l'interrogé-je en prenant entre mes doigts une minuscule bouteille en verre.

— Ne t'énerve pas, ce n'est pas mon idée. Mais Alana a fabriqué une espèce de potion qui anesthésie la douleur. C'est la seule qu'elle maîtrise parfaitement; elle n'est pas aussi douée que Cahal et toi avec les plantes. Elle m'a fait promettre de te la donner, au cas où tu changerais d'avis et que tu souhaiterais te battre pour remporter le combat. Ne lui en veux pas, elle se sent impuissante. Elle cherche simplement à t'aider, à sa manière.

J'enlève le bouchon en liège et me passe le flacon sous le nez. Clou de girofle, reine des prés et menthe poivrée en sont les principaux ingrédients. J'aurais ajouté de la camomille mais cette préparation devrait être efficace si je décidais d'en prendre, ce qui ne sera bien entendu pas le cas.

— Regarde, ajoute Cillian pour détourner mon attention du cadeau d'Alana. Il y a une contribution de la part de ta grand-mère.

Sous les œufs en chocolat se trouve une photo de ma famille… de ma nouvelle famille. Elle a été prise lors du repas de Noël. Je la serre contre mon cœur et remercie Cillian d'avoir joué les messagers.

— Tu as eu l'occasion de visiter le bâtiment ? On m'a pratiquement jetée dans cette pièce. Je n'ai rien pu voir.

— Nous nous trouvons dans un ancien stade de football. Le terrain a été aménagé en une sorte d'arène. La pièce dans laquelle nous nous trouvons devait servir de vestiaire.

— Il y a du monde ?

— Plus un seul strapontin ne sera libre ce soir. Les délégations des différentes meutes seront présentes; personne ne manquera à l'appel. Les sièges restants ont été mis aux enchères. Il y aura même des enchanteresses ! Et, tu ne vas pas me croire ! Je crois avoir croisé au moins un ange !

— Génial ! ironisé-je. Je suis impatiente de jouer au gladiateur face à mon public !

— Si le *Seann* nous demande de lever un pouce pour ta survie, je te promets de voter contre la mise à mort, me raille mon ami.

— Aurora est-elle présente ?

— Qui ?

— C'est juste ! Tu n'étais pas avec nous au Conseil des Alphas ! Une petite enchanteresse blonde, très jolie. Elle est sans doute escortée de sa compagne, une grande ange à la peau noire.

— Je n'ai pas croisé la petite blonde, mais j'ai eu affaire à l'ange, je crois. Je lui ai simplement dit bonjour, je voulais la voir de plus près. Elle m'a foudroyé du regard et em'a traité d'hideux cabot unijambiste ! Je n'ai même pas su quoi lui répondre, tant je ne m'attendais pas à ce genre de réflexion.

— C'est bien Anaëlle ! Alors, Aurora doit être là. J'espère avoir l'occasion de discuter avec elle avant de repartir à Madadh.

— Tu ne trouves pas ça choquant ? Elle m'a insulté gratuitement !

J'éclate de rire. Si Cillian avait eu l'occasion de nous accompagner au Conseil, il ne serait pas étonné par l'attitude de l'ange. Quand je lui avoue qu'Anaëlle est sortie avec ma grande tante Eowen et que c'est certainement à elle que l'on doit la haine que la compagne d'Aurora voue aux membres de notre espèce, Cillian me regarde avec de grands yeux.

— C'était donc vrai cette histoire ? J'ai toujours cru qu'il s'agissait d'une sorte de légende urbaine que l'on nous racontait pour que nous ne fricotions qu'entre Faoladh !

Anaëlle, ce croque-mitaine ambulant… Si elle savait que les enfants de la meute parlent encore d'elle aujourd'hui, je me demande comment elle réagirait !

Nous passons le reste de la journée à discuter en nous gavant de chocolat. C'est dingue le nombre de petits œufs que peut contenir une boite de cette taille ! Nous évoquons même notre scolarité et notre pseudo-histoire de cœur. Cillian, gêné d'avoir ainsi marqué négativement mon adolescence, se répand en excuses. Je l'arrête de suite. Le temps a passé, nous avons évolué, et je ne lui tiens plus rigueur du mal qu'il m'a fait quand nous étions plus jeunes.

Nous parlons aussi d'Alana et, pour la première fois, Cillian se confie à moi sur le coup de foudre qu'il a eu pour ma sœur.

— Tu crois que c'est dû au syndrome de Stockholm ? C'est la première fois que je suis… enfin… tu vois… que je tiens à quelqu'un… vraiment.

— Mais non, idiot ! C'est plutôt dû à la gentillesse désintéressée dont Alana a fait preuve à ton égard.

Je suis heureuse de passer ces moments en compagnie de Cillian. Peut-être aurais-je préféré les passer avec Jess, ou encore Jo, mais je crois que l'ambiance aurait été plus pesante.

— Le soleil va bientôt se coucher, m'informe Cillian en avisant la montre qui orne son poignet.

Cinq minutes plus tard, un nouveau molosse - n'y a-t-il donc aucun loup qui mesure moins d'un mètre quatre-vingts dans ce pays ? - se présente à ma porte, un paquet entre les mains.

— Élue, voici votre tenue de combat. L'heure est venue.

Directement après m'avoir remis le colis, il referme la porte derrière lui. La tenue qui m'est destinée est semblable à celle que je porte déjà, excepté au niveau de sa couleur. Le blanc immaculé a fait place à un rouge sang.

— C'est parti ! soufflé-je en déboutonnant mon haut.

Cillian m'escorte jusqu'à l'arène. Des humains, placés le long du couloir, nous indiquent la voie à suivre. Plus nous avançons vers l'aire de combat, plus les cris de la foule nous parviennent. Lorsque nous atteignons l'extérieur, j'aperçois le terrain de football reconverti pour l'occasion, et les gradins pleins à craquer. Logan et Riley nous rejoignent et se placent à notre droite.

Si Logan m'adresse un simulacre de sourire, Riley semble ailleurs. Il fixe la foule d'un air absent. Ses yeux ont pris une teinte jaunâtre et il est particulièrement pâle.

— Tu vas bien ? m'inquiété-je.

Il se tourne lentement vers moi, comme s'il venait seulement de réaliser que je me tiens à ses côtés.

— Oui… Je crois, répond-il d'une voix éteinte. Je suppose que je suis stressé, je ne m'attendais pas à ce que la situation me perturbe autant.

Il secoue la tête, comme pour se remettre les idées en place et me sourit. Il semble soudain être redevenu lui-même. Il s'approche de moi et m'embrasse sur la joue.

— On fait comme on a dit ? murmure-t-il à mon oreille.

Je lui réponds par un clin d'œil. Riley se met à sautiller sur place comme le ferait un boxeur avant d'entamer un nouveau round. Je suis heureuse de le voir se reprendre. Notre corps trahit parfois un stress dont nous ne sommes même pas conscients. Si je prends mon cas, mes tocs en sont souvent la manifestation. J'ai d'ailleurs recommencé à compter. Riley, d'ordinaire plutôt relax, semble simplement avoir été victime d'une légère crise de panique. Je me suis inquiétée pour rien, comme d'habitude.

— Regarde ! s'exclame Cillian. Le *Seann* va faire son discours.

Le vieil homme, accompagné de Curtis, s'avance vers un microphone installé au beau milieu du terrain. Il est suivi de près par Aurora. Sans doute a-t-il demandé à l'enchanteresse d'assurer sa sécurité le temps de la *Rogha*. Après tout, nous sommes sur le territoire d'Anaëlle si je ne m'abuse.

— Faoladh du monde entier ! salue-t-il son public. Soyez les bienvenus à cette cérémonie de la *Rogha* ! La Lune Bleue, pour la première fois depuis de nombreuses années, nous a donné trois élus. Après tout ce temps passé à diriger notre monde, il est donc temps pour moi de passer le flambeau. Nombre d'entre vous s'interrogent sur l'identité de nos élus, et j'ai le grand honneur de vous dévoiler leurs noms.

Une espèce de secrétaire en talons aiguilles accourt vers nous pour nous prévenir que nous devrons rejoindre le *Seann* lorsque celui-ci citera nos prénoms. Riley me prend la main et la serre dans la sienne. Cillian, quant à lui, pose un bras autour de mon épaule.

— Tout d'abord, je me dois de vous annoncer une bien triste nouvelle qui a accablé notre Guide, lance-t-il en baissant la tête. Nous avons, pour notre plus grand malheur, perdu l'un de nos élus. Hideko Lin, la candidate venue d'Asie, a cédé sous la pression et a choisi de se donner la mort. Curtis, mon fidèle ami, a eu beau donner le meilleur de lui-même pour rassurer la jeune femme sur ses capacités, celle-ci, ne se sentant pas capable d'assumer son rôle, a fini par choisir une option définitive qui nous laisse tous dans un profond désarroi.

Heureusement que les mains de Cillian et Riley m'en empêchent car une furieuse envie de meurtre monte en moi. Quand j'entends le *Seann* parler de Curtis comme d'un pauvre formateur endeuillé, j'ai envie de hurler ma haine ! Ce porc est à l'origine du suicide d'Hideko !

— Calme-toi ! m'ordonne Cillian. Ce n'est pas le moment de te faire remarquer !

J'inspire… J'expire… 1… 2… 3… 4… 5….

— Vous l'aurez compris, poursuit l'Ancien, seuls deux candidats sont encore en lice pour cette *Rogha*. Le premier guerrier à se présenter devant vous nous vient des Etats-Unis d'Amérique. De la meute de Boston, voici Riley Pedersen, accompagné par son ambassadeur.

La foule exulte alors que Riley et Logan rejoignent le centre de l'arène. Les gens se lèvent et applaudissent. J'entends même des jeunes femmes hurler des choses que j'oserais à peine murmurer à l'oreille de Jess durant nos ébats.

— Je te parie un dîner qu'il y en aura au moins une qui lui balancera sa petite culotte ! ricane Cillian.

Je découvre petit à petit l'humour de Cillian, et je dois admettre qu'il me fait beaucoup rire. Imaginer Riley, un tanga sur le front, m'aide à détourner mes pensées de Curtis et des mille souffrances que je souhaiterais lui infliger.

— Avec un peu de chance, une autre lui lancera un soutif, ça lui fera un ensemble ! rétorqué-je.

Le *Seann* lève les mains en l'air et le silence revient. Je ferme les yeux et tente de maîtriser ma respiration. Je me répète encore et encore que cela va être rapide. J'attaque, je domine, je montre une faille et je me couche.

— Il faut croire que la Lune Bleue a entendu parler de l'égalité des sexes, blague l'Ancien. En effet, une combattante d'exception va se mesurer à Monsieur Pedersen. Elle nous vient d'Irlande, de la grande meute de Madadh exactement. Escortée par le fils de son Alpha, accueillez comme il se doit Miss Ella Lynch !

Cillian me pousse doucement pour m'indiquer que je dois me mettre en mouvement. J'ai trouvé cette présentation ridicule, digne d'un talk-show de bas étage. Je franchis les derniers mètres qui me séparent du *Seann*. La pression monte sous les clameurs des spectateurs. Je cherche mon clan du regard mais il y a tellement de monde…

— *Nous sommes là, jeune scribe. A dix heures, deuxième rang. Tout va bien se passer.*

La voix de Kaylan dans ma tête m'aide à ne pas perdre pied. Je suis ses indications et aperçois mes amis. Le poids qui oppresse ma poitrine s'allège quelque peu.

Je sens la présence d'Aurora dans mon dos. Je me tourne vers elle mais elle ne me renvoie pas mon sourire. Elle a le visage fermé et le regard braqué sur le *Seann*. Je pensais que nous avions bien accroché lors du Congrès et je m'étonne de cette froideur. Quand je lui tourne à nouveau le dos, un léger courant d'air soulève mes cheveux. Je comprends alors que l'enchanteresse se doit de montrer sa neutralité et qu'elle me signale son soutien par un moyen détourné.

— Je vous sens impatients et je ne compte pas prolonger inutilement votre attente, reprend le *Seann* une fois le calme revenu grâce à une intervention magique de la jolie blonde. Pour la majorité d'entre vous, ceci est votre première *Rogha*. Je laisse donc à Curtis le soin de vous en expliquer les règles.

Le Guide se racle la gorge et remplace l'Ancien face au micro. Et si je l'assommais avec ?

— Le combat se déroule en deux parties de trente minutes, explique-t-il. Tout d'abord, les élus combattront sous forme humaine. Il est bien entendu qu'aucune arme d'aucune sorte ne sera tolérée. Si aucun combattant ne décède ou ne se soumet au terme de la première partie, ils pourront alors poursuivre les hostilités sous leur seconde forme. Le vainqueur, s'il survit au rituel secret du Don, deviendra notre nouveau Maître à tous !

Ce que je vois me ramène plusieurs semaines auparavant. Comme lors du Conseil, certaines personnes présentes dans le public se contiennent difficilement. Plusieurs mutent et une bagarre éclate à ma droite, obligeant les gardes à évacuer les belligérants.

Se moquant de ce qu'il se passe autour de lui, le *Seann* se place face à Riley. Il pose ses mains sur ses tempes avant de venir coller son front au sien.

— Neart agus urram [61] !

---

61 Trad. (en gaélique) : Force et Respect !

Il répète ensuite le même rituel avec moi. J'ai horreur qu'un inconnu envahisse mon espace personnel et je vis très mal ce contact physique avec l'Ancien. Heureusement, il est de courte durée.

— Louves ! Loups ! clame-t-il en levant les bras. Que la *Rogha* commence !

Chapitre 37

Riley et moi sommes désormais seuls sur le terrain. Nous attendons, debout, nos pieds ancrés dans les cercles tracés au sol à notre intention. Soudain, un gong retentit, signal que le combat peut commencer.

Nous avons tout prévu. Nous avons répété chaque mouvement, des jours durant. En principe, il est censé attaquer en premier et je dois l'esquiver, mais il ne bouge pas. Est-il de nouveau submergé par le stress ?

Des huées s'élèvent parmi la foule; nos spectateurs ne comprennent pas notre inactivité.

— Alors, l'Américain, le nargué-je pour tenter de le faire réagir. On a peur de frapper une fille ?

Des rires éclatent tout autour de nous et le regard de mon ami se pose enfin sur moi. Il a l'air d'émerger d'un rêve. Mais que lui arrive-t-il, bon sang ?! Il s'ébroue, me sourit et s'avance pour venir me tourner autour.

— Je ne voudrais pas que *mon* public n'assiste à un K.O express, rétorque-t-il en me gratifiant d'un clin d'œil complice. Je réfléchissais à la manière de m'amuser un peu sans gagner trop rapidement.

Seconde salve de rires.

Je prends une position défensive et attends qu'il me porte le premier coup. Comme prévu, il me fauche les chevilles d'un coup de pied et j'évite son poing par une roulade que le public applaudit. La *Rogha* étant, avant tout, un spectacle, j'effectue une révérence avant de me tourner à nouveau vers mon adversaire. Riley est accroupi, un genou à terre. Il semble sonné, alors que je ne l'ai pas touché. Ici encore, il se relève en secouant la tête. J'articule un silencieux "ça va" qu'il balaie d'un revers de la main. Je commence sérieusement à m'inquiéter.

Nous continuons toutefois de suivre notre scénario. Cette fois, lorsqu'il lance sa jambe en un haut coup de pied circulaire, je le laisse me cueillir à l'épaule et titube sur quelques mètres. Le moment arrive alors pour moi de contre-attaquer. Cependant, j'hésite. Riley n'est pas dans son état normal, quelque chose ne va pas. Par moment, il semble désorienté.

Faisant mine de reprendre mon souffle, je prends quelques secondes pour observer mon ami. Ses yeux sont cerclés de noir et sa respiration est haletante.

— *Tout va bien ?* m'interroge Kaylan.

— *Riley ne va pas bien. Il faut que je stoppe le combat.*

— *Impossible. Vous devez continuer. Un ex-aequo n'est pas possible, même si on vous l'a laissé entendre.*

Il faut que je parle à Riley. Me détournant du plan initial, je m'approche de lui pour simuler un combat au corps à corps. Je m'accroche à sa chemise et fait mine de procéder à une prise de judo. Surpris mais réactif, il m'imite.

— Tu fais quoi ? chuchote-t-il.

— Tu n'as pas l'air d'aller bien. Mets moi K.O. maintenant et cessons le combat.

— Non, on suit le plan ! A toi de jouer ! dit-il en me projetant au sol.

Je suppose qu'il ne me demanderait pas de poursuivre s'il n'était pas sûr de lui. Contrairement à moi, Riley désire devenir *Seann* et il ne prendrait pas le risque de rater sa chance. Je n'ai pas le temps de peser le pour et le contre, je n'ai pas vraiment le choix.

Je m'approche de lui et, comme je l'ai fait à de multiples reprises lors de nos entraînements, je le frappe à la mâchoire d'un direct du gauche. Il s'écroule et porte une main à sa joue. Histoire de continuer à m'attirer la sympathie de la foule, je sautille en levant les poings comme je le ferais lors d'un combat de boxe.

Je reprends ma position de garde et attends que Riley se relève. Mais mon adversaire reste au sol. Impossible qu'il soit réellement sonné; j'ai mis de l'ampleur dans mon geste pour plus de théâtralité mais j'ai maîtrisé ma force. Je baisse la garde et m'avance vers mon ami.

L'odeur métallique qui vient tout à coup me chatouiller les narines me noue l'estomac. A quelques pas de Riley, je me mets à trembler. Il ne bouge plus et du sang s'échappe de ses yeux et de ses oreilles. C'est impossible ! Je l'ai à peine effleuré ! Je me baisse pour prendre son pouls. Des larmes roulent sur mes joues alors que des cris de liesse se répandent dans les gradins. Les spectateurs acclament leur vainqueur et moi, je pleure mon ami. Riley a quitté ce monde.

A travers les baffles installés partout autour de moi, la voix du *Seann* annonce l'issue du combat. C'est à cet instant que je réalise ce qu'implique la mort de Riley… Il n'y a plus que moi. Si je survis à la cérémonie du Don, je deviendrai la nouvelle *Seann.*

Dans mon esprit, une autre voix retentit. Je m'y attendais tellement que je ne sursaute même pas.

— *Tu ne croyais tout de même pas que j'allais te laisser tout saboter avec ton petit arrangement sournois. Impossible de te laisser tout gâcher ! Félicitations, ma fille, tu as remporté le combat !*

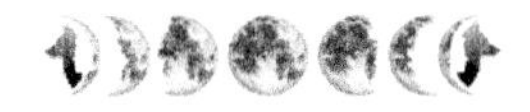

Je n'ai pas le temps de comprendre ce qu'il m'arrive. Je me retrouve entourée par une nuée de gardes et j'ai l'impression de ne plus toucher le sol tandis qu'ils m'entraînent dans une pièce où ils me laissent seule. Il y a tellement d'agitation à l'extérieur que je peux presque sentir les murs trembler. Je ne saurais dire combien de temps s'écoule avant que Kaylan ne me rejoigne, ni si je remarque immédiatement sa présence. Pour la première fois depuis longtemps, je suis en crise. Mes tocs oubliés resurgissent et je ne peux empêcher ce traître de cerveau de m'obliger à compter, encore et encore, les lames du plancher.

— *Ella !*

Une vive douleur s'empare de moi et me ramène à la réalité.

— Je m'excuse, soupire Kaylan. Je déteste utiliser la *Voix* sur les membres de mon clan, mais je t'avais perdue.

La *Voix* est la capacité unique qu'a un Alpha d'obliger un membre de sa meute à lui obéir, même contre son gré. Personne n'avait encore usé de ce pouvoir sur moi et la migraine qui m'envahit témoigne de la puissance de la chose.

Je lève mes yeux embués vers mon chef de clan. Enfin… si je peux encore le nommer ainsi. Après tout, c'est moi le grand chef à présent.

— Je ne veux pas, sangloté-je. Je ne veux pas être la nouvelle *Seann*. Riley devait endosser ce rôle… pas moi…

— Ella ! On ne peut plus revenir en arrière ! Sais-tu ce qui est arrivé ?

— Il est tombé… Du sang… Du sang coulait de ses yeux. Et puis, la voix…

— Quelle voix ? Cahal ?

— Oui, il m'a dit qu'il ne pouvait pas me laisser tout saboter. Il… Je ne sais pas comment, mais il a tué Riley, j'en suis certaine.

— Ecoute, je n'ai pas beaucoup de temps. Avant la cérémonie du don, tu vas recevoir des invités : un membre de notre meute, l'émissaire de ton adversaire, et enfin, le Seann qui procédera à la passation de pouvoir.

J'entends Kaylan mais je ne l'écoute pas vraiment. Je sais pourtant que je dois me concentrer, mais mon cerveau tente de me livrer une information sans y parvenir. C'est comme quand on a un mot sur le bout de la langue… comme quand on connait une chanson, qu'on en fredonne les paroles, mais qu'il nous est impossible d'en retrouver l'interprète. C'est là… pas loin… mais la réponse à nos questions est comme enfermée dans un coffre dont on a perdu la clé.

Je ne me rends même pas compte que Kaylan quitte la pièce au profit de Jess. Ce n'est que quand son odeur si familière m'enveloppe et qu'il me serre dans ses bras que je réalise qu'il est auprès de moi.

— Regarde-moi, Boston. Je te jure que nous prendrons le temps qu'il nous faudra pour nous retrouver plus tard, mais j'ai besoin que tu sois attentive.

D'un hochement de tête timide, je montre que j'ai compris et qu'il a toute mon attention.

— Quand as-tu vu Riley, en forme, pour la dernière fois ?

— Dans la voiture… Dans la voiture qui nous a amenés à l'arène.

— Qui as-tu vu entre ton arrivée en voiture et ton entrée sur le terrain ?

— Cillian, juste Cillian.

— On peut donc supposer qu'il en est de même pour Riley ? Je veux dire que seul Logan a passé du temps avec lui ?

Bien sûr ! Je vois où Jess veut en venir ! Mais c'est impossible. Logan ne peut pas avoir aidé Cahal ! Il ne l'a jamais rencontré, il ne vit même pas en Irlande ! Il a tué Ashley… Pourquoi aurait-il tué sa complice ? Et pourtant, seul Logan a été en contact avec mon adversaire. Et Cahal était au courant de mon arrangement avec Riley.

— La boîte ! m'exclamé-je comme si une ampoule venait de s'allumer au-dessus de ma tête.

— La boîte ?

— Nous avons reçu une boîte contenant diverses choses. Peut-être que Cahal y a glissé un poison destiné à Riley ? Logan lui aura donné sans se douter qu'il empoisonnait son ami.

— Peut-être… Quoi qu'il en soit, Logan est ton prochain invité. Tire-lui les vers du nez. Tu as carte blanche. Use de tes charmes s'il le faut. Nous devons savoir s'il est lié à tout cela !

— Que ferons-nous si c'est le cas ?

— Nous vengerons Riley.

Chapitre 38

Logan arbore une mine sombre lorsqu'il se présente devant moi. Non… Il n'a pas pu faire de mal à Riley, il était devenu son ami.

— Comment te sens-tu ? demande-t-il d'une voix douce. C'est horrible ce qui est arrivé.

Mais si l'intuition de Jess était correcte ? Là, dans un élan de stupidité ou de génie, je décide de prêcher le faux pour savoir le vrai. En un éclair, une stratégie, sans doute bancale, se met en place dans mon esprit.

— Le décès de Riley est une chose atroce, mais j'ai surtout honte de ressentir ce que je ressens.

— C'est-à-dire ? m'interroge-t-il, surpris.

— J'espère que ce que je vais t'avouer restera entre nous, mais je dois en parler à quelqu'un. Impossible de me confier à Jess. Mais toi, je sais que tu ne me jugeras pas.

La bouche entrouverte, Logan semble boire mes paroles. Il a repris des couleurs et a laissé derrière lui le masque de tristesse qu'il portait à son entrée dans la pièce. Son attitude ne fait que m'encourager à poursuivre ma petite supercherie.

— Nous avons un passé commun que je n'oublie pas. Tu peux te confier à moi sans craindre de jugement.

— Je n'ai pas osé en discuter avec Riley avant la *Rogha*, murmuré-je sur le ton de la confidence, mais j'avais envie de laisser tomber le plan.

— Tu souhaitais combattre ? Pour de vrai ?

— Oh, je ne sais pas trop ! dis-je en arpentant la pièce. Peut-être était-ce de la fierté mal placée, mais je n'avais plus envie de me coucher.

— Tu n'avais pourtant pas l'air d'être ravie lorsque tu as remporté le combat, rétorque-t-il en levant un sourcil soupçonneux.

Maintenant que je suis lancée, je dois aller jusqu'au bout. Je suis heureuse de constater que mon cerveau, bien que perturbé par cette journée horrible, parvient encore à rebondir sans trop de difficultés.

— Je ne voulais pas gagner comme cela ! Je ne voulais pas la mort de mon ami ! J'avais le public dans la poche, j'aurais pu forcer Riley à se coucher en le mettant simplement K.O. Je ne sais pas comment Cahal est parvenu à droguer Riley.

— Comment sais-tu qu'il l'a drogué ?

Bingo ! Logan ne devrait même pas se souvenir du prénom de mon géniteur; il ne doit l'avoir entendu, en ma présence, que l'une ou l'autre fois. Je décide de jouer la franchise concernant ce point.

— Cahal a communiqué avec moi par la voie de l'esprit et il a clairement sous-entendu que la mort de Riley était de son fait. Vu qu'il est doué avec les plantes, il ne peut s'agir que d'un empoisonnement. Mais, je m'interroge sur la manière dont il est parvenu à inoculer son poison à mon adversaire. Riley était un homme intelligent. Il aura fallu une personne qui l'était encore plus pour parvenir à le leurrer.

Logan a toujours aimé être mis en avant. S'il a joué un rôle dans la mort de Riley, ma petite remarque devrait le pousser à la faute.

— Serais-tu admirative de cette personne, dis-moi ? demande-t-il en accrochant son regard au mien. Je ne te comprends plus, Ella. J'ai cru saisir que tu n'éprouves aucune envie de te rapprocher de ton géniteur. As-tu changé d'avis ?

Dans une attitude dramatique qui me vaudrait certainement un Oscar, je me mets à sangloter.

— Je ne sais plus ce que je dois croire. Depuis que j'ai quitté Boston, depuis que je t'ai quitté, tout va de travers. J'en arrive à me demander si, finalement, ma meute ne se joue pas de moi… si ceux que je pense être mes amis ne me manipulent pas depuis le début pour se mettre la future *Seann* dans la poche. Après tout, peut-être que Cahal, d'une manière totalement maladroite, souhaite simplement que notre famille soit unie.

Je suis si convaincante que je parviens presque à me berner moi-même. Logan tombe dans le panneau comme un débutant. Peut-être que je pourrai suivre des cours de théâtre parallèlement à la boxe…

— Tu penses sincèrement ce que tu dis ?

J'acquiesce silencieusement.

— Rien n'est figé dans le marbre, souffle-t-il d'une voix tremblante. Je ne devrais pas te le dire, mais je pense te connaître assez pour savoir que tu ne me mentirais pas en me regardant dans les yeux.

Faux. Il ne me connaît pas.

— Tu as raison, ton père veut le meilleur pour toi. Il veut que tu diriges notre monde, sous sa supervision experte.

Bordel ! Jess a vu juste ! Je dois lutter contre moi-même pour éviter que mes envies de meurtre ne transparaissent sur mon visage.

— Il sait que tu m'es destinée. Ce Jess ne t'apportera rien, contrairement à moi qui ai l'habitude d'évoluer dans les hautes sphères. Ton père le sait et il m'a demandé de l'aider à te ramener à la raison. Je suis heureux que tu ouvres enfin les yeux !

Il s'approche de moi et pose ses lèvres sur les miennes. Je ne le repousse pas malgré le dégout qu'il m'inspire; j'ai besoin qu'il poursuive sa confession.

— Je suis un peu sous le choc. Je ne m'attendais pas à ce que tu aides Cahal. Tu as tué Ashley alors qu'elle semblait proche de lui.

— Il ne m'en veut pas. Ashley menaçait ta vie et nous n'avons jamais voulu ta mort.

— Et Riley ?

— Cahal a préparé une potion. Je n'ai aucune idée de ce qu'elle contenait mais ça a agi sacrément vite. Je l'ai versée dans son verre à peine quelques minutes avant que nous vous retrouvions aux portes de l'arène.

Je dois réfléchir rapidement. Il est hors de question que Logan quitte cette pièce en homme libre. Pour gagner du temps, je me blottis contre son torse. Il m'entoure de ses bras, certainement heureux de me retrouver à sa botte. Il n'imagine pas un seul instant que j'ai envie de vomir à la simple idée de le toucher !

— Je savais que tu retrouverais la raison et que tu me reviendrais.

Le temps passe et l'heure de la cérémonie du Don approche.

— Je ne sais pas ce qui m'a pris de partir comme ça de la maison, bégayé-je. Peux-tu m'attendre ici quelques instants ? Je dois mettre un terme à cette folle histoire avec Jessamy.

— Je viens avec toi.

— Non ! S'il se doute un seul instant que tu es lié à Cahal, il pourrait te faire du mal. Laisse-moi gérer ça. Tout est de ma faute après tout. Quelle folle idée j'ai eu de mettre un terme à notre histoire alors que tu souhaitais m'épouser !

J'ai pratiqué Logan assez longtemps pour savoir qu'il ne se méfiera pas un seul instant de moi si je reprends mon rôle de femme soumise. De fait, il m'embrasse une seconde fois avant de me claquer les fesses.

— Dépêche-toi. Ils vont bientôt venir te chercher pour la cérémonie.

Je sors de la pièce et souffle un grand coup en constatant que Kaylan, Jess, Jo et Ray attendent dans le couloir. Mes nerfs se relâchent sous la pression et je cours me réfugier dans les bras de mon frère.

— C'était bien lui ! affirmé-je. Jess avait raison.

— Nous avons averti le *Seann* de nos soupçons à l'égard de Logan, m'explique mon frère. C'est pour cela qu'il nous a permis de te retrouver ici. Jo et Jess vont s'occuper de cette pourriture. Quant à toi, j'ai promis au Guide de t'escorter, en personne, jusqu'à la loge où tu recevras le Don.

— Maintenant que le *Seann* sait que le combat était truqué, est-il possible qu'il me refuse sa succession ? demandé-je avec espoir.

— Je suis désolé, Ell'. La seule chose qui compte est qu'il y ait un gagnant. Peu importe la manière.

Tandis que mon meilleur ami pénètre dans la pièce où se trouve son cousin, je m'éloigne aux côtés de mon frère. J'ai hâte de connaître le sort qu'ils réservent à Logan mais, avant cela, j'ai rendez-vous avec mon destin.

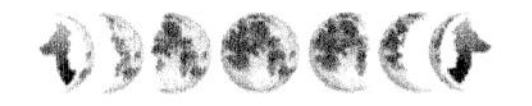

— Asseyez-vous, très chère.

Très chère… C'est bien la première fois que le Guide montre un tel respect… non… je reformule… un minimum de respect envers moi !

Ray n'ayant pas été autorisé à m'accompagner dans la loge du *Seann*, je me retrouve seule en compagnie de notre Chef à tous et de son bras droit. Il n'y a même pas un garde à l'intérieur.

— Curtis, va me chercher l'enchanteresse ! ordonne le *Seann*. Dis-lui que l'heure est venue.

Une fois seule avec le vieil homme, je ne sais trop comment me comporter. J'ose à peine lever les yeux, mais je sens qu'il m'observe. Si Gran me voyait, elle claquerait sa langue contre son palais et m'ordonnerait de cesser de me tortiller sur cette foutue chaise !

— Je vous avoue que je ne m'attendais pas vraiment à ce scénario, soupire le vieil homme. Depuis que la Prophétie nous a été livrée, aucune louve n'a remporté la *Rogha*.

— Et, de mon côté, je vous avoue que je me serais bien abstenue de participer à tout cela ! asséné-je. Prendre votre suite ne faisait pas vraiment partie de mon plan de carrière.

Après tout, je suis la nouvelle *Seann* en devenir, je n'ai pas à me sentir inférieure à lui !

— Petite sotte ! ricane-t-il. Vous allez devenir la maîtresse de toutes les meutes. Vous êtes sur le point de recevoir le Don Suprême ! Vous n'imaginez pas à quel point votre vie va changer !

Je ne l'imagine que trop bien justement ! Devenir *Seann* ne faisait pas partie de mes objectifs de vie, mais je dois avouer que cette cérémonie du Don m'intrigue. Je ne sais pas trop à quoi je m'attendais… J'imaginais Riley remporter le combat et être soudainement enveloppé d'un halo lumineux. Il se serait alors relevé, plus grand et plus fort. A l'aide de ses nouveaux pouvoirs, il m'aurait parlé par le biais de l'esprit et aurait obligé le Guide à s'agenouiller devant lui. Ça, ça aurait eu de la gueule ! Au lieu de cela, j'attends, assise sur une chaise, comme si je patientais dans la salle d'attente de mon dentiste.

— Ah ! Nous allons pouvoir commencer ! se réjouit le vieillard.

Aurora pénètre dans la pièce, laissant Curtis derrière elle, dans le couloir. Une bouffée de stress me submerge. Que va-t-il se passer ? Quel est donc ce rituel secret auquel même le Guide ne peut participer ? J'inspire… J'expire…

L'enchanteresse s'approche de moi et me prend les mains. Son contact amical me détend légèrement.

— Félicitations, Ella. Es-tu prête ?

— Prête à quoi ? bégayé-je. Je ne sais même pas ce qu'il va se passer !

— C'est à moi de te l'apprendre.

Je ferme les yeux, prends une grande inspiration, et me concentre sur la jeune femme.

— Je t'écoute.

— Je suis la descendante de l'enchanteresse à qui la Prophétie a été délivrée. C'est pour cela que la *Rogha* se déroule toujours en Océanie. Question de tradition familiale. Depuis le premier *Seann*, les femmes de ma famille ont toujours été chargées de la cérémonie du Don. Je suis ravie de participer, à mon tour, à ta naissance en tant que maîtresse de toutes les meutes.

— Tu vas me jeter… un sort ? hésité-je.

— Bien sûr que non ! rit-elle. Je ne suis ni sorcière, ni magicienne. Je vais accomplir le rituel, voilà tout.

— Ecoute, m'emporté-je. Je t'apprécie beaucoup et je suis heureuse de voir un visage amical dans cette pièce, mais je commence à en avoir un peu marre de tous ces mystères. Peux-tu me dire clairement ce qui m'attend ?

Aurora m'embrasse sur la joue et se tourne vers mon prédécesseur.

— Cécile, préparez la table s'il vous plaît.

Cécile ? J'éclate d'un rire nerveux. D'ordinaire, je me serais maîtrisée, mais là, je n'y peux rien, je ris. Cécile ! En voilà un drôle de prénom pour un chef de meute ! J'imaginais un truc plus viril, genre Achille, Hector ou même Alexandre… Mon rire me vaut un regard noir de la part du vieil homme. Toutefois, il s'abstient de toute remarque et dépose un coffre serti de pierres précieuses sur la petite table ronde qui se trouve face à moi. Il sort une clé de sa poche et un cliquetis se fait entendre lorsque le coffre se déverrouille.

A l'intérieur se trouvent une dague, un calice et une espèce de tube à essai rempli d'une substance noirâtre. Aurora s'empare des trois objets et les aligne face à moi.

— Cécile, tendez votre bras, ordonne-t-elle.

Elle se saisit alors de la lame et entaille profondément le bras de l'homme. De grosses gouttes de sang s'écoulent dans le calice et, quand je comprends que je vais sans doute devoir le boire, une nausée me retourne l'estomac.

— Merci Cécile, clame-t-elle. Vous avez dirigé les meutes durant de nombreuses années. Aujourd'hui, je vous libère de vos obligations et vous renvoie à votre vie. Puisse-t-elle être encore longue et faste.

L'enchanteresse s'incline face à l'ancien *Seann* qui lui renvoie la pareille avant de quitter la pièce.

— C'est tout ? l'interrogé-je. Il n'est plus le *Seann* ?

— Il ne l'est plus depuis que ton adversaire a rendu son dernier souffle.

— Et si la cérémonie du Don se passe mal ?

— Il faudra attendre que de nouveaux candidats se présentent à la cérémonie de la Lune Bleue et Curtis prendra la régence des meutes en attendant que cela se produise.

— Je vais devoir boire le sang de… Cécile ?

— Entre autres choses. Désolée, je sais que ce n'est pas très ragoutant, surtout pour quelqu'un comme toi. En général, les loups n'éprouvent pas trop de scrupules à s'abreuver de sang, surtout si un pouvoir leur est offert en retour. Mais je sais que tu n'es pas comme les autres.

Entre autres choses ? Que compte-t-elle ajouter ? Un œil de crapaud ? De la bave de limace ?

— Je ne sais pas trop comment cela fonctionne, m'explique-t-elle. Certaines choses dépassent notre entendement. Les anges peuvent en créer d'autres par la morsure; il faut croire que le processus est le même dans ce cas précis. Quand elle a reçu la Prophétie, mon ancêtre a également reçu une vision lui indiquant comment préparer ce breuvage.

— Que vas-tu ajouter ?

Elle prend dans sa main le tube à essai et l'ouvre avec la plus grande précaution.

— Ce tube contient le sang de la première *Seann*. Avec le temps, il a séché, bien entendu.

Par des gestes délicats, elle prélève, sur la pointe de la dague, un demi-centimètre de poudre de sang séché et le dépose au centre du calice. C'est officiel, je vais gerber !

Après avoir replacé le flacon à l'intérieur du coffre, elle en sort un nouveau de sa poche.

— C'est quoi ça ? Si tu me dis qu'il s'agit du sang du Guide, je ne réponds plus de rien.

— Non, il ne s'agit pas du sang d'un membre de ton espèce. Voici l'ingrédient qui te donnera de nouveaux dons. Les deux autres sont surtout là pour la tradition.

— Enchanteresse ? Humain ?

— Ange.

— Bordel !

Comme elle l'a déjà fait à deux reprises, Aurora ajoute ce troisième ingrédient à sa mixture.

— A qui appartient ce sang ? osé-je l'interroger.

— Oh, tu sais, les enchanteresses ont toujours rendu service à la communauté angélique. Nous n'avons pas de difficulté à trouver de donneur.

— Et donc ? insisté-je. Anaëlle ?

— Hummm… non. Ana n'a rien contre toi, mais elle ne raffole pas de ton espèce, tu l'auras compris. J'ai eu beau user de mes charmes, elle n'a rien voulu entendre. Ce sang appartient à son partenaire, un autre Gardien, l'Ange Aingeal. Son sang est un peu particulier mais cela ne devrait pas poser de problème, au contraire.

— Tu n'as pas l'air d'être convaincue…

— Ne t'inquiète pas. Cet Ange est un très bon ami.

— Je suppose qu'il serait poli de te demander de le remercier de ma part pour son geste ?

Aurora sourit et sort, de son sac cette fois, une bouteille contenant un liquide jaunâtre. Elle en verse une centaine de millilitres dans le calice.

— Urine de vampire ! clame-t-elle joyeusement.

— Tu déconnes ?! hurlé-je. Le sang du vieux macho, ok… Mais jamais on ne me fera ingurgiter la moindre goutte d'urine ! Tu peux te garder ta mixture et les pouvoirs qui vont avec !

— Je plaisante ! s'esclaffe-t-elle. Ce n'est que du jus multi fruit ! Histoire que ça passe mieux au goût !

Sur mes gardes, j'approche mon visage du calice et inspire profondément. C'est bon, elle ne me ment pas.

— Je dois boire ce truc et… c'est tout ?

— Voilà. Mais tu dois jurer de ne jamais en révéler les ingrédients. Il en va de ta survie. Si ceux de ton espèce découvraient que boire le sang d'un Ange augmentait vos capacités, la paix en ce monde serait menacée. En dehors des Anges, seuls les anciens *Seann* et les membres de ma lignée sont au courant.

Je tends la main vers le calice mais Aurora arrête mon geste.

— Je préfèrerais que tu t'assoies au sol. Les réactions sont parfois violentes, surtout quand l'Ange qui a donné son sang est aussi… puissant.

Je m'exécute. Assise sur le sol, je me sens ridicule.

— Tiens, bois.

— Si je meurs, promets-moi de…

— Personne n'a encore succombé lors de la cérémonie du Don. Aucune raison que ce soit le cas aujourd'hui.

Elle ne connaît donc pas ma poisse légendaire…

— Mais si…

— Bois ! ordonne-t-elle. Tout ira bien.

Je jette un dernier coup d'œil à la mixture. Intérieurement, je maudis mon géniteur, tout en enviant son intelligence. Mon cœur s'emballe… Je compte jusqu'à dix. 1… 2… 3… 4 … 5… 6… 7… 8… 9… 10…

— A ta santé ! dis-je enfin en levant mon verre avant de l'avaler d'une traite.

Immédiatement, le sol se met à tanguer autour de moi et je remercie intérieurement Aurora de m'avoir demandé de m'asseoir au sol. Ma vision se brouille et une chaleur, encore plus intense que lors de la mutation, s'insinue en moi et embrase la moindre parcelle de mon corps et de mon âme. Je suis en feu. Je hurle, du moins, j'en ai l'impression.

Dans un râle guttural, je finis par m'évanouir. Avant de perdre conscience, j'entends la voix d'Aurora murmurer à mon oreille.

— Gloire à la nouvelle *Seann* !

A suivre…

Vous avez aimé ce livre ?

Merci à vous de prendre quelques minutes pour laisser un petit commentaire sur Amazon (ou toute autre plateforme en ligne). Vous contribuerez ainsi à faire connaitre cette histoire de par vos recommandations.

N'hésitez pas à m'envoyer un petit message, que ce soit par mail ou via les réseaux sociaux. J'attends avec impatience vos retours.

A bientôt pour la suite

Instagram : stephanie.piccillo.auteure
Page Facebook : @stephaniepiccilloauteure
Courriel : contact@stephaniepiccillo.com

Envie de prolonger votre lecture ?

Découvrez des histoires exclusives en vous abonnant à ma newsletter via mon site web : http://stephaniepiccillo.com

Par la même auteure

Anya

Anya – 1 – Première Mort
Anya – 2 – Renaissance
Anya – 3 – Acceptation

Faoladh

Faoladh – 1 – Retour aux sources
Faoladh – 2 – La Prophétie du croissant de lune

Printed in Great Britain
by Amazon

86637065R00226